世界听我说

世界听我说

CIPG China Foreign Languages Publishing Administration 中国外文出版发行事业局
外文出版社 FOREIGN LANGUAGES PRESS

目 录

青春序曲

前　言

中华民族，素来有着海纳百川的博大。

我们的基因，是自强不息；我们的胸怀，是包容宽广。

百年来，全球华人是中国走向世界的亲历者、推动者，也见证了中国近半个世纪所发生的翻天覆地的变化，经济腾飞，国力强盛，中国人在世界上发言的底气越来越足……

“你来说，世界听。”

2018 年 11 月 24 日，《世界听我说》第三季在中央广播电视总台央视中文国际频道首播。在节目创作之初，我告诉团队：“一定要紧扣‘打造全球华人交流平台’的目标，通过讲述华人在海外奋斗的故事，树立新时代优秀华人典范，抒发民族复兴时代华人回望故乡的深厚情感；在展现人类命运共同体时代的同时，还原海外华人的真实生活面貌、情感状态以及他们的文化传承。”幸运的是，最终呈现的效果还不错。

“看得见沧桑历史，也听得见时代强音。”

节目中的华人讲述者来自不同代际、不同职业、不同地域，却指向同一个主体：展现人类命运共同体。回看过去的13期节目，有60位嘉宾登上了《世界听我说》的舞台，他们来自全球五大洲20多个国家，从事着科技、体育、文化等30多个不同行业和领域的工作，是6000多万海外华人的杰出代表。他们的这些故事里有亲情难忘、故土难离，有对爱情的追逐、对道德的坚守、对事业的执着、对血脉的深情，也有对提升华人地位的不懈努力。

一台留声机、一个旧皮箱。13年间，张吉安走遍马来西亚，采集华人乡音，用300种乡音记录下了300个原乡记忆：有北流歌者的山歌人生，也有广府妈姐的悲苦人生，而这些原乡故事正是海外华人永恒的乡愁。他说：“我想让上一代的老乡音，留给下一代的孩子带回家聆听。”

“艺术是她身后永不停歇的风，爱情是让她永远保持飞行的翅膀。”身为华人圈第一位女性策展人，陆蓉之是当代前卫艺术的亚裔先锋，也是率真任性的老顽童，如今已有4个孙儿的她仍旧保持着青春不败。她说，有的人年方二八却暮气沉沉，也有的人年逾花甲却依旧活力四射，我想用自己的亲身经历告诉大家，青春的模样是靠心态去维持的，充满生命力的心态可以让人区别于千篇一律的皮囊，拥有独立且有趣的灵魂。

92 岁旅美华裔影人卢燕，不仅将中国电影、电视剧等推介到世界各地，还将京剧《打渔杀家》《武家坡》等翻译成英文在美国演出。为了让世界了解中国，她甚至多次深入西藏腹地，拍成纪录片《失落的王国》，向世界传达出“西藏就是中国领土神圣不可分割的一部分”。

……

事实上，《世界听我说》第三季之所以受到全球华人和海内外媒体的热议和赞誉，不仅是因为它汇聚了来自世界各地的优秀华人代表，更重要的是这档节目传递出了较为厚重、丰盈的文化义涵。

现在，《世界听我说》第三季里的故事已编辑成册、整理成书，由外文出版社出版，愿更多的海内外读者在阅读中感受到全球华人对血脉至亲的深深依恋，感受到日益强大的中国信心。

“家是最小国，国是千万家。”感动在升温，影响在发酵。

海内外中华儿女的奋斗与拼搏正在改变着世界……

李欣雁

中央广播电视总台央视中文国际频道总监

世界听我说

世界听我说

岁月金声

中华民族辉煌的文明史不应该忘记移民的历史共享。有众多的民族移入、融合到中华民族之中，也有无数的华人移民海外。时至今日，全球海外华人已经达到6000多万。华人以自己的勤奋、坚韧、智慧和才华，为全世界做出了杰出的贡献。

在海外华人中，有这样一辈人，他们或者他们的父辈在中华民族动荡的年代，因为战争、求学、谋生等原因移民海外。当初，他们对祖国的深重灾难有着刻骨铭心的感受，为民族的积弱积贫悲叹不已，曾抱着为中华民族崛起的梦想而奔赴海外。对民族优秀文化的信心、对自我的坚定信念，激励着他们在科学、文化、政治、经济等领域，做出了不平凡的成绩。

他们也为海外华人曾经遭遇的不公正而大声呼吁，他们在不同地方、不同领域为推动中华民族的政治、经济、文化复兴而披荆斩棘。

正是他们的努力，为海外华人权利的提升、为中外文化交流的开展、为中国的改革发展、为中国国际地位的提高等，做出了卓越的贡献。

正是深厚的故土家国情怀，使他们有很多话要说出来，有很多故事要与故国亲人分享。

这里，《世界听我说》以故国无限温暖的怀抱，聆听着他们的声音，传递着他们的爱与梦想。

卢燕

Lisa Lu

演员、制片人、翻译家、
奥斯卡金像奖终身评委

她凭借优雅婉约的东方形象，
在星光璀璨的好莱坞一展魅力。

她以“一条过”的表演实力，从籍籍无名的小配角，
成长为奥斯卡首位华人评委。

她倾力传播国粹，
是20世纪八九十年代中美文化交流的重要使者。

她用自己的镜头向世界讲述真实的中国。

如今已90多岁高龄的她，依然活跃在荧幕，
用自己传奇的一生讲述着：芳华不败，岁月有光。

我一生的遗憾：面对西方人的傲慢与偏见

我是卢燕，今年 92 岁了，目前还在为我热爱的影艺事业奋斗着。我在海外生活了 70 年，时间长了，身边的人、事、物、环境和时代都变了，唯一没有变的就是我这黄皮肤、黑眼睛。今天在这里，我想对在海外的华裔青年人说几句心里话。

早在 1983 年，我就想拍一部纪录片，向外国人客观真实地介绍我们中国的西藏。但也正是这部西藏纪录片，给我留下了很大的遗憾。我的原意是要让外国人知道，西藏本来就是中国的领土，并非他们所认为的西藏是被中国侵略和管制的。所以我要亲自去看一看，做一个纪录片，让外国友人了解中国真实的情况。于是我与 CCTV 团队合作，带着当时最好的摄影器材去拍摄。我总共拍摄了 300 余盒录像磁带的影像资料，但这些影像资料却尘封了几十年。

我带着拍摄的影像资料回到美国，辗转了很多美国电视台，可他们对此并不感兴趣。西藏的进步和西藏的传统是非常珍贵的，但是因为纪录片的内容没有争议，所以没有电视台愿意播放。这件事后来只能不了了之，至今我仍然感到遗憾。现在的西藏已经与我当时拍摄的时候大不一样了，以后如果有人对曾经的西藏文化感兴趣，希望我的素材能够给他们以重要参考。

作为一个海外华人，每当有机会，我就会尽自己的力量去让外国人了解真正的中国人是什么样子，了解真正的中国文化是什么样子。因为外国人对中国的误解真的太多，也太深了。

大家知道，我在意大利导演贝托鲁奇的《末代皇帝》中饰演了慈禧，这是一部获得许多国际大奖的影片。我记得当时在影片的场景设置上，我跟导演说："慈禧的房间里是不会有寻常人家的布置的，龙床要四平八稳，不能推来推去，而且慈禧是爱美之人，即便垂死，也会注重仪态。"可导演对我说，他要拍的是以一个孩子的视角所看到的慈禧，这个孩子被人深夜抱进宫中去看一个就快要死了的老太太，那样的场景一定是很吓人的。我

14 岁时的演出剧照

能理解这里面有艺术的创造，但这件事也让我发现，即使是这样一个对中国文化有兴趣，而且善于拍中国历史题材的大导演，对中国也不可避免地存在很多误解。所以，我觉得不要害怕别人不了解你的文化，也不要害怕沟通，正因为缺乏沟通和相互了解，才会出现许多的偏见和分歧。改变这种状况，是我们义不容辞的责任。

我们成长的那个年代，中国正处于军阀混战时期。那时的环境很困苦，我们在战争中受人侵略、欺辱和压迫，但那也是个毁

1947 年，就读于夏威夷大学的卢燕

1982 年，在上海演出昆曲《游园惊梦》剧照

家纾国的年代，人人想的都是怎样帮助国家强大起来，我们有信念，有理想。我的老师梅兰芳先生就是这样一个人。抗战期间，日本人曾多次逼迫先生唱戏，他就想法子躲避。有一次，他说自己病了，不能出席。日本人为了拆穿他的说辞，便派人来探望。那时有一个很爱国的医生，是梅先生的好友，主动为他出主意，他算好了时间，给梅先生打了两支疫苗，而且剂量比平时要多。日本人来探望时，梅先生就发烧了，烧得糊里糊涂的，这样才逃过一劫。

我跟随梅先生学习的时候，梅先生家里因为暂停唱戏而没有了收入，但是支出又很多，所以梅先生经常在夜里点着油灯作画，靠卖画来维持生活。梅先生教我唱戏、做人。戏里“守身持正”“忠、孝、节、义”的典故深深扎根在我的心里。老师常说，一个人要有气节，要有做人的方向和原则，要做到威武不能屈。他做人的态度影响了我的一生。人有了方向和原则，无论在哪里，都不会迷失自己。这样的教育应该延续下去，这些做人的道理应该代代相传，永不中断。

现在我已经90多岁了，能力已不如从前，但我很希望年轻人能像梅先生那样爱国、护国，把真实的中国和中国文化告诉世界，让外国人少一点对中国的偏见和错误认识。最后，我要对华裔的年轻人再说几句：好好学习中文，学习中华文化。因为你能在这些文化传统中，找到亲人的身影，看到他们的行为准则，从而更好地认清自己；也只有这样，我们才有自信和能力为国家做出一份贡献。

世界听我说 对话

旅美华人演员张瑜女士和国内知名文化学者郦波先生作为《世界听我说》节目的时代观察员是固定嘉宾，他们在节目现场从自身经历、时代背景、中外文化差异等不同角度与讲述嘉宾进行交流互动，多角度、多维度丰富节目内容。

此外，节目还邀请了最年轻的华裔女副市长陈愉女士、台湾知名电视人陈文茜女士、好莱坞终身成就奖华裔影星卢燕女士、亚洲艺术博物馆馆长许杰先生、好莱坞资深制片人杨燕子女士、加拿大不列颠哥伦比亚省议员屈洁冰女士、奥斯卡金像奖评委陈冲女士、加拿大国家特聘教授赵月枝女士，作为本节目的特邀观察员，为每期节目做开场讲述，分享自己精彩的人生故事，并与时代观察员一同聆听讲述嘉宾的故事并进行交流互动。

主持人：感谢卢燕老师为我们讲述在海外拼搏的一生。一看到您，我们感觉非常熟悉，《喜福会》《末代皇帝》等影片中很多经典的角色都是您塑造的。您塑造了那么多华人女性的角色，在她们身上都能体现出一些中国精神。对于今天全世界的华人青年来说，我们应该传承下来的中国精神，您觉得最重要的是什么？

卢燕：我们中国的历史很悠久，我们的文字是从甲骨文一直演进到现在。如今，随着科技的进步，我们很少写字了，连我都是这样，有时候就会提笔忘字。可是我们不要忘了，汉字是中华文化的宝藏，我们还是要继续努力保持、练习、学习我们的语言和文字。

张瑜：卢燕老师是华人在好莱坞中最有影响力的一位。而且她获得了奥斯卡金像奖终身评委，真是特别不容易。我很好奇，您怎么能一直保持着活力？

卢燕：因为我一直在做自己喜欢做的事情，一个人做自己喜欢的事情，就会很高兴很快乐。我觉得年轻人不要为了赚钱去选择某个职业，要选择自己发自内心喜欢的职业。这样就不单单是工作，而是一种享受。

大泽人（王庆祥）

Wang Qingxiang

书画家、抽象艺术大师、
圣约翰大学客座教授

他是一位来自美国纽约的文化学者，
30 多年来一直从事中西方文学艺术研究和教学工作。

他的很多作品和理论被载入中国美术史册，
他曾获环球艺术家联盟终身成就奖，是唯一一位
在美国前总统奥巴马就职演说时受邀的华人艺术家代表。

他说：
我总是梦到故乡的大泽山和村头的那条清澈的小西河。
我的根永远在中国！

我在美国“礼拜”博物馆

我是大泽人，本名王庆祥，祖籍山东莱州，来自美国纽约，现在担任圣约翰大学客座教授。我在美国经历了一个教书——读书——再教书的曲折过程。我的专业是英美文学，主攻现代戏剧和当代小说。在戏剧方面，我主要研究英国、爱尔兰和美国的现代戏剧家；在小说方面，则主要研究威廉·福克纳等美国南方作家。

在学术上，我有一个观点——“广、深、精”。“广”就是说兴趣要广泛，知识面要宽广。比如说，你如果研究哲学，那就不能不研究文学、史学、文化学；你如果研究文学，那就不能不关心音乐、戏剧、舞蹈、电影、绘画、雕塑等这些艺术领域。在“广”的基础上，还要做到“深”。再往下深入，就要做到“精”。我在实践中也是如此，特别关注艺术领域，节假日常去“礼拜”博物馆。

美国有众多世界顶尖的博物馆，藏品之中有大量中国的国宝

王庆祥与叙利亚王子

级文物。每每邂逅这些国宝，我都会受到极大的震撼和冲击。今天我想在这里给大家讲几件在参观博物馆时遇到的特别难忘的事情。

一个周末，我跟几个朋友一起去参观宾州西彻斯特大学人类考古博物馆。宾大有世界一流的两河流域考古专家，因此宾大博物馆的伊拉克古文明藏品世界一流。我们来到其中的一个圆形厅，这个圆形厅不是很高。它是博物馆穹顶下面的中央大厅，据说也是整个博物馆中最重要的展厅。一起参观的玛考奇教授说：“这就是中国馆，里面可有宝贝！”于是我们拾阶而上，离着很远，我就看见墙上有两匹浮雕马。我瞬间像是遭到了雷击，愣愣地站在那里，心想：这不就是昭陵六骏中失窃的“飒露紫”和“拳毛 骊”吗？！

1972年，我在西安参观石刻艺术博物馆时曾看到“昭陵六骏”，

王庆祥展示书法

当时只有四匹。原来被窃的两骏就在这里！走近细看，两匹马的身体有好几块是拼接在一起的，有的部位还很残破。六骏分离，远隔重洋，好不心酸！

“昭陵六骏”雕刻精美，气势恢宏，堪称世界雕塑史上的顶尖之作。当年唐太宗李世民为了纪念他一生所骑过的六匹战马，就让大画家阎立本把六匹马画下来，让阎立本的哥哥阎立德做成浮雕，安立在他的陵前。

北洋政府时期，国内兵荒马乱，“昭陵六骏”被盗。为方便运输和逃避检查，六骏被打碎，混在石头中装箱。1914 年，“飒露紫”和“拳毛䯄”被偷运到美国，后收藏于宾大博物馆。

玛考奇教授见我盯着两匹马发愣，就说：“太幸运了！这两匹马被保护在这里。如果是在中国，可能早就被破坏了！”我说：“现在它们不是已经被破坏了吗？”我又接着说：“如果你家里有一套精美的陶瓷餐具，平时舍不得用，只是摆放在玻璃碗柜里；只有到了逢年过节，尤其是在圣诞节招待贵宾时才拿出来用。家里的孩子不小心打碎了一只，然后你的邻居对你说：‘你看，你

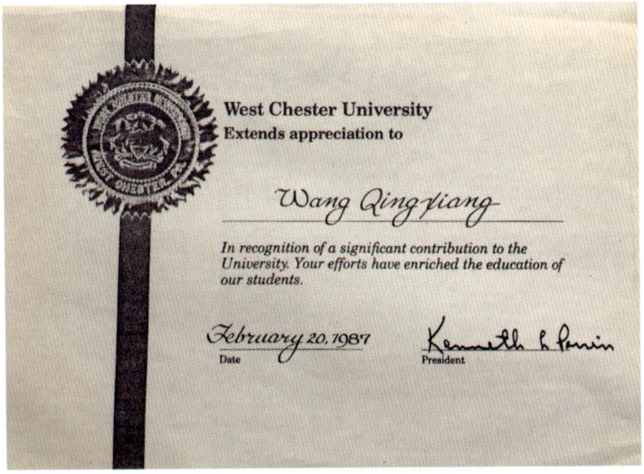

西彻斯特大学颁发的褒扬状

家里的这么精美的瓷器你也不会保存，干脆拿到我家里替你保管，好不好？’你会同意吗？”他答道：“那是属于我的。即便碎了，也是我的孩子打碎的。”

我再没有和他提那两匹马的事了，因为他已经明白了，这是一个国家对文物的所有权问题，是大是大非的问题，含糊不得。

第二件事情发生在纽约大都会艺术博物馆。1987年暑假，我去纽约大都会艺术博物馆参观。中国馆在二楼，穹顶很高，馆内灯光考究、气势恢宏。迎面墙上是一幅大型佛教题材壁画，高四五米，宽十五六米。壁画上的人物造型丰美生动，大的有三个人高，小的也有一人多高，非常震撼。壁画的色彩虽已斑驳，但仍可见鲜艳沉着之风。尤其是人物线条飘逸流畅，大有吴道子遗风。这就是著名的山西洪洞广胜寺元代壁画《药师佛佛会图》。

这幅壁画是廉价骗来的。民国初期，军阀混战，广胜寺破烂不堪，寺里僧人无钱修缮。这时，正好来了两个美国的文物商，他们看中了这幅壁画，有意买下。僧人为了维修庙宇，便以1600块大洋将壁画卖给了美国人。

壁画的正对面是一幅精美浮雕——《皇帝礼佛图》。这是原位于龙门石窟宾阳中洞的浮雕。本来，在宾阳中洞进门后的两侧各有一幅浮雕：右侧是《皇帝礼佛图》，左侧是《皇后礼佛图》。浮雕构图严谨，雕法精美，是佛雕作品里的顶尖之作。但 1972 年我第一次参观洛阳龙门石窟时，洞门两侧上只留下被凿得凹凸不平的空空石壁。

左侧的《皇后礼佛图》现藏堪萨斯城的纳尔逊—阿特金斯艺术博物馆。当时美国文物大盗为了躲避海关检查，也把浮雕凿碎装了几个大箱，偷运到美国。

这些事给我的震动很大。我觉得自己有一种责任感和使命感，披露这些流失文物的历史真相；同时，利用一切机会让人们认识中华文明的悠久历史和辉煌成就。我在美国从事文学、艺术研究和讲学，经常有机会到美国著名高校作讲座。我喜欢将中华文明和西方文明同一阶段进行对比，比如岩画时期、彩陶时期，辅以历史背景，体现我国古代艺术的辉煌。讲完之后，学生们给了我很热烈的反响。听讲的学生说，您讲得太精彩了，我们甚至非常崇拜您。我知道他们真正应该崇拜的是华夏文明，是我们五千年丰厚的文化史。

我认为，随着我们国力的增强、文物保护意识的提高，我们应该一方面继续普及流失文物这方面的知识，另一方面继续凝聚全民族的财力、人力，追索我们的文物。追索文物已经卓有成效，但仅仅是开始，这个追索的任务任重道远。“难能可贵”，难却能做成就叫可贵，难题解开就是进步。我相信追索文物的工作会一步一步开展下去，而且将来一定会卓有成效。

郦波： 我也是博物馆馆长，也研究文史。听完王先生的演讲，感慨特别多。我在海外博物馆看到我国的文物，心里是又激动又难过。那是一段不堪回首的历史，但是历史已然发生，我们现在要痛定思痛。怎么追讨我们流散在海外的文物？要根据国际法的法理依据，成立专门的机构，协商如何追讨流失海外的文物，我觉得这是一件非常重要、非常有意义的事。

胡介国

Jacob Chieh-Kuo Wood

尼日利亚华人酋长、
中非民间商会副会长、
西非金门集团董事长、
《西非统一商报》董事长

他是尼日利亚，也是非洲首位华人酋长。

他凭借中国人的勤勉和智慧，做了十多年称职的非洲酋长。
在尼日利亚，上至总统，下至州长、部长，
无一不是他的熟人或朋友。
当地华人遇到困难时，都会求助于他。
他还是尼日利亚总统顾问，主管尼日利亚中小企业的发展。
经他牵线搭桥落户尼日利亚的中国企业，已有上百家。

他让“为人民服务”的理念，在遥远的非洲落地深扎、开花结果。

他始终本着“严于律己，宽以待人”的原则，
一直在为中尼交流做着力所能及的贡献。

遵道而行，履险如夷

我叫胡介国，生于上海，是加拿大籍华人，担任非洲尼日利亚的酋长已经17年了，我也是目前非洲第一个华人酋长。我创办了西非金门集团，还创办了媒体《西非统一商报》。我很高兴受到节目组的邀请，来与大家分享“我在非洲的那些事儿”。

通过我的开场白，估计大家对我的兴趣点主要有两个：一个是我如何当上非洲酋长的；一个是我如何发家致富，成为“霸道总裁”的。这两个身份其实是有联系的。大家不要误会，我的意思不是说“霸道总裁”就一定能当上非洲酋长，也不是说非洲酋长一定能当上“霸道总裁”。我的意思是说，“严于律己，宽以待人”，如果你能踏踏实实办好每一件事情，认认真真地为当地百姓做好每一项服务，那么你就可以做大你的事业，就会得到人们的支持。

在大家的想象里，非洲酋长可能是头上戴着鸟翎，脸上抹着谁也看不懂的油彩图案，身上披着兽皮，但这是几代以前的事了。

在尼日利亚拉各斯的金门大酒楼前拍照

现在的酋长，有可能就是一位西装革履、彬彬有礼的绅士。许多非洲国家现在仍然保留着酋长制度，但是与过去部落统治不同，更多的是为了安定人心、巩固政权。

我所在的地方叫拉各斯，当时还是尼日利亚的首都。我是尼日利亚大酋长埃米尔任命的。酋长可以自己选封号，我选的封号是“Baba Ase”，意思是“洲际服务总管”，大家不要有一种英式管家的错觉，这其实是我比较坚持的中国理念：“为人民服务”。只有为当地人民做出巨大贡献并融入当地社会的外国人，才有机会被推举为酋长。

我能当上酋长，其实有两个原因。第一，我是第一个引进国内各方面资源的人。通过我引进的企业有上百家，这给当地提供了大量就业机会。

我的父亲胡佩劬是个很有头脑的生意人。20 世纪 50 年代，他就带着纺织机器去了尼日利亚。非洲人的穿衣习惯跟我们不太一样，他们是用七尺长的布缠绕在身上。尼日利亚又是非洲人口第一大国，对布的需求量非常大。父亲瞅准了这个商机，他的纺织生意做得非常好，很快就成为尼日利亚的华人领袖。

父亲在尼日利亚稳定下来之后，就让我过去了。我喜欢与各种人接触，所以到了非洲以后，我没有想过要接手父亲的事业。我感兴趣的是酒店餐饮业，因为这能让我快速地了解当地的风土人情。所以我就应聘去了西非最好的酒店——尼日利亚假日酒店，担任餐饮经理。

1983 年，我专门去加拿大读了酒店管理专业。深造后，我决定再次回到尼日利亚。这次回来，我便慢慢开始了自己的事业。1999 年，我已经在尼日利亚待了差不多 20 年，建起了我的第一家金门大酒楼。我当时对金门大酒楼的主要定位是成为非洲人了解中国的门户。酒店内部的装潢和建筑材料都是从中国挑选的，门口建了喷泉，还放置了石狮子。我跟员工反复强调，要充分展现中国是礼仪之邦，要注意接待客人的礼貌和细节。客人入住的时候，我们会准备一盏小灯笼之类的中国特色小礼物送给他们。

特别是我们利用酒店的宴会厅，与国内各省经贸部门合作，举办了各种展销会，让国内企业尝试着“走进非洲”。经我们酒店牵线搭桥、落户尼日利亚的中国企业，已经有上百家，而且这个数字还在不断地上升。

我能当上酋长的第二个原因就是我建造了四所学校。我没来尼日利亚之前，曾经是个老师，深知教育的重要性。当时正好是

2001 年，受封尼日利亚酋长头衔

民选政府上台，在尼日利亚的历史上是比较重要的转折点。我们当地华人决定多做一点事情，让当地人民明白中国人和他们患难与共的决心。我们建了四所学校，从小学到初中都配置齐了，学校很大，每所学校都可以容纳 3000 名学生。

我说的建，不仅仅是说出了钱，更是出了力。我自己有建筑公司，就直接领着工人们下了工地。学校校址选在贫困地区，是沼泽地，加之尼日利亚是热带雨林气候，天气炎热，又下大雨，建校难度可想而知。4000 平方米的大型建筑，地基打上十几米深，还要继续往下打，就因为是沼泽地！我和工人们加班加点，吃住都在工地上，用六个月建一所学校的速度，硬是把四所学校全部建成了。

开学当天，尼日利亚国旗和鲜艳的五星红旗在学校上空高高升起，总统和全体学生一起为华人唱起赞歌。除了把学校建好，我们华人还不断地给学校图书馆提供大量的图书，把学校里学习好的学生推荐到孔子学院去，有一部分比较优秀的毕业生还来到了中国。

我在建学校的时候，情感是很纯粹的。我希望非洲的孩子都能够接受比较好的教育。但是建好学校之后，我发现当地人对我的好感度增加了，“学生们知道学校是华人建的，中国人和非洲人的友好种子就撒在他们的心上，代代相传！”

如果说刚才我讲的故事都是为非洲做的贡献，那么接下来我想为大家讲一件我在非洲为中国做的事情。这件事情也使我感到非常自豪。

2014 年，埃博拉病毒横行非洲，死亡率最高的就是利比里亚。埃博拉病毒很可怕，不说直接的肢体接触，就是汗液接触也会传染，并且当时还没有办法完全治疗。直到现在，提起埃博拉病毒，大家仍会心有余悸。我当时准备让酒店暂停营业，因为我不能不管员工的安全。

就在利比里亚面临严峻考验的时候，中国以人类命运共同体的胸怀紧急调遣 163 名部队医务人员，组成了中国人民解放军援利医疗队。当我得知医疗队的先遣部队要入住我们酒店时，我辗

2015 年 5 月 9 日，世界卫生组织宣布利比里亚脱离埃博拉禁区，众人欢呼。

转了很多次航班，赶往利比里亚，跟我的员工一起坚守在酒店里。

当时利比里亚首都几乎是一座死城，街上空无人影。埃博拉病毒能够通过接触感染，所以死尸横躺在路边却没人敢收殓。中国军队的到来，给当地人民带来了生的希望。

我首先要解决的就是医疗队的安全和吃饭问题。我先把酒店包围起来，不准外人进出。但是采购就成了很大的难题。所有商铺都关门了，去哪里买东西呢？而且最关键的是要防止病毒入侵。于是我决定亲自去采购食材。我到农场摘菜，上渔船买海鲜，直接去黎巴嫩商人的仓库里采购罐头食品，杀我们自己养的猪……所做的这一切都是为了防止中间环节的病毒污染。我每次上街要戴口罩、手套，穿上长袖衣服，每天要洗几十次手，因为每次上街都有可能感染病毒。

然而，想到我们的部队所承受的困难时，我觉得自己吃的这点苦又算什么呢？我们的白衣战士肩负着国际主义重任，万里迢迢来到利比里亚，每天与死神搏斗。40摄氏度的高温，他们却要穿三套密不透风的防护装备。当他们经过严格消毒作业脱完三套防护服时，人基本已经脱水了！由于工作繁重，许多白衣战士，特别是年轻女护士嘴唇开裂，全身起水泡！看到这一切，我又有什么好害怕的呢？还有什么是我不能给他们供应的呢？短短三个月，我们战胜了埃博拉。当世界卫生组织宣布利比里亚脱离埃博拉禁区时，大家相拥而泣。在医疗队要回国的时候，所有人都来到了街上，送别我们的医疗队。

我讲这个故事，不是为了标榜我多么不怕死，也不是为了宣传我做了多么了不起的事情，而是想说，作为一名华人，中国母亲永远在我心中。对我们这代人来说，没有什么比中国的信任和嘱托更崇高的了！我可以说我为理想而奋斗！

世界听我说 对话

屈洁冰： 今天真是想不到会见到一位黄皮肤，跟我们流着同样华人血液的酋长。我很敬佩你，你能在做酋长的同时，还管理着这么大的企业。我是传媒出身的，我知道在国外办报纸绝对不容易。你有广告，才可以令你的报纸经营下去。一般来说，办报纸的前三年肯定会亏本，如果第三年可以达到收支平衡，就很不错了。您的报纸是中文的，还是英文的？您靠什么维持报纸的发行量呢？

胡介国： 有中、英、法三种语言，以中文为主。办报是一种回馈社会的贡献，我是靠其他产业补贴报纸。纸媒虽然日落西山，但是在非洲，缺电、没网，很多人都等着看我的这份报纸。有一次在飞机上，一位先生走过来，握着我的手说："胡老啊，你这份报纸救了我，我看了你的报纸，才能 365 天都坚持下来，大家在矿山里面，只有通过你这份报纸，才能得到一点家乡的安慰。"

屈洁冰： 这个真的很难得。因为我也是传媒人，我知道华侨想知道中国的信息，也想知道当地社会的信息。您坚持做这个工作，我很敬佩。

胡介国： 我们有专业的翻译。我们是周报，不但有深入的采访报道，还有当地的时事报道，比如新的规章制度等。我们的报纸让很多华人既了解当地，又了解祖国。

主持人：您平时的工作主要是什么呢？

胡介国：华侨，华侨，这个“侨”字，其实就是一座桥梁。当地的人想了解中国，希望得到中国的产品，希望得到中国投资者的资金，我们就起着这样的联系作用。

主持人：您觉得酋长的身份对您而言是什么？

胡介国：是一种责任和义务，有很多事情要解决。

主持人：您希望您儿子今后继承您这酋长的身份吗？

胡介国：对他的希望，现在还很难说。他现在在读书，我希望他英语讲得比我还好，中文也讲得比我好。他生在非洲，但是有一颗中国心。

屈洁冰

Teresa Wat

加拿大不列颠哥伦比亚省议员、
不列颠哥伦比亚省前国际贸易及
多元文化厅厅长

致力于废除歧华法案，她是拼争不止的华人斗士；
为先侨立碑，让学校课本写入华人的贡献，
她单薄的身躯里豪情涌动，情怀博大。

2010 年她被《温哥华太阳报》评为不列颠哥伦比亚省
一百位最具影响力女性之一。

从一位普通的媒体工作者到为华裔与少数族裔发声的领头人，
她有着怎样跌宕起伏的人生故事呢？

提升华人的社会地位是我的使命

我是屈洁冰。2013 年，我作为列治文北中选区的省议员，获得省长提名，进入内阁，担任不列颠哥伦比亚省国际贸易及多元文化厅厅长。

今天我想和大家谈一谈，我任职期间为提升华人地位而做的一些事情。我觉得，今天的分享也可以说是从另外一个角度来了解加拿大华人的历史。

我和我的先生都是土生土长的香港人，我们在香港出生、长大、接受教育、工作、组建家庭，直到我们的女儿出生。由于想让女儿有一个良好的受教育环境，所以我们就有了移民的打算。在选择移民目的地的时候，我其实是做了一些功课的。当时的移民国家有美国、新加坡、澳大利亚、新西兰和加拿大等。当我们对这些国家做研究的时候，发现只有加拿大是提倡多元文化主义的。1971 年，加拿大总理老特鲁多提出了多元文化主义。1988 年，加拿大通过了《多元文化主义法案》，用法律形式将此政策固定下来。这表明，在加拿大，不同背景的文化都会得到尊重和宽容，提倡和重视多元文化是加拿大的立国之本。这是我决定移民加拿大的一个主要原因。

但是，来到这里以后，我们在学习当地历史的过程中发现，尽管加拿大有着多元文化的政策，但却有着歧视华裔的历史。直到 1947 年，华裔加拿大人还在就业、教育、升迁等方面受到限制。同时，不列颠哥伦比亚省政府过去也有很多歧视华人的政策。

所以，我就想，就像一个人做错事情要道歉一样，政府对自己所犯下的错误也需要道歉。一方面是为了正视历史，以提高华人的社会地位；另一方面是为了警示后人，避免再次出现种族歧视。

因为地理位置的原因，华裔先侨到达加拿大，第一个登陆的地方就是不列颠哥伦比亚省，再加上修建太平洋铁路和淘金的原因，这里过去有为数众多的华裔先侨。因此，不列颠哥伦比亚省过去的歧视政策对华人的影响是比较明显的。但是，自从 1982 年加拿大宪法支持多元文化政策以来，省政府一直未对自己的历史错误道歉。

所以，2013 年，在被委任为不列颠哥伦比亚省多元文化厅厅长后，我和当时的省长简蕙芝讨论了向华裔社区道歉的想法，并得到了她的理解和大力支持。

作为道歉工作的一部分，上任伊始，我就开始着手开展公众咨询。为了正本清源，我倡议并主持了多场公众咨询会。通过在不列颠哥伦比亚省的 7 个地方召开公众咨询会，我们了解到了这里歧视华人的黑暗历史。特别是在 1871 至 1947 年间，华人被剥夺投票权，被禁止拥有物业，被禁止出任公职等，而这些只是华人当年备受欺压的冰山一角。我们统计，共有 1300 多人参与到了公众咨询会中，我们了解了华裔先侨在这里的历史，听到了老华侨的心声，获得了最广泛的意见和建议。他们期望省议会诚恳道歉，弥补这些创伤。

在公众咨询会期间，一些老华侨的发言令我印象深刻。在一场内陆的咨询会上，一位老华侨向我们展示了一厚沓的书信。原来这是一批没能寄出去的家书，发信人是一些在内陆淘金的矿工，原本他们的信是要发往广东老家的。这些华工都是背井离乡，远涉重洋来到这里，希望能赚钱回国，并没有留下来的意愿。但是他们挣钱非常辛苦，一直也没有攒到足够的钱回家，改善家人的生活，他们感到非常愧疚。他们以为这些信件已经寄到家人的手中，其实并没有。因为他们是华裔，即使付了邮费，交给了邮差，邮差也不帮他们把信寄出去。很多人走出了家门，就再也没有回去过，从此与家人失去了联系。从这些信件中，我也感受到了他们的痛苦和无奈，体会到了他们生活的艰辛。

还有一位老华侨告诉我们，在他小的时候，他们甚至被禁止进入公共游泳池，还不能与白人女性通婚等。这些都是过去种族歧视所犯下的错误。

尽管华裔在历史上遭受了不公平的对待，但是，他们对于当地的社会发展却起到了非常积极的促进作用。在咨询会上，一个先侨的后裔向我们讲述了他的祖辈在内陆社区阿什克罗夫特传授灌溉技术，带领当地发展农业的故事。而且太平洋铁路的修建，也离不开华人的贡献，可以说没有华工就没有这条铁路。不列颠哥伦比亚省地势险峻，当地白人并不愿意冒险修建铁路，所以大批的华工承担起了修建铁路的重任。这条铁路的贯通，不仅带动了经济的发展，而且也成为不列颠哥伦比亚省加入加拿大联邦的重要条件。所以，可以说华侨对于加拿大的统一也做出了突出贡献。

最终，我们把收集到的事实整理成一份《华裔历史错误的最终报告》。根据这份报告，我在不列颠哥伦比亚省议会陈述了华人遭受歧视的历史，并提出了向华人道歉的建议，获得了所有党派议会成员的一致通过。

2014 年 5 月 15 日，时任省长简蕙芝在省议会，代表省政府针对歧视华裔的历史错误向华裔正式道歉，为省政府过去制定的种族歧视政策，向华裔社区表达最深切的哀伤和悔意。同时，她肯定了华人对不列颠哥伦比亚省文化、历史和经济繁荣做出的巨大贡献。这里也成为加拿大第一个对华裔社区做出正式道歉的省份。

2014 年 5 月 15 日，加拿大不列颠哥伦比亚省政府就历史上排华事件正式道歉

后来，我组织并成立了传承计划顾问委员会。委员会的成员包括各大侨社社团的领袖和多位历史学家。我同顾问委员会一道，按照建议，开展了一系列工作来确立华裔在加拿大的历史地位，以及提升华人的社会影响力，包括废除歧视华裔法案、推出历史教材、筛选华裔纪念遗址并设立纪念碑、建立历史档案资料库等。

我还带领多元文化厅与司法厅合作，花费大约一年时间检讨了从不列颠哥伦比亚省加入联邦的 1871 年，到 1982 年《加拿大人权和自由宪章》颁布以来的近 2000 份立法，发现并移除了 19 项包含歧视条款的历史性私人法案。在这些法案通过之时，还没有联邦、省或者国际人权法存在，《加拿大人权和自由宪章》也还未颁布。这么做，也纠正了过去不列颠哥伦比亚省在立法方面的歧视性条款，保障了加拿大华人的权利平等。

在公众咨询期间，大部分老华侨及历史学家都建议将这段历史纳入中小学课本，以史为鉴。其实在多年以前，当我了解到华裔遭受歧视的历史后，我就问当时上中学的女儿，在他们的课本中是否提到了这段历史。答案是否定的。

“竹笋”项目中的师生

加拿大不列颠哥伦比亚省建立的华人历史遗址纪念碑

为了让下一代更加清晰地了解华裔在加拿大的历史，我积极推动将这段时期的华人生活写入不列颠哥伦比亚省 5 年级和 10 年级的历史课本中，并将这个课程项目命名为“竹笋”。“竹笋”项目向老师和学生提供了丰富多彩的授课和学习资源，包括文字、图片、音频和视频资料，采用多种互动方式组织教材，以便他们更好地学习。

5 年级的学生将了解到中国早期移民在加拿大的历史——他们为什么来到加拿大，他们面临的各种困难，以及他们对不列颠哥伦比亚省和加拿大的发展所做出的贡献。对于 10 年级的学生来说，这些课程将着重介绍来自中国的铁路工人如何修建太平洋铁路，华人在加拿大的少数民族地位，以及他们受到的各种不公正待遇。

除此之外，为了确保华裔先侨能够永远得到尊重，并保存他们遗留下来的文化和历史，我委托顾问委员会对于华裔的历史遗址、文化地点和文物进行了清查，筛选出多处重要的、具有代表性的历史遗迹，设立碑纪念。截至 2018 年 8 月，我们先后在基隆纳、坎伯兰、阿什克罗夫特、坎卢普斯、巴克维尔、维多利亚、利顿和耶鲁设立了纪念碑或者建立了纪念博物馆。

通过开展这一系列的工作，包括不列颠哥伦比亚省在内的加拿大对于华裔社区的认识和了解有所加深，同时树立了华裔先侨的历史地位。

随着时代的发展与进步，人们越来越深刻地认识到华裔社区对不列颠哥伦比亚省文化、历史及经济发展所做出的贡献，尽管达成真正的和解还需要时间和毅力，但我会一如既往，尽心尽力，为提升华人的社会地位而继续努力。

主持人： 我们都知道在西方社会，华裔进入政坛就不太容易，您又是女性，可以说是难上加难。您做了这么多为华裔正名的事情，我想这其中一定经历了很多的坎坷与困难。

屈洁冰： 是的。其实我也很幸运，因为我移民去加拿大以后，是做新闻传播工作，我在当地的多元文化电视台、电台、报纸都做过总编辑，然后也加入不列颠哥伦比亚省政府做公务员，做过多元文化厅的主管。其实我没有打算参政的，在2013年，当时的省长简蕙芝知道我在社会上做了大量的工作，所以她邀请我参政。这也表明这里很重视华裔。我希望通过从政这个途径，可以为社会做出更多的贡献，可以提升华人的地位，一步一步踏踏实实做出来。

郦波： 我们的节目名称叫《世界听我说》。你要让世界听你说，就必须发出声音。但怎么发出声音，发出什么样的声音，如何保留这些声音，这是需要智慧的。要发出一种正式的声音，合法的声音，有历史性的、传承性的声音，这种声音才能改变华人的地位。所以我觉得我们需要有屈女士这样的有志之士，去推动这个事业。

陆蓉之

Victoria Yung-Chih Lu

策展人、艺评家

出身名门，她是个不折不扣的大小姐。

拜师张大千，自小展现出众才华，

她是当代前卫艺术的亚裔先锋。

她是率真任性的“老顽童”，要和时光去作对。

“我对时间从来没有感觉，每天眼睛一睁开，就是新的一天。

艺术是我身后永不停息的风。

我想告诉正在奋斗路上前行的年轻人，

凡走过必留下痕迹，你的人生价值就在于奋斗不止。”

大小姐的疯狂人生

我是陆蓉之，来自美国。朋友们给我起了各种各样的称号：为艺术奔波忙碌的工蜂、为爱痴狂的爱情教母、有一点儿生活小智慧的萌奶奶，还有人说我是把生活过成艺术品的创作者、不相信时间会消磨掉意志的全球人。不管你叫我什么，我想今天在这里跟全球的年轻人分享我那不可思议的生命。

大家知道，威尼斯双年展是世界著名的艺术殿堂，能参加双年展，就是获得了世界艺术界的认可。2017 年，我做了一件非常疯狂的事情。我通过意大利策展人，将中国的广场舞大妈们带到了威尼斯双年展。也许你们会说，萌奶奶你疯了吗？这不是去献丑吗？你们都搞错了，你们的想法太简单了。21 世纪是一个从互联网到物联网、万物相连的时代，大众的艺术，必然会在当代艺术中占有一席之地。而由我们中国大妈们（其实还有大叔），所原创的这种群众艺术，就是 21 世纪中国最重要的当代艺术。我邀请音乐家祝小民、编舞老师王广成一起制作了原创舞蹈《生命万岁》。双年展办公室把我们的演出安排在了绿园城堡的门口，也就是双年展的入口处。我们的演出引起了强烈的反应，当地最大的艺术网站对我们做了非常详尽的报道。

大众艺术也应有相应的位置。中国大妈的广场舞恰恰是城市大众艺术的典型形式，是具有原创精神的当代都市艺术形式。“萌奶奶”我就是广场舞的热烈支持者。

2017 年，陆蓉之和“萌奶奶天团”在贵州表演

2011 年，我在威尼斯双年展举办了我策展生涯的告别展——“未来通行证——从亚洲到全球”的平行展。展览集合了 150 多位全球各地的知名艺术家，它的意义在于探讨和展现亚洲艺术对当代全球艺术领域的引领作用。我深信，在这万物相连的时代，亚洲艺术会因各自独有的历史而各具特色。过去是西方一元化的文化主导年代，可是在 21 世纪，未来的通行证将来自亚洲，我们亚洲的当代艺术将要引领全球。

“未来通行证”第二展馆

去申请威尼斯双年展的时候，我这个喜欢冒险的萌奶奶的口袋里一分钱预算都没有，2 月份，我接到通知：我拿到了威尼斯最珍贵的两个基金会展场。但是所需经费很高，当时我口袋里，连几千欧元都没有。一向心高气傲的我，突然要为这一大笔钱去到处募款，其实是非常困难的。但是我为了艺术，可以不顾一切地去努力。我们用了两个月的时间，终于把经费募集到了。

那几个月的经历是我遇到过的最大挑战。除了募集经费，另一个困难是运输。威尼斯是一座水上城市，海轮无法进入它的运河水巷，只能用一艘艘小船把作品从海轮上转运出来。成千上万的作品都要赶在开幕之前到位，所以大家都在抢船，都要通关。当时，我一直央求所有前来的朋友帮我带现金，因为我要用现金去办理通关，以争取到更多的船单。和我合作的策展人李乐，是德国人。他有驾船执照，所以他就租了一条船，在运河上驶来驶去地帮我们把作品运到展场。在其他人等得望眼欲穿的时候，我们的作品已经全部到位了。

双年展的那几个月，既是我人生中的最大挑战，也是我对自己策展生涯的一个告白。

你们也许会问，萌奶奶你都快 70 岁了还整天这么折腾，是为了什么啊？我告诉大家，我可不是想不开，我的一生非常幸运，顺风顺水，其实我是一个不折不扣的大小姐。

上海长宁区有一条小街，叫幸福路，幸福路以前叫作敦惠路，敦惠是我外公的名讳。外公是辛亥革命后为民国政权筹措军费的重要人物，也是办义学的慈善家。外公为了传承大家族，和我外婆一共生了 17 个孩子。很夸张吧？生到我妈妈是第 11 个，还是女孩儿。外婆就求着外公说，拜托你去娶个小的来帮忙吧。外公却说，不行，你能生女的，就一定能生男的。我妈妈的名字叫郁慕男，意思就是要慕个男孩子来。果真，第 12 个就是男孩子了。

陆蓉之与张大千

第17个也是儿子，也就是今天中国台湾新党的党主席——郁慕明，我最小的舅舅。

台湾的昆曲就是在我们家里复兴的。台北“故宫博物院”蒋复璁院长、世新大学创始人成舍我先生，还有许多文化名人、达官显要都曾经在我家的客厅参与过昆曲雅集活动。

在这个大家庭里，我从小就学习琴棋书画。四岁时，我开始画画。十岁那年，我三跪九叩，要拜张大千先生为师。等我拜完了，白胡子老爷爷张大千对我说，你有五个姨妈都是我的门生，我不能收你为徒，否则会乱了辈分。我心想，老爷爷您不早说，要不我就不给您磕头了。

13岁那年，我在台北“中央图书馆”举办了生平第一次个展。当时真是冠盖云集，张大千先生也来了。大人叫我当众挥毫，我不假思索地一张接着一张画给大家。

17岁的时候，我徒步旅行，在纵贯公路走了一圈后，花了两个月的时间画了一幅40米长卷。我当时想创造一个吉尼斯纪录——最小的小孩画最长的长卷，这幅画完全是由我自己构图的。后来这件作品被蒋复璁院长捐给了“台北故宫”收藏，所以，从严格意义上讲，我是“台北故宫”藏品中年龄最小的艺术家。

蒋复璁院长认为我是中国的毕加索，所以要送我到国外去深造。他为我选择的深造地点就是他堂妹所在的比利时，他的堂妹就是当年把伟大的科学家钱学森护送回中国的魏蒋华女士。当时我被送出去，其实还有一个秘密的目的，就是蒋院长希望我能嫁给魏蒋华的儿子。结果呢，我没做成魏蒋华的儿媳妇。

当时心高气傲的我，就搬出了我干爹的家，在市中心租了一间小阁楼。我是一个特别浪漫的人，我把整个阁楼布置成了紫色：紫色的桌巾、紫色的餐具、紫色的壁纸，还插上了紫色系的花。

就这样，我糊里糊涂地把所有的留学经费都给用完了。

当时我结交了自己所在艺术学院的学长——我也有了男朋友，他介绍我到市中心一家叫“大上海”的中国小餐馆当服务员。魏蒋华女士知道了这件事，非常震惊，她约我到路易斯大街上一家有名的咖啡厅见面。她说，蓉之，你辜负了我堂哥对你的栽培，我们送你到这里来，不是叫你到最小的餐厅去当跑堂的，我们是希望你能随时到这样的咖啡厅来喝一杯下午茶。于是，她又把我这不争气的做法告诉了她的堂哥，很快我爸妈也就知道了这件事，大家一团惊慌。

刚好那时我的小舅舅在美国旧金山读医学院，他们一起商量出调虎离山之计，把我跟男朋友拆开，于是我去了旧金山。在旧金山，我和小舅舅住在一起，因为他从小在我家长大，我们有着像兄妹一样的情感。我又开始做回我的大小姐，无忧无虑地上课学习。可是，好景不长，因为小舅舅是公费留学生，后来一纸公文就把他召回到台湾了。

这下我又得自力更生了。我很快找到了一份到律师家当保姆的工作。那家主人每天要我徒手洗楼上楼下四间厕所，却只给我一块海绵，不给我洗厕所用的刷子。至今回想起把手伸进马桶那冰冷的水里的感觉，我都会觉得十分恶心。客人来的时候，他们要我穿上女仆的服装，为大家端盘子、送水。你想想看，我在家里，一直到 13 岁都有保姆帮我洗澡；20 岁出国，除了读书，我什么都不会做。可是现在我给人家当保姆，什么都得会做，还得按照他们的意思去做。我觉得十分委屈，每天都躲在被子里哭。

那一年除夕，我辞去了工作，到了洛杉矶，决心开启新的人生。在这里，我认识了我生命中第一个丈夫。结婚以后，我搬到了洛杉矶，在夫家的咖啡厅担任领位和收账的工作，却没有工资。

陆蓉之在南加州开办的第一个画廊 Stage One

记得出国时，我答应过母亲会把全家人移民出去，为了符合移民条件，我必须很快地赚到足够的钱。然后，我怂恿当时的丈夫说，我们离家出走吧，过自力更生的生活吧。于是，我们半夜扛着行李溜出了家。为了生活，我又回到了端盘子的时候。之后，我们开了公司，卖机械。我还做过房地产中介，是一个金牌销售员。

1979 年，我在念美术系的时候听到有人抱怨说，南加州都没有一个像样的前卫艺术画廊。我二话不说，就凭着胆子开了一家实验空间，以展出观念艺术、装置艺术、行为艺术为主。虽然根本没有盈利，但我仍然很高兴。

在短短的几年里我就花光了所有积蓄，但是我们很快就获得《洛杉矶时报》的列名和报道，并且获选为洛杉矶与柏林姐妹市交流展的十个展场之一。所以说，我的策略是成功的。但是钱花完了，我只好把画廊收起来，开始从事我生命中第一个真正赚到钱的事业——通信事业。

我这个萌奶奶从来没学过做生意，也不懂任何关于IT方面的知识。我卖过3M的电报机、Ricoh的传真机，还有第一代摩托罗拉大哥大手机。我当时的公司叫飞速电话电报公司，在洛杉矶做得非常成功。

后来，为了在经营事业的同时，方便写艺术评论、看画廊、看展览，我索性在纽约和旧金山分别成立了分公司。在二十世纪七八十年代，我就开始了这种飞行又不用倒时差的生活。我的事业是成功的：一方面我赚到了钱，把全家移民了过来；另一方面，我从来没有放下过艺术。我是第一位在第一线采访、评述国际双年展和文献大展的华人艺评家。也是在那时，我把英文的“curator”翻译成“策展人”。

我的人生不是我所愿的，但是我还是能做到很多第一，我是华人中第一个从事通信事业的，是“策展人”一词最早的中文翻译者。我的好奇心、我的大胆，我愿意归零重启、愿意争取人生中不一样的经验，这些都是艺术家应具有的精神。所以我喜欢折腾，是向来如此的。

网上关于我追我老公的消息，比我艺术成就的报道要多得多。当年我女追男，追到了我心爱的“老爷”——傅申先生。两年多前，在台湾，“老爷”被诊断为无法逆转的阿兹海默症。但在今年，我们得知，他并没有患上阿兹海默症，他其实是小脑萎缩，这使得他经常跌倒，所以他的身体非常脆弱。

最近，“老爷”用流利的英语在美国拍了一部纪录片，入围了四个国际影展，已经得到了两个奖项，其中一个是在佛罗里达影展得到的最佳纪录片奖。小脑不断萎缩，使得“老爷”的性格发生了很大改变。他以前是一个温文儒雅的君子、学者，可现在却跟“萌奶奶”我一样，变成了一个疯狂的艺术家。他很高兴去四处参加影展。我们商量着一起拍电影，我来当导演，我们自己演出，要在这部电影里面表现四个老人的艺术人生——我和“老爷”，还有和我们一起生活的我的98岁的爸爸和80岁的妈妈。这真不是一件简单的事。我，一个快70岁的老太太，要在家里照顾三个老人。我就是这样敬业，在我的电影《答应你》里，有我努力奋斗的过程。

讲了这么多，我来到这里，最想和各位年轻人分享的是，我们这辈子要有勇气去疯狂，做你最喜爱的事，疯狂地追你最爱的人，疯狂地去完成你的梦想。当你最认真、最疯狂地去完成你的梦想时，你会发现自己的人生是灿烂的，就像我一样。

世界听我说 对话

主持人： 您这一生过得这么无忧无虑，就真的一点儿遗憾都没有吗？

陆蓉之： 很多在物质上的阶段性困顿其实大家都有，尤其是第一代移民。但这些对我来说都是小菜一碟，不会有太多感受。其实我心理上最难过的一件事情，是做母亲方面的。在这里我也要叮嘱年轻的朋友们，如果你们有了孩子，一定要学会该怎么做父亲，怎么做母亲，这会对孩子的一生产生很大的影响。

我能有今天，非常感谢我的父母。因为他们和我的外公，我才能成为今天的我。可是当我自己成为母亲的时候，我却忘记了这一点，因为我事业心太重了。我对我的第二个孩子更是夸张，刚一生下他，我马上就递给保姆说，你照顾他吧，我去忙事业了。我生了两个孩子，都没坐月子。

我一直在忙事业，说我是大女人，这是真的。我一辈子都在为我的事业而奋斗，可是我心里非常痛。为了事业，我忘记了孩子的生日；连女儿结婚的时候，我都是在欧洲带团，没有去参加她的婚礼。这件事对女儿的影响太大了，她这一辈子最努力做的事情就是让自己不成为我这样的女人。她生了三个孩子，就不去上班了，她亲自送孩子们去学这个学那个。现在她的女儿在学溜冰，已经开始得奖。她所有的心力都放在了栽培孩子上。

现在，“老爷”会陪着我常常去洛杉矶我女儿家住，我的洋女婿非常孝顺。我们也在试着弥补孩子。但即使我们这么努力，已经造成的伤害还是会产生影响。所以，我要叮嘱各位，生孩子是要负责任的。等到了我们这个年纪，就算你有能力去弥补过去的缺失，年轻时留下的遗憾却依然会在那里。

李中清

James Lee

历史学家、社会学家、

香港科技大学人文与社会科学学院院长

他的父亲李政道，

是诺贝尔物理学奖最年轻的华人获得者，

也是中国博士后制度的建立者。

1979 年，他父亲创立的“中美联合招考物理研究生项目”，

培养出了中国物理学界的半壁江山。

他是社会科学史研究的倡导者，

也是将社会科学的计量方法应用于历史数据分析的先行者。

多年来，他秉承父亲培养人才的理念，

致力于探索中国人才教育的创新工作。

“我与我的父亲有着一样的中国思想，

我们都愿意用自己的所学为中国的教育贡献力量，

也希望中国人能够有更多的机会接受更好的教育。”

江山代有才人出

我是李中清，生长在美国，曾在加州理工学院任教 21 年，后任密歇根大学中国研究中心主任。之后我来到香港，担任香港科技大学人文与社会科学院院长。今天来到这里，我想我的经历和我的家庭或许可以给大家提供不一样的视角，因为我不仅代表了我个人，更代表了我们李家五代人。

大家可能对我的爸爸李政道更为熟悉，其实我们家族从 19 世纪开始就和中国学界有着密不可分的关系。我爸爸的曾祖父李子义是东吴大学，即现在苏州大学的前身博习书院的创建人之一。到了爸爸这一代，我爸爸的哥哥李崇道毕业于广西大学农学院，曾任中国台湾“农复会”主任委员、中兴大学校长等职。到了我这一代，我弟弟李中汉任职于康奈尔大学化学系，并于 1993 年获得麦克阿瑟奖。再往下一代，我的大儿子李善时现任美国斯坦福大学医学院住院医生和教师，刚通过国家“千人计划”青年项目而加入北京大学医学院。所以这次我除了代表我本人，还想代

1957 年，李政道（左三）杨振宁（左一）在诺贝尔颁奖仪式上

表我们李家五代，说说对中国的理解。

1957 年，我爸爸作为二战后最年轻的诺贝尔奖得主，和杨振宁一起成为最早获得诺贝尔物理学奖的中国人。大家可能不知道，爸爸也是唯一一位没有大学毕业，甚至没有受过正式高中教育的诺贝尔奖获得者。

爸爸常说他的事业是从中国考试制度开始的，没有统考制度，就不会有后来的李政道。1943 年，爸爸 17 岁，考入浙江大学。此前由于战乱，他数次辍学，辗转多地，还当过难民。幸运的是，抗战期间，国内考试制度发生改变，为了吸收和照顾大学学生，只要年龄和成绩达标，不需要中学文凭，也可以被录取。进了大学，不仅不需要交学费，就连食宿和衣服都是由国家提供，偶尔还会有一些补贴。所以父亲说，如果没有这个考试制度，在当时的条件下他不会有发展。

父亲就是这样考进浙江大学的。后来，他大学未毕业便赴美国芝加哥大学攻读硕士学位。由于成绩优异，爸爸被破格录取，成为世界级物理大师恩里科·费米的研究生。爸爸在24岁时获得博士学位。博士毕业七年后，他与杨振宁合作提出弱相互作用中宇称不守恒的理论，并共同获得了1957年的诺贝尔物理学奖。

父亲一直觉得自己运气不错，社会待他不薄，只要有机会，他就很愿意为祖国出力，尤其是提携年轻人。最有名的就是他在1979年创立的“中美联合招考物理研究生项目”，简称“CUSPEA”。这个项目是组织美国著名大学在常规的研究生招收计划之外，在中国联合招考研究生。全额奖学金由美国大学提供，学生学成后回到中国。自1979年到1989年的十年间，这个项目一共培养出了近1000名研究生。

麻烦的是，这个项目完全是以爸爸个人的名义创立和开办的，负责人就是爸爸，但他既没有办公室，也没有工作团队，而他要负责的却是这个项目的所有事宜。当时没有电子邮件，所有的申请表都是学生寄给爸爸，再由爸爸亲自写信寄送至美国各个大学，而且每一封信都附有学生的全部材料，包括考试成绩、面试结论、履历等。大名鼎鼎的诺贝尔奖获得者竟然像留学中介一样被学生的申请折腾得团团转。爸爸一个人忙不过来，我和妈妈就一起帮忙。妈妈负责装信封、贴邮票等杂事，爸爸和他的助手则负责到附近的邮筒去邮寄。这些信多得把邮筒都堵满了，因此还遭到了邻居和邮局的抗议，我们只好带着装满信件的箱子到较远的邮局去寄。我当时常常会想，爸爸放着好好的大学教授不当，为什么要做这些事情呢？

30年过去了，当年优秀的CUSPEA学子，一半就职于国内外知名大学，一半在学界之外成为各自领域的领军人物。大家常常开玩笑说，爸爸的 CUSPEA 培养出了中国物理学界和其他学科与事业的半壁江山。我想我现在终于找到了小时候那个问题的答案。

除了 CUSPEA，爸爸在中国教育上还有一个贡献，就是倡导和推动建立了中国博士后制度。他非常关心中国的人才培养。

我从小听他讲考试制度对他的重要影响，所以我也很关心国内的考试制度。关于这一问题，我花了十年时间来研究。

有人会问，你一个在美国长大读书的人，也没有经历过高考，怎么会对高考感兴趣？这和我求学的背景有关。我在芝加哥大学历史学系攻读硕博的时候，导师是史学泰斗何炳棣先生，他最著名的研究著作是关于明清两代科举制度对中国社会组成及阶层流动的影响。何炳棣先生对科举制与明清社会阶层流动的研究给了我很大启发，于是我从科举想到了高考。

小时候，在帮助父亲处理大量的 CUSPEA 学生申请材料时，我就对高考有了比较直观的认知，因为每年我都要整理 100 多份申请材料。当时让我感到惊奇的是，这些优秀学生的来源非常多样化，既有北京大学、清华大学等老牌名校，也有云南大学、兰州大学等偏远地区的学校。这与美国的精英学生集中在哈佛、耶鲁、普林斯顿等常青藤联盟的情况非常不同。

后来，我在北京大学做长江学者讲座教授，有机会利用北大档案馆所藏的大量学籍卡信息，去研究中国近五十年高考制度。于是我跟北大领导商议，能否把这些学籍卡信息单独整理出来，创建一个数据库，并通过统计方法进行分析。当时学校是有顾虑的，原因在于：第一，学籍卡信息涉及大量学生隐私，却为判断一个学生的社会来源和教育上升途径提供了最重要的信息；第二，学籍卡的信息包含学生的父母单位、父母职业、家庭出身、家庭地址和主要求学经历等，如何在合法范畴内进行学术研究，有待商榷。经过多次沟通和协商，北大校方最终同意，我和我的团队可以在不直接接触数据的条件下进行研究。北大先将1952年至1999年间64500多名北大学生的学籍卡数据，手动录入电脑，为保护学生隐私，一律隐藏学生的姓名和照片。我和我的北大研究生在存储有数据库的电脑上运行统计软件，但不能提取原始档案。我们只被允许三次进馆进行分析，因此每次进馆前，我们都要开很长时间的会，论证各种可能性。在这之后，我们利用同样方法还对我祖先成立的苏州大学做了调查。

2008年，通过对家庭、职业、地理、性别、民族、自主招生等一系列复杂条件的对比后，我发现，20世纪50年代至90年代末，中国约有35%—40%的教育精英来自工农家庭，社会上层子女垄断教育资源的状况被打破。即便是改革开放以后，在部分地区的经济状况存在差距的情况下，大学中来自工农家庭的学生比例依然相当稳定，能够保持在30%左右或者30%以上。也就是说，北京大学和苏州大学的部分学生是寒门子弟，他们的父母或是农民，或是工人，家庭中从没有人上过大学，甚至可能从来没有人上过高中。而在美国，半数以上的精英私立大学的学生来自5%的最富有的家庭。所以，总体来说，通过中国的高考制度，各种背景的学生都可以进入精英教育系统，推动社会的转变。其中有一个细节，当我在北大宣布研究结果时，在场的老师突然意识到，原来身边有这么多人和自己一样都是农民家庭出身。而现在，他们是学者、科学家、学校高层领导，能够影响众多学生的发展，甚至中国的未来。

在个人层面，我认为考试为个人提供了接受教育和向上流动的机会。在社会和国家层面，考试相对公平、客观地为社会和国

李政道与李中清父子合照

家选拔了人才。传统科举制度是将考试和选官相结合，从而形成了政治与社会的互动；而近代以来的大学招生考试，乃至以后的高考，则成为联结社会各领域的枢纽，为各行各业输送人才。

讲到这里，我很想为中国教育打一剂强心针。中国的教育虽然还存在这样那样的缺点，但中国的高考制度总的来说是相对公平和客观的，是目前最好的选拔方法，甚至是优于欧美发达国家的。这是我这么多年的研究成果，借此机会分享给大家。

像爸爸一样，我们都希望能为中国的教育出份力，也希望中国的人才能够有机会接受更好的教育。目前没有哪个国家的教育制度是完美的，中国也在探索符合中国国情的教育之路，并不断在改进。我希望，也相信将来的中国会出现更多像爸爸和我一样的人，在获得一些成绩的同时，也为这个社会出一份力，这样我们的国家和民族才是有希望的。

郦波：您的父亲是著名的诺贝尔奖得主，物理学界的泰斗。您与父亲不同，选择了历史专业，能给我们讲一讲您研究历史的因缘吗？在这个选择中您有没有受到家学的影响？

李中清：虽然爸爸是物理学家，但他对中国文明一直很感兴趣。我们住普林斯顿的时候，全家大概每个月都会去纽约的唐人街买中国的食品。每次去纽约，爸爸总强调必须要去一个博物馆，看看艺术品，看看古代文明所创造的东西。这对我们影响很大，原来中国文明不光有礼学，它的范围很广。它像是一座楼，其中有很多不同的房间，每个房间的布置都不一样。我们必须好好地去尊敬，好好地去理解。

郦波：其实艺术和科学就是相辅相成的。

李中清：是的。爸爸经常会问我们人与动物有什么区别。他说主要的区别就是人与动物的脑子不一样，人可以推动发展、创造文明。所以我们小的时候就开始设想未来要不要去学校当教授。在家里，我们会讨论未来想在哪一领域教书。这是爸爸给我的一个很大的影响。

我 15 岁去瑞士读高中。上高中之前，我选了三个学科：历史、经济学、城市管理与设计。当时我去找这三个系的主任，每个系的主任都给我开一个单子，上面列着主要的书。我在中学一边学习课业，一边阅读他们提供的书目。不到 16 岁，我就回家告诉爸爸，说我决定去学历史。我记得当时爸爸表面上很支持我，可过了一两个月，我再回家时，爸爸说因为我想做历史学家，想学法国史，所以他去图书馆帮我查找了法国一流大学历史系教授的名单。他说，你看这里面有没有中国人。我看了几百个人，发现没有。他说，可能法国不适合中国人去研究法国史，你要不要考虑去念中国史。当时我只是觉得很符合逻辑，就说那还是去学中国史吧。现在来看，我的职业、我的研究领域其实都深受爸爸的影响。

郦波：这是具有大智慧的引导。父亲的那种大智慧，不是来源于感觉，而是凭借基础调研。

主持人：您觉得父亲对您的教育最重要的是哪一点呢？

李中清：爸爸一直教育我们，如果要做学问，就要有激情，有诚意。做研究需要很实际地去做，不能什么比较热门就去学什么。对我而言，爸爸最重要的教育就是强调做事情要认真，不应该去想日后能不能获得物质上的回报，不应该去想能不能成名，因为一想这些东西，就会影响你的发展。

罗笑娜

Paula Annette Madison

美国全国广播公司前高级副总裁、

通用电气公司副总裁

为了寻找母亲怀念一生的外祖父，

这位拥有着四分之一华人血统的非裔女子开始了她的寻根之旅。

不远万里从牙买加到深圳，她经历了什么？

失联 90 年的血脉重连，又让她收获了什么？

“我想和全世界分享我的故事，以及我家族的故事，

想让大家感受到，每一个人血脉里都有着对亲情的牵挂与渴望。”

漫漫寻根路

罗笑娜： 我叫葆拉·麦迪逊，是一个非洲裔美国人，有牙买加血统。我还有另一个名字：罗笑娜。2012 年，我在深圳找到了 300 多位客家亲人，他们都是我外公罗定朝的后代。这是我的表弟，罗敏军先生。

罗敏军： 在童年的记忆里，有一个叫牙买加的国家，似乎和我们罗氏家族有着千丝万缕的联系，因为这个国家时常出现在我爷爷的口中。爷爷说，牙买加，是加勒比海上的一座岛国，在印第安人的语言里，牙买加是泉水之岛的意思，有着和平安宁的含义。牙买加圣安娜区首府——圣安斯贝城，就是我们罗家在海外扎根的地方。

我的爷爷叫罗定朝。1905 年，他和罗氏家族的兄弟们漂洋过海到了牙买加，为家族能过上更好的生活而奋斗着。他从一个少年成长为一个男人，把青春年华都留在了牙买加，直到 1933 年。

罗笑娜母亲罗碧珊

罗笑娜童年照

世界上没有哪个国家能躲得过20世纪30年代初的经济大萧条，美洲、亚洲和欧洲的大城市都是如此，即使是在牙买加小镇上的商铺也明显受到了影响。从1929年到1932年，牙买加的出口份额和产品生产突然收缩，出口商品价格大幅度跌落。当地政治、经济和社会环境的恶化，以及生活水平的下滑，迫使很多华人离开了。我的祖父也是这其中的一员。1933年，他离开牙买加回到中国，直到去世都未曾回过那个遥远的国度。

只是我们都不知道，从他离开牙买加回国的那一刻起，一个女孩就失去了父爱。

罗笑娜： 我母亲跟我说，1921年她三岁的时候，经历了她人生中最灰暗的一年。因为她被带离父亲身边，此后再也未能相见。她的母亲不想再养育她，她的外婆也对她恶言相向，她的童年冰冷而痛苦。这种残酷的生活一直持续了将近16年。直到有一天，

罗笑娜全家合影

她终于下定决心要去找寻她的父亲，在她的记忆里，他是世界上最爱她的人。但是，孤身一人又身无分文，她要怎样才能去遥远的中国找到他呢？

1945 年，母亲拿到了美国签证，来到了美国，她在纽约安定下来。不久后，她和一个牙买加黑人相遇，并结为夫妻，那便是我的父亲。他们生下了三个孩子：两个哥哥和我。从八岁开始，我就一直是班里的尖子生，也是全校最聪明的学生之一，我的成绩单上写满了 A。但有一次，我带着有一个 B 的成绩单回了家，母亲看到后勃然大怒，变得异常严肃，她几乎要贴上我的脸，盯着我说："我来这个国家，不是来让你拿个 B 的，听懂了吗？"我吓坏了，回答她说："听懂了，妈妈。"我能明白她对我们这么严格的原因，还有她要让我们变得成功、富裕的理由。因为成功和财富，是她未能拥有的两样东西。她觉得如果她能拥有这些，她就能去中国找她的父亲了。

大学时，我本科主修非洲历史，研究生则转向了新闻学。后来，我成为一名调查记者，还成为企业家和投资人。我开展的所有事业，还有这些不同的兴趣，其实都是为了一个目标。我在为这个目标做准备，那就是希望有一天能找回母亲在中国的亲人。

罗敏军：2012 年是我们中国的龙年。对炎黄子孙来说，龙不仅是一种符号、一种意蕴，更是一种血肉相连的情感。无论在世界的哪个角落，“龙的传人”在血脉里永远都是中国人，都对故土心怀向往。只是，直到这一年，我们都不知道，在万里之外的国度，有我们的亲人正在一路艰辛朝家的方向一点点靠近。

罗笑娜：2012 年，我从美国全国广播公司退休，全身心投入到这个目标中。通过调查研究，我发现大部分去到牙买加的中国人都是客家人。后来我得知在加拿大的多伦多市，每四年客家人都会召开一次国际联谊会，我给两个哥哥和自己报名参加了，希望通过这个途径找到了解我外公和他家族的人，哪怕只是知道一点点线索也好。功夫不负有心人，在会上我认识了我亲爱的朋友，我的客家姐妹江明月。她制作并导演了讲述我们故事的家族纪录片《寻找罗定朝：从哈莱姆到中国》，她在网上找到了大量资料和新闻报道，都是发生在我外公还在牙买加时的事情。通过这些线索，我用邮件联系上了敏军的父亲，也就是我的舅舅罗早舞。

罗敏军：2012 年 7 月，香港堂侄罗耀雄突然来访，转告了我父亲一个消息，一位美籍牙买加裔的女士正在努力地寻找和联系我的父亲，因为她坚信她身上拥有的四分之一中国血统来自于她的外公，也就是我的爷爷罗定朝。

罗笑娜：我终于如愿以偿，见到了母亲的哥哥和姐姐。当我坐到达莎姨妈身边，我看看我的手，再看看姨妈的手。我注意到，虽然姨妈的肤色要比母亲黑一些，她和母亲也没有长得很像，但我就是有一种很亲近的感觉。也许是因为我在达莎姨妈那里，感受到了我母亲的灵魂和血脉。第二天，早舞舅舅带我去了罗家岗，我们的先辈居住的地方，那是我的第一次探访。当我终于真正踏上那片土地，激动之情难以言表。看着我外公的照片和母亲的照片放到一起，他们长得实在是太相像了。作为客家后人和罗家后人，我终于可以高兴地说，我找回了自己的家人和客家根魂。

世界听我说 对话

陈愉：我觉得您带来的故事太精彩了。尤其是在这样一个全球冲突日渐增多的背景下，您的故事刻画了特殊公民在经历数不清的悲伤、失去和心碎之后，跨越重重障碍，甚至超越了种族，终于和亲人团聚，找回了家族之爱和血之亲缘。我很好奇，这段经历对您个人有什么改变？

罗笑娜：当然，对我现在的生活可谓是改变巨大。首先，我2012年就退休了，我把所有精力倾注在我的家人身上。我很开心的是我表弟的女儿来了美国，和我们一起住了六个月左右。而我的侄外孙女毕业之后，则去了深圳和他们一家住了四个月。我们都希望孩子们能够互来互往。因为对于我们这种全球公民、全球化家族来说，无关种族，也无关国籍，我们是一个大家庭。这才是最重要的。

张瑜: 您和客家亲人间有没有一些感人的小故事和我们分享?

罗笑娜: 2015年是我和我丈夫结婚25周年，之前我们从来没有举办过周年纪念会。早舞舅舅知道后，决定在广州给我们办一场盛大的结婚周年纪念会。我的先生罗斯福和我，还有我们罗氏家族的约60位亲属欢聚一堂，庆祝我们结婚25周年。这是我唯一的一场结婚纪念会，就在中国，和我们罗家人一起。

郦波: 这是一个非常传奇的寻根故事，让我联想到去年奥斯卡最佳动画长片《寻梦环游记》里的情节。同时罗女士的寻根之路也反映了我们独特的华夏文明：我们是祖先崇拜。我们每个人都会问：我是谁？我从哪里来？我们最后都要回到祖先的河流里去。

我觉得罗女士的母亲非常伟大，在艰辛的环境中培养了自己的孩子。这样一种向内的寻根和向外的披荆斩棘、筚路蓝缕，体现了华夏文明的特色，即向内的延续和向外的永恒不息。

张益唐

Zhang Yitang

数学家、美国 2014 年麦克阿瑟奖获得者、
美国加州大学圣塔芭芭拉分校终身教授

他天赋过人，记忆力超群，曾是北大的传奇天才。

赴美留学后，却干起了送外卖、端盘子的工作。

半生颠沛流离，年近 60 的他，在蛰伏 30 年后一鸣惊人。

他有关孪生素数猜想的证明，

被认为可以比肩陈景润的哥德巴赫猜想。

他几乎拿遍了数学领域的所有荣誉，并获得麦克阿瑟奖。

从籍籍无名的大学讲师，到世界重量级数学家，

他背后有哪些不为人知的故事呢？

不孤独的素数

我是张益唐。今天，我从我的专业开始讲起。大家都知道，素数只能被它自身和 1 整除，比如说 2、3、5、7、11、17、19、23。我们可以看到，当素数小的时候，它们互相的间距好像也挤得很紧，每一个素数好像在它很短的距离之内，就能找到另外一个素数和它相匹配。但是，一般来讲，素数越大，它们之间的间隔在一般意义上也就更大。我所证明的就是所谓孪生素数猜想的一个弱化形式。

我的这个理论，英国诺丁汉大学物理教师安东尼奥·帕蒂拉举了个有趣的例子可以类比，大家应该就很容易懂了：假如在素数王国里，素数只能找邻近的同类结婚，那 3、5、7、11 这种小素数，找对象都很容易。可是素数越大，对象就越难找。但是根据我的发现，存在无穷多个素数，其中每一个和下一个的距离，应该不超过 7000 万。孤独的数字不会持续孤独下去，总有另一个素数与之相匹配。换言之，我证明了，对于“大龄光棍”素数来说，7000 万步之内，必有芳草。

大家都说这个成就的取得和我对数学的热爱分不开，现在我就想给大家分享几个我与数学的故事。

1955 年，我出生在上海浦东，父母因为工作的原因把我寄放在了外婆家，所以我大部分童年时光都是在那里度过的。外婆家在上海浦东海兴路的一个旧式民居里，站在二楼的阳台上，可以看到上海外滩的部分景色。

外婆受过的教育不多，我对数学的喜爱也没有对她讲过，但她确实是最早发觉我记忆力很好的人。记得大概四五岁的时候，一次发烧说胡话，外婆发现我在背诵各个国家的一百多个地名，于是就把这件事跟我爸爸说了："这个小孩将来不得了，是不是能够培养下？"为了验证这件事，爸爸就给我讲了一个复杂的故事——当然是相对几岁的小孩子来说的复杂故事——孙悟空三打白骨精。爸爸自认为这个故事情节复杂曲折，可以难倒我，给我讲的时候也是轻描淡写。第二天一早，我被叫起来复述这个故事。当时睡得迷迷糊糊的我竟几乎一字不差地复述了爸爸给我讲的内容，于是我就有了"过目不忘"的称号。

我的数学启蒙来自于一本卖六毛五的《十万个为什么·数学卷》。9 岁的我把这本书反复看了好多遍，给我印象最深的是费马大定理和哥德巴赫猜想。我当时也没想到，长大之后跟我结下不解之缘的并不是这两个数学难题，而是孪生素数猜想。

看了《十万个为什么》之后，我对数学更加痴迷了。记得有一天，外婆站在厨房炒菜，我站在她身后没什么事情做，闻着菜香，就开始想如果我把两个正方形套在一起，把小的正方形套在大的正方形中间，是不是就能把勾股定理验证出来了呢？这件事第一次让我知道，数学是可以验证的。

从那之后，我就偷偷翻遍了舅舅和姨妈留下的初中数学教科书。因为对数学太过痴迷，我总觉得自己和其他的孩子不一样，因为我喜欢独立思考，还喜欢找书看。当时，我还十分担心自己是不是有问题，但性格内向的我没有跟其他人提过这些事，只是在心里默默地觉得我跟其他人不一样。现在想来，也许无人倾诉的孤独环境从客观上给了我更多的思考空间。

再长大一点的时候，我认识了邻居的几个上高中的哥哥。我知道他们数学知识懂得多一些，就很喜欢跟着他们一起玩。慢慢地，我从他们口中听到了一个叫“华罗庚”的名字。那个时候，人们对有学问的人是非常崇拜的，我听到他们崇敬的语气，知道华罗庚是一位非常了不起的数学家。当时，小小的我便渴望自己长大能够成为像华罗庚一样受人尊敬的人。

因为各种原因，我没能上高中，而是到了北京的一个锁厂做工人。可是我怎么能放弃自己热爱的数学呢？于是我在休息的时间去了北京西单书店翻看华罗庚的《数论导引》，我觉得这本书太好看了，可是当时标价五块五，我的零花钱不够，根本买不起，只能经常跑去书店翻看。

大家经常说我对数学痴迷，其实我在上大学之前兴趣很广泛，看的书也很杂，数学并不是我唯一感兴趣的科目。但是不知道为什么，我对数学的兴趣一直是最强烈的。正是对数学的浓厚兴趣，让我觉得自己是最适合研究它的人。

1978 年，我考上了北京大学数学系，在那里完成了本科和研究生的学习。1985 年。我到美国的普渡大学深造，获得博士学位，却因为和导师有一些专业上的分歧，博士毕业后没有拿到导师的推荐信。这件事对于一个博士毕业生来说是非常严重的，而性格内向的我，不善言谈，也没有跟导师争辩什么，只是默默承受了

在美国普渡大学读书时的张益唐

没有推荐信的后果——长达七年的失业。

网上有很多传说，说我那段时间过得很惨，到处打工，四处流浪。那段时间，我过得确实不尽如人意，但是并不算什么重大挫折。如果能够让我继续研究我喜欢的数学，那么我只需要维持最低的生活水平就可以了。那七年里，我在快餐店里面打零工，也经常在朋友家寄宿，在外人看来我甚至比我所研究的素数还要孤独，因为没有人理解我。但我也想说，不要轻言放弃，也不要将人生的挫折看得太重，如果真的热爱科学，就要坚持到底。比如我，在快餐店打工的时候，我还发表了数学论文呢。

1999 年，在美国英特尔公司工作的北大校友唐朴祁希望我帮他一个忙，求解一个关于计算机容量的算法难题。我大概用了三周时间解决了这个问题，没想到告诉他的时候，他很夸张地说："你太厉害了，这个难题已经困扰了我们好几年了！"因为这件事，唐朴祁向在新罕布什尔大学任教的学弟葛力明介绍了我。经葛力明的推荐，我成为新罕布什尔大学数学系与统计学系编制外的助教，执教微积分、代数、初等数论等课程。大学讲师虽然只是很

在美国新罕布什尔大学担任临时讲师的张益唐

低的职位，但这是我回归学术圈的开始。

为了专心思考数学问题，我常常会一个人“闭关修炼”，环境再嘈杂也没有关系。思考也是我的主要学习方式，我不需要笔和本，只需要一个人安静地待在一处。我在任何地方都可以思考。我喜欢步行，天气好的时候，我可以一个人在外面走一两个小时。我很容易进入思考状态，只要完全进入，外界就不会对我有干扰。

可能在一般人看来，我在大学任教，年近60岁还只是个讲师，没有子女，经济也不宽裕，无疑是个学了很多无用知识的失败者。但我享受的是逐渐发现的过程，而不是一个结果。几十年前有一句话，意思是说人的生命、追求、价值不是取决于你取得的东西，而是在你的追求过程中。德国剧作家莱辛说过，“对真理的追求比对真理的占有更为可贵”，爱因斯坦就喜欢引用他的话。即使我没有成功，也不会觉得太遗憾。我在这个追求的过程中觉得很有价值。有人问我，如果你没有解决出来，会不会觉得一生就毁掉了？我觉得没什么，我活得好好的。

关于孪生素数猜想，学界一直有一个在证明过程中难以突破的障碍：要使误差项控制在四分之一内。2008 年，美国国立数学研究所特地为此召集了一批顶尖的数学家开会讨论，历经一周的时间，得出的结论是用目前的办法不能够解决。我当时不知道有这个事情，当然也没有资格参加这次会议，也就不知道其他数学家都暂时知难而退了，所以后来在反复冲击这个猜想时，也就没有过多的心理顾虑。回想起来，我的内心没有障碍，可能反而促进了问题的解决。我当时是有自信的，我只是在做我喜欢的事。一个人做一件事，如果总是患得患失，还不如从一开始就不做。

2012 年，我受邀去南科罗拉多州的音乐家朋友家中做客。我当时就带了一个背包和一顶棒球帽，关于数学的东西都没带，我其实是打算让自己放松一下的。那天我帮助他上高中的儿子补习了微积分，晚上还要去看朋友的音乐会彩排，就在这个间隙，我打算去院子里看看有没有小鹿出现。那里的小鹿非常可爱，一家子一家子地出现，我很喜欢。在等小鹿的时候，我不禁又开始思考素数问题。大概过了二三十分钟，我意识到自己已经解决了孪生素数的这个难题。我没有声张，随后去看了朋友的彩排演出，还与他讨论了相关曲目。回去后的几个月，我解决了一些技术上的问题后，终于写出了《素数间的有界间隔》这篇论文。这一切，我都没有跟人说过。2013 年 4 月 17 日，我向美国普林斯顿大学主办的《数学年刊》杂志投稿，可以这么说，这篇论文改变了数学界，也改变了我的生活。

由于我投稿时是个在学术界默默无闻的学者，解决的又是这样重大的数学难题，《数学年刊》的编辑曾经一度认为我的这篇文章是不可能正确的。投稿后，审稿人是罗格斯大学的伊万尼克教授。他看到我的论文时，第一个感觉是："不可能做出来！"但开始阅读后，他就发现有些吸引眼球的地方。然后他开始与好友萨纳克教授通电子邮件，从“这篇论文值得关注”“这里面有个很好的想法”“非常好的想法”，到“这个证明有可能是对的”“非常可能是对的”。一个星期中，接二连三的电子邮件，评价一个比一个高，语气也愈来愈兴奋。第二个星期，伊万尼克教授把所有的事都停了，根据我的思路，又证明了一遍，然后与我的论文进行对比，认为是对的。第三个星期，他逐字逐句地阅读我的论文，最后写出“找不到任何错误”这个评论。就这样，三个星期，这篇论文就通过了。而此前，《数学年刊》审核和刊登投稿论文的平均时间是一至两年。

我有时候也会想，如果那天小鹿来了，可能也就没有我的这篇论文了。当然这是开玩笑的，其实我想说的是天分确实重要，但勤奋更是必不可缺的素质。对于我来说，这二者都不可或缺。

现在我一下子也变成了“名人”。成名有它的好处，但带来的副作用也有很多。时间不再属于你，这是最大的问题。干扰太多，要应付的事情太多。对于喜欢安静的我来说，有了光环后，似乎很难保持原有的状态了。我还是喜欢简单的生活，只要让我研究数学，无论怎样的生活我都可以安之若素。我不关心金钱和名誉，房子和车子也对我造不成困扰。人在找到自己喜欢的东西之后，最重要的就是不要因为外界的诱惑而忘了自己的初心。无论对学术，还是对生活，怀有一颗平常心是很重要的。学术是一个很纯净的世界，只要坚持、热爱，就能找到不孤独的乐趣。

虽然我研究的是孤独的素数，虽然大多数时间里我都和素数一样孤独，但因为我有我爱的数学，所以我并不孤独，同时也推算出了素数并不孤独。最后，我要感谢我生命中最重要的人，我的妻子孙雅玲。因为她的理解和支持，我才从真正意义上摆脱了孤独，成为你们今天看到的张益唐。

主持人： 刚才我们听张教授的讲述，发现他讲得更多的都是他所想的事，都是他的内心世界。孙老师和数学家的生活，是什么样的呢？

孙雅玲： 他淡泊名利，他跟我说够吃够花就行了。有时候想叫他换个工作，但他一生就这么点爱好，真让他换了，他老了会后悔的。所以这方面我比较理解和宽容他。

他生活中也不爱说话。后来我们形成了一种生活方式：晚上下班回来，炸个花生米，炒个青菜，拌个凉菜，我们俩就一起喝酒。等他喝到半醉的时候，就会诉说自己的心里话。所以只要他休假回来，我们俩每天晚上就这样简简单单地喝酒聊天。

张瑜： 当您知道张老师的研究成果取得巨大反响之后，您的感觉是什么样的呢？

孙雅玲： 有一天他给我打电话，说让我这两天多关注媒体，上面会有与他相关的消息。我一点都不相信，一个穷困潦倒的讲师，还吹什么牛呀。结果那两天我一看，媒体都哄起来了。我当时既高兴，又感到很辛酸。辛酸什么呢？以前我太不了解他了，他对数学的热爱和执着，他的淡泊名利，我都不理解，所以我觉得特别辛酸、难过。他痴迷数学一辈子了，到58岁终于得到认可了，所以我很高兴。

杨燕子
Janet Yang

好莱坞资深制片人、奥斯卡金像奖终身评委、
美国百人会成员

她是好莱坞资深的华裔女制片人，
也是 20 世纪 80 年代将好莱坞电影引进中国的第一人。

她致力于中美文化交流，
让中国人第一次在大银幕上看到《罗马假日》，
让美国人第一次接触到了中国电影，
也让华人们在异乡感受到黄土地的广袤与深沉。

在她的经历中，有着怎样的传奇故事呢？

感恩华裔身份给我的一切

我叫杨燕子，是一位来自美国的华人，首先，我要感谢我的华人身份，正是因为这个身份才成就了今天的我。

我的母亲在1946年去美国留学，后来在联合国工作，但一直保持着中国公民身份。1971年，联合国承认中华人民共和国。1972年，美国总统尼克松从中国回来，鼓励华侨回国探亲。

那年夏天，我陪母亲回国探亲，见到了很多中国的亲戚，也对中国的文化有了初步的了解。从那时起，我才真正意识到自己是个中国人。

我对中国感到亲切又好奇。所以，在上大学时，我选择了中国学研究专业，开始学习中国的文化、经济、政治。后来，我来到中国工作，期间认识了一批先锋作家、艺术家、电影艺术家。

当时我看了一些中国的电影作品，像张瑜老师主演的《庐山恋》，就是对我很有启发的一部电影。记得当我看到这部电影时，很震惊。首先是因为我在美国几乎看不到华人参演的电影，就更

1972 年杨燕子在天安门留影

别提中国人拍的电影作品了。其次是因为张瑜老师在这部电影中的角色激发了我的好奇心，因为她所扮演的角色就像我一样，是一位美籍华人。这部电影对于美籍华人这一人物的尝试和努力，对我来说非常有魅力，让我感同身受。

1981 年 6 月，我回到美国纽约，那时候只有个别中国城的影院愿意放映中国电影。为了看到中国电影，我举办了一些电影节，找了一些组织来参与放映，还找到中国驻纽约领事馆借电影胶片来复制，当时的胶片很重，但为了看中国电影，我就自己拎回去。

后来，我从领事馆处得知有家旧金山的公司在放映中国电影。这个公司后来叫作“世界影视公司”，它获得了中国电影在北美地区的代理权，并且旗下有一家电影院。他们当时邀请我来管理这个公司，因为我有哥伦比亚大学工商管理专业的硕士学位，喜欢中国，又会说中文，他们觉得我很合适。

当时的工作主要就是引进中国电影，然后在电影院放映，另

1986 年，杨燕子代表美国几大制片厂考察国内当时院线环境

外就是帮中国电影做发行工作。1984 年底，电影院开业那天，首映了一部中国的老电影，就是拍摄于 1947 年的《一江春水向东流》。

我们邀请主演白杨等一批中国电影工作者参加了很多国际电影节。当时反响轰动，旧金山当地的报纸登了很大一篇采访我的文章，还对此次首映做了报道。

在此之后，我陆陆续续地引进了一大批中国的优秀电影，比如陈凯歌导演的《黄土地》，还有吴天明导演的《没有航标的河流》等。

我觉得，对我来说这些是中国最好的电影。除了在影院之类的商业地点放映，我们又在大学、电影节等做非营利性质的放映。我们还在旧金山和洛杉矶举办了谢晋导演回顾展，请谢晋去了美国，放映了《芙蓉镇》《女篮 5 号》《舞台姐妹》等诸多影片。

交流是双向的，当时我想我已经把中国的电影带进美国了，那如何把美国的电影带出去呢？

这个时候，我还是要感谢我的华人面孔，环球影业没有理由拒绝一个华人把好莱坞电影带去中国的想法。

环球影业的人找到我，邀请我做将美国电影引进到中国的工作。当时环球与派拉蒙、米高梅和联艺一起做国际发行。

我代表这四家电影公司和中国方面进行谈判，正式开始了我将美国电影引进中国的工作。

我是第一位将好莱坞电影正式引进中国的华人。当时美国好莱坞电影是全世界最先进、最成熟的，我希望中国故乡的人们也能看到这些优秀的电影，我希望把好莱坞优秀的电影输出到中国，促进彼此之间的了解，加强文化上的交流。

但是，由于两国截然不同的社会体制和经济形势，我们在引进好莱坞电影的过程中遇到了很多困难和阻碍。

当时的好莱坞对于出口的影片要求进行票房分账，但当时中国的计划经济体制和低廉的票价，决定了这一模式是非常不现实的。当时中国大部分电影放映场所都不赚钱，生产发行或放映都是国营公司或机关，很少有进口的片子。

好莱坞要分账，中国则不实行分账。在我们和好莱坞电影公司长达数月的谈判下，最后决定采用分红制，从而促成了第一部好莱坞影片在中国的放映，这就是后来轰动一时的《罗马假日》。

当时先签了合同，之后选片子。之所以选这个片子，是因为它在美国很受欢迎，而且剧情很容易懂，角色给人的印象都是天真烂漫的。除此之外，还有《杀死一只知更鸟》《爱情的故事》等四部影片。

这些故事已经过去了很久。最近我在纽约参与筹建奥斯卡电影博物馆。回溯几十年来的电影史，我很高兴地看到如今有越来越多的中国优秀电影人走出国门，在国际影坛上赢得一席之地。我觉得既骄傲，又欣慰。

故事讲到这里，我要再次感谢我的华人身份，让别人知道我既懂美国，也比一般美国人更懂中国。正是这样的身份特征，让我拥有了我的事业和我的梦想。

我知道现在有很多在外的华裔青年，他们存在对自我身份的不认同，觉得很苦恼，自己到底是中国人还是美国人。其实，我想对大家说，只要你感受到两种文化赋予的能量，并好好运用它，它就会给你带来新生！

2017 年《喜福会》剧组成员重聚合照（右三：杨燕子）

主持人： 刚才您在讲述中一直提到要感谢华人的面孔，那您从小就感受到了这个面孔给您带来不一样的东西吗？

杨燕子： 其实我小时候觉得有华人的面孔不是一件好事情，因为跟别人不一样，总是很显眼。后来来到中国，我把中国电影带进美国，介绍中国的传统文化，这给我很大的能量，我可以很骄傲地说我是中国人，我也很感谢自己的华人面孔。

郦波： 杨老师演讲中提到电影。我也认为电影可以改变我们的社会，改变我们的时代。我是一个电影发烧友，我奖励自己的方式，就是工作特别累的时候去看一部电影，这最快乐了。像杨老师制片的《喜福会》，从中可以看到华人女性的成长历史，这部影片改变了美国社会对华人女性的一种认识和偏见。电影是一种立体信息的传递，鲜活的、影音一体化的传递，这种信息的传递更为丰富、更为深刻。

陈文茜

Sisy Chen

主持人、评论员、作家

她曾经年轻、不认老去；

曾经从政，潇洒告别权力；

曾经文艺、不耽溺文艺。

她的书写包含世界财经、国际政治、小品散文、

女性与爱情、生活感悟及哲学思辨。

她的人生横跨学术、电视主持人、广播主持人、

作家、艺术策展人。

问她为什么转折如此多的人生，

她的答案：我只有一生。

同理之心

我来自中国台湾。每一个人都会因为生长环境不同，因为时代不同，因为个人的处境、家庭不同，而有着不同的故事。在我身上，这种不同可以有很多条轴线。

幸运一直跟随着我，这是我的第一条轴线。

对很多人来说，我是一个非常幸运的孩子。我这一生不知道什么叫穷，我没有过任何物质上的困难。我的父亲来自台湾东部的世家，而我母亲的祖父曾经是台湾中部的首富。这一切就叫幸运加幸运。

我拥有非常非常多的爱。我家里的大家长是我的外婆，可以说在她人生最后的 17 年中，她把所有的时间都给了我——即使是在疾病中，她都要想办法给我做一个很好的午餐便当。所以，我是一个那么幸运的小孩。我又是很多人所讨厌的“学霸”，而且是那种不读书，就随便上上课的“学霸”，所以是让人讨厌的“学霸”。

陈文茜的外婆庄美秀

我的第二条轴线是，在我八个月的时候，父母决定把我交给我的外婆抚养，所以我相当于是一个从小没有父母的孩子。

我的人生是和第二次世界大战连接在一起的。在二战中，母亲为了避开美军的轰炸，躲到了一个山区里，由此感染了疟疾。1958 年，我成为她的第一个婴儿，我的基因系统是被破坏掉的，是免疫系统的疾病。每到刮风、下雨，气象预报员还没说，我的骨头、我的身体就已经告诉我了，然后我会发烧。我自出生后的八个月时光里，有三四个月都在住院。

我的母亲是一位大小姐，她觉得养这个小孩太麻烦了，于是就把我交给了外婆。

父亲起初还常常到外婆家里看望我，他要从东岸到西岸，绕台湾一整圈。之后，他就离开了台湾，到日本的公司担任工程师。所以在我有记忆之后，就没有看见过父亲了。我最后一次和父亲见面，是在两三年前，他快要往生的时候。他在我人生的前八个月陪伴了我，我应该在他生命的最后时刻也陪伴他。记忆中，我的母亲没有牵过我的手，也没有拥抱过我。只是到我四十多岁的时候，有一次她想拥抱我。

三岁的陈文茜

我的第三条轴线也和时代有关。

我的家是一个七八百平方米的大房子，在家的对街，有一家面摊， 摊主是一个退伍的老兵，他把自己家乡的面条带到了台中这个不知道怎么做面条的地方来。他煮的阳春面特别好吃，在他那儿我还第一次吃到了担担面。

我的人生本来一直无忧无虑，直到我 11 岁的时候。那天，外婆昏倒了，她有心脏病。邻居叫来了救护车，救护车的笛声很大，那个声响直到今天——经过了整整 49 年，我都没有忘记。它在我的人生中划下了一条线，让你无法忽略。它划下的是什么？那一刻，我才意识到一件事：我的爸爸在哪里？我有家吗？我的妈妈会不会欢迎我回家？我的所谓的富贵和大小姐，什么都没了。一个别人眼中的公主，在这个时刻一下子变成了孤苦无依的孤儿。

在这之前，我被保护得过了头。我的小学就在家对面，但外婆总是担心我上学被车撞，所以每天都是她牵着我的手去，我是一个连马路都不敢自己过的小孩。但是，那一天的救护车改变了我。我知道他们把她送到了中山医院，我就开始自己过马路，一边走一边问中山医院在哪里。那一天是我开始长大的一天。

外婆被送到加护病房。医生说，她可能过不了这一关了。当时，我的阿姨们都有各自的家和事业。没有人会注意到我：这个小孩儿怎么办？

我从小就很倔强，我不会跟人说：我还没有吃晚饭呢。我开始思考，很快就写了一封信，并放在口袋里。我的心踏实了。这封信是写给我的阿姨和舅舅的："我知道，我的外婆是你们的母亲，如果她走了，你们会好好地埋葬她。可是我每天跟外婆睡在一起，我们一直相依为命。请不要遗弃我，请把我和她葬在一起吧。"当时我做的决定就是：那个加护病房在六楼，外婆一旦走了，我也选一个方法，一了百了，就不用求任何人来养我了。我写信的时候有哭吗？没有。有谴责吗？也没有。我只是做了一个决定，使我免于去求别人来养我，我不要做一个卑微的人。

然后，我就到了那个老兵那里。之前，我从来没有问过他从什么地方来。我觉得他像是从哪个石头里蹦出来的，不用关心他，也不用在乎他。那天，我口袋里只有十块钱——平时花钱都是每天找外婆要的。我走过去，对他说，请给我一碗阳春面，但不要加卤蛋。老兵觉得很奇怪，看了我一眼，问："你不要加卤蛋？"他问了两次。因为以前我都是点满一桌子的菜，而且他从没见过我一个人来。

那一整天我都没有吃饭。老兵给我端来一碗阳春面，里面放着一颗卤蛋。我对他说，我跟你说我不要卤蛋的。他说，这么晚了，这是我们多出来的，你把它吃掉好了。我付给他五块钱，于是，我就只剩五块钱了。

第二天我还是去上学了。那时候我正在长身体，很容易饿，我觉得自己要撑不下去了，但我必须走到医院去看外婆。我觉得外婆不会这么快醒过来，所以又走到这个阳春面摊。我只有五块钱了，就问老兵我可不可以只吃半碗阳春面。他看了我一眼。没过多久，他给我端来一整碗阳春面，里面还是有一颗卤蛋，又把我平常乱点的那些小菜都端到了我的桌子上。我跑过去对他说："你是不是没听清楚啊，我只要半碗阳春面，你为什么给我一桌子东西呢？""你先吃吧，我在忙呢，现在没有时间跟你讲话。"

过了没多久，他见我没动筷子，就走过来对我说："小娃，你的外婆到哪里去了？"我告诉他："她现在正在加护病房，我想赶快吃完面去看她，她可能快要死掉了。"他说："你啊，一脸福相，不像这么可怜的人。老天会保佑你的，你要好好孝顺你的外婆。你把这些东西都吃光吧，你外婆有一天会回来的，我会和你外婆算钱，你再也不要付钱了。"

当天，我在台北的阿姨终于出现了。我一见她就跟她说："不得了了，我欠了人家一桌子的菜钱，你赶紧去帮我还钱吧。"阿姨赶紧过去向这个老兵道谢，还了钱。

后来，我再去老兵的面摊吃饭，听他教他的老婆怎么煮面、涮肉。其实，像他们这种老兵，根本娶不起老婆，也不会有人想嫁给他们。于是，他们就从阿里山上买个所谓的山地姑娘来成家。他有了家，很是高兴。山地姑娘生了个小孩，他也好开心。

有一天，老兵的面摊没有开门，他的山地老婆跟别人跑了。邻居们又说那个小孩根本就不是他的，而且他的老婆还把他藏在床底下的所有现金都带走了。我来到他——这个曾经在我人生最困难的时候帮助过我的老兵的门前，门关得紧紧的，我听到里面的哭嚎声，我敲了敲那扇门，没有人应答。

我曾经想过要跟外婆一起走，但我活了下来。又过了两天，那个老兵还是选择走了——他自尽了。他的人生已经无可留恋。他离开了父母来到这里，虽然没有家，但他懂得爱，爱一个跟他毫不相关的小孩，比如我。他渴望有一个家庭，却碎了，碎得那么彻底。我跑到他的面摊前，看到一群警察，他的身上覆着一领草席。

我想至少应该有一个人来祭拜他吧，好好地为他送行。他没有亲人，那时候，我觉得自己就像他的亲人。可是那时候，我什么都做不了，因为我没有任何身份，我也不知道他埋葬在了哪里。他是我生命中遇到的一位恩人。

这种老兵，在台湾其实有很多。这个故事让我懂得了好多事。第一，你不要以为自己是永远幸运的，你是需要别人伸出手来帮你一把的，而伸出手来帮你一把的人，可能是你平常看不起眼的人。第二，永远不要觉得贫穷的人是贫穷的，他们的爱是很富有的。富裕跟贫穷之间的界限其实是很小的，它不像你想象中那么大。

我们大多数人的祖先其实都是不断移居的，每个人身上都有很多不同的轴线。如果我们曾经想过，在我们的人生里，或者在我们的祖先或是后代中，都曾经或将会被别人伸出手来帮助，那么你就会对眼前悲苦的人，生出很多同情心。如果你愿意多付出一点爱给他，那么他给你的回馈会远远超过你人生中习得的其他功课。

所以，永远不要以为自己是高高在上的人，没有谁的生命是贫贱的，每个生命都值得被尊重。

世界听我说

时代强音

这里的故事是横跨百年中国史和华人史的故事，从民国风云人物张学良的孙子，到一双小脚丈量中华大地和太平洋之路坎坷的老人的后代；从在印度洋岛国毛里求斯升起第一面五星红旗的华人后裔，到全球收集南京大屠杀资料的普通职员；从星途灿烂之时赴美求学的艺人到人工智能前沿的科学家，从以博物馆来书写世界历史的学者到建立华人乡音博物馆的采集者……

当他们以深情、理性、多元的情怀，展开根的故事、叙述相濡以沫的往事、追寻历史踪迹的时候，战争的硝烟、政治的风云、世路的坎坷、文化的陌生都沉淀成一抹柔情，历史也因这抹柔情具有了壮美与亮色。

当他们在异国他乡倾听着乡音里的记忆与思念、擦拭着文物上历史的沧桑、演绎着影像中故国的爱恨情仇、书写着心灵深处的缠绵悱恻的时候，多少的潸然泪下渲染出横跨故园通向世界、世界通向中国的彩虹。

走出去不只是远离，更是携带着梦想的出发，是走向更广更深处的命运。于是，他们可以采摘最美的流云，编织起爱情与生活的梦想，艺术也因此焕发出“别是一家”的风韵。

是的，从西班牙到毛里求斯、从加拿大到德国，凡有华人的地方，记忆、怀乡和努力，总是能让世界为他们的声音而感动。

卢荣毅
Lu Rongyi

米兰华侨华人工商会常务副会长、
米兰塞斯托 2012 足球俱乐部首任主席、
现任奇尼塞勒塞足球俱乐部副主席

足球是他与这个世界交流的语言，

因为一个足球梦，他远赴足球强国意大利，从洗碗工做起。

2012 年，作为最大的股东，

他和几位志同道合的意大利友人成立塞斯托 2012 足球俱乐部，

连踢连胜，一鸣惊人。

当地媒体不惜用整版巨幅照片来宣扬这位“华人足球奇人”。

通过足球这个媒介，

他让米兰与温州、意大利和中国相互靠近。

我的足球梦

我是卢荣毅，来自意大利。在米兰地区，我经营着一家将近21年的酒吧，同时我也是奇尼塞勒塞足球俱乐部的副主席。到今年，我已经在意大利生活了整整33年，涉足意大利足球领域也有15年的时间。今天，我真的很高兴，甚至有点激动，我想在《世界听我说》这个平台上跟大家聊聊关于足球的事：意大利为什么是一个足球强国，我们应该学习什么、借鉴什么。因为，我想为中国足球做点事。

2018年的俄罗斯世界杯，受到了世界球迷的广泛关注。在这次世界杯上，随处可见来自中国的赞助商：除了七家赞助商的广告，还有世界杯专用吉祥物以及世界杯纪念币、银章，赛场里面的空调和比赛期间现场的网络保障都有中国的印记。

世界杯期间，网上有一个段子：2018年俄罗斯世界杯，除了中国队，能去的都去了，连小龙虾都去了。作为一个球迷，我对此感到无比的痛心和无奈。为什么我要进入意大利足球领域去探索其中的奥妙呢？正因为我有着这种刺痛的感觉。

2002 年，我正在意大利米兰卫星城塞斯托圣乔瓦尼经营一家酒吧。塞斯托圣乔瓦尼是意大利足球训练基地之一，也是一些著名教练和球星居住的地方，像特拉帕托尼、克鲁兹、马特拉齐、马尔蒂尼这些球员都住在这里。经常有一些球迷和球员到我的酒吧消费，因此我认识了很多足球圈的朋友。

就在那年 6 月，中国队第一次参加世界杯，当时我特别兴奋，期待中国队有一个好的表现。我特意在酒吧里增加了一台 38 寸的彩色电视机，还邀请了我所认识的外国朋友来酒吧一起观看球赛。

然而，结果令人大失所望，中国队接连败给哥斯达黎加、巴西和土耳其，在这三场比赛中，不但一个球都没打进，还丢了九个球。对此我感到非常痛心，身边的朋友还取笑我，我是既痛心又羞愧。我连续好几天失眠，朋友的取笑反复出现在我的脑海里。我忍不住问自己，这是为什么？中国足球到底缺少什么？从那时开始，我就默默地下定决心，一定要搞清楚意大利足球的秘密，搞清楚他们到底是怎样培养球员和发展球队的。

通过赞助的方式，我融入了当地一家足球俱乐部。后来和几个志同道合的伙伴共同创办了塞斯托 2012 足球俱乐部，大家选我担任主席，这是在欧洲足球体系中，第一个队徽上有中国国旗的俱乐部。

2013 年，在布拉格，我的足球俱乐部代表意大利捧得 98 年龄组和 99 年龄组的青少年冠军奖杯；2014 年，在慕尼黑的足球盛事上，获得了 99 年龄组的青少年冠军奖杯。这些成绩使我在当地的社会地位一下子提高了，我走在街上，人们会喊我“Grande Lu”，意思是“卢很棒”。但是，这些成绩对于我来说不是很重要，重要的是我在经营俱乐部的过程中，发现了自己一直苦苦探索的足球奥秘。

一个奥秘就是足球在意大利是作为一种草根文化存在的。西方足球的强大，不单是职业足球的强大，更是草根足球的强大。

意大利有103个省，足球俱乐部遍地都是，仅仅在米兰省就有232个俱乐部。根据意大利足协公布的数据，意大利目前有近14000家俱乐部，其中只有111家职业俱乐部，也就是说超过99%的俱乐部都是业余性质的，就像我的这个俱乐部。我所在的塞斯托圣乔瓦尼市面积为11平方公里，相当于国内的一个小镇，只有86000人，但在这里却有8家足球俱乐部、10个体育中心，每个中心都有一至两个11人制、7人制和5人制的足球场和大量的志愿者。孩子们放了学就可以到俱乐部踢球，还能得到法律保护和专业指导。人们和足球就是一种面包和水的关系，你吃了几口面包，就一定想喝水。

2015年12月1日，意大利足球教练员协会主席 Renzo Ulivieri（雷佐·乌里维埃里）与中国驻米兰总领事馆副总领事黄永跃一起任命卢荣毅为意大利－中国浙江足球使者

和意大利相比，我们的孩子就缺少这样的锻炼机会，更缺少被发现才华的机会。我非常赞同这样一种说法：足球天才要先被发现出来，然后才能训练。其实，有足球天赋的孩子非常罕见，他们如果不踢球，天赋就没办法展现，往往就被埋没了。寻找这样的足球天才，形同大海捞针。

在意大利，因为草根俱乐部几乎深入到了每一个社区，所以像马尔蒂尼、梅西、C罗这些有天赋的球员，会马上被伯乐发现。

2016 年，率意大利足球专业代表团访问温州市第八幼儿园南塘园区，
与孩子们留影

而且经常有球探到草根俱乐部选人，表现好的孩子就会被选到职业俱乐部进行系统性的训练。

另一个奥秘就是意大利有非常成熟的联赛系统（The Italian football league system）。

1891 年，联赛的概念被英国移民引进意大利。1898 年，意大利足球协会成立并创建了第一个有意义的足球联赛。100 多年间，它已经发展到今天的九个级别、上千个分区的庞大联赛系统。每年有大约 60 多万场正式比赛，业余比赛更是多如牛毛。而我们中国到现在为止还没有建立起一个完善的足球体系和系统。如果联赛体系不成熟，俱乐部就会只注重第一线而忽略对青少年球员的培养。意大利的青少年足球系统讲究教育与足球训练相结合，意大利教练技术高，职业技能较强，因材施教。这是目前中国青少年足球体系所不能企及的。

也正因为如此，我总想将中国和意大利的足球联系在一起，加强中意之间的足球交流与合作。我曾经促成我的老家温州鹿城区与塞斯托圣乔瓦尼市结为友好城区。在我的筹划帮助下，温州

2017 年，中国温州市青少年足球代表团与
奇尼塞勒塞足球俱乐部签署合作协议

市实验中学建设青少年足球基地的意向，得到了温州市鹿城区政府的大力支持。因为考虑到市中心堵车，我们就在东面、西面、南面三个区域建立了草根俱乐部，以配合校园足球的发展；每一个训练基地都设有各年龄段的球队，在学期间，每个周末会进行全市青少年不同年龄段的联赛。当时，温州地区共有 68 支青年足球队参加学校联赛，它们效仿意大利青少年联赛的模式形成了自己的一套体系，从而大大提高了青少年的足球热情。

目前，我在临近城市奇尼塞罗巴萨莫的一家老牌劲旅俱乐部奇尼塞勒塞足球俱乐部担任副主席。今年年初，我和国内多家俱乐部负责人洽谈了合作，准备为中国城市足球联赛的发展出力。从 3 月份开始，中国城市足球联赛在全国 30 多个赛区展开，有创历史性的 10 万多名选手参赛。我希望能有更多的人参与到足球运动中来。

但是，这些还远远还不够。我相信，登上《世界听我说》这个舞台，会让更多人听到我的呼声，这将是一个新的开始。让我们的中国梦——足球梦，从青少年开始吧！

主持人：我觉得从卢先生身上可以看到温州人身上的敢为天下先、敢闯的劲儿。我想问一下卢先生，您觉得对于中国足球来说，哪些是可以操作、可借鉴的做法呢？

卢荣毅：我们中国的现状是这样，足球不缺人才，也不缺技术，更不缺资金，缺什么？缺民族的精神和足球的文化。中国只有国家队，没有后备军。后备军并不是说你明天去哪里拿就拿到的，需要一直从小培养，而且不单单是教踢球，是教他成为一个真正的男子汉，这样才会有精神。

我认为中国足球还是很有希望的，因为有这么多人支持。目前足球气候是有了，但是还没有找到一个正确的模式，适合我们国情的模式。

张瑜：卢先生，您俱乐部的队徽上有没有中国的元素呢？

卢荣毅：有。队徽的形状是圆形的，代表着地球。绿色代表西方意大利，红色代表我们中国，蓝白色是我们俱乐部的颜色。红色为什么加五个星呢？因为我是中国人。

陈冲
Joan Chen

演员、导演、奥斯卡金像奖评委、
好莱坞编剧家协会会员

她是一个时代的代表，

15 岁成为家喻户晓的明星。

她曾是好莱坞身价最高的亚裔女演员，

奥斯卡金像奖评委。

她的每一个形象，

都展示着角色内外的东方魅力。

从演员到导演，她每一个华丽转身，

都诠释了华人艺术家的优雅风范。

在世界舞台上，在光影流转中，

她用智慧和美丽，书写传奇。

逃离与梦想

我是陈冲。到现在为止，还有很多人叫我“小花”——一部我40年前出演的电影。岁月的洗礼让《小花》变成了一代人的记忆，也是那部电影，成就了我。自那以后，我演电影、导电影、做评委，把电影这件事一直做到现在。从事电影事业这么多年，我确实取得了一些成绩，在好莱坞也获得了肯定。在别人眼里我是影后，是得奖的导演。但在我看来，我只是一个叙事者，一个用镜头讲故事的人。今天，我就和大家聊聊我和电影的故事。我误打误撞地入了这一行，其实曾多次想过逃离这个职业。

我生性比较孤僻，脸皮还薄，一点儿小事我就会脸红。虽然演了几十年的电影，但我至今都恐惧舞台。

我第一次去上影厂之前，也是紧张得要命。在上影厂的一间办公室里，我被一群人围着，他们看着我问：“你会唱歌吗？”我说：“唱得不好。”又说：“那就朗诵吧。”我说：“我没有一个可以现场朗读的作品。”“那你跳舞呢？”我再一次低下头，说："不会。"这个时候，我清楚地意识到机会就像沙子一样，从我指缝间慢慢流走了。我急中生智，突然想起了自己的"一技之长"，就破釜沉舟地说："我用英语给你们朗诵毛主席的《为人民服务》吧。"那是很长的一篇，我的眼睛盯着墙上的某一点，用英语把整篇《为人民服务》给背诵了下来。我不知道当时在场的那些副导演是什么感觉，也许是因为看见我在毫无优势的情况下，还能这么严肃、这么坚定，他们居然把我留下了。

而 15 岁的我，一个无知的我，这时候竟幸运地成了时代的佼佼者，我主演了谢晋导演在"文革"后的第一部电影《青春》。影片公映后，昼夜间我成了各大报纸杂志关注的对象，每天会接到好多观众来信，经常在马路上或公共汽车上被人包围。可我感受到的只是焦灼和不安，我心虚啊，我这个什么都不懂的女孩子，怎么突然就得到了那么多的爱慕呢？这没有道理啊！

就在我彷徨的时候，高考恢复了，我意识到新的挑战和机会到来了，于是开始挑灯夜战，准备高考。可是，我之前只上过半年高中，跟初次进上影厂一样，我似乎没有优势。但是我具备一样很重要的东西，那就是动力。在后来几十年坎坷的人生中，我深深体会到动力是一种所向披靡的力量。我失去它的时候便是我人生的低谷，等我重新找回它的时候，生命就有了意义。

最终，我考进了上海外国语学院，于是我义无反顾地放弃了上影厂的职位——一个许多人梦寐以求的职位。就这样，我离开了电影，开始了一个充满未知的新生活。

我以为自己从此不会再拍电影了，那种感觉就像是终于逃离了一场惊心动魄却又毫无前途的恋情，并庆幸自己能安然无恙地走出来。可是大学刚上了半学期，那个"恋人"又来找我了，我无法抵挡他的魅力，走火入魔般地跟着他到了《小花》摄制组。

1978 年，就读于上海外国语大学的陈冲

后来，就有了家喻户晓的《小花》。演了这个电影以后，我成了中国最年轻的最佳女主角。

得奖后，在高兴之余我又恐慌起来。我怎么就变成了最佳女主角呢？电影，我的这位男朋友，他原来还是一个魔术师啊。就像从一顶黑色的绅士帽里变出一只小白兔一样，一下子把我变成了最佳女演员，这太没有逻辑了。思前想后，我做出了一生中最艰难的决定。19 岁时，我去了美国留学。当年出国真是要有离乡背井的勇气，在我所成长的那个闭塞年代，美国就和月亮一样遥远、冷漠。但是，为了再一次逃离电影的魔力，我毅然选择了离开。

1980 年，19 岁的陈冲成为最年轻的百花奖获得者

在美国上学时的时候，我试着学医、学法律，尝试着改行。我以为我把电影这件事躲过去了。

后来，有一次，加州大学北岭分校举办中国电影节，他们打电话邀请我参加。本来只是想去看看加州的景色，晒晒加州的太阳，结果我不仅参加了电影节，还在那里开始了电影制作的学习。就这样，我又回到了和电影的恋情中。

从我登上银幕开始，就一直企图用各种机会、各种理由离开电影，去做我认为的那个年龄应该做的事情。但是这么多年来，我一听到有好剧本，一看到好角色，就马上忘记“逃离”这件事。

电影真的就像一个不合适结婚的恋人，他多变、不可测，而且妒忌心极强。可每次分手后，他又总会始料不及地手捧鲜花站在我面前，带着那种迷人的眼神和微笑看着我，真是让我欲罢不能。

现在回想起来，其实从我 14 岁第一次走进上影厂的那一天开始，我就已经属于他了。在内心最深处，我从来都没有真正地放弃过电影。每次回来，我都更清楚什么是自己的最爱，都能体会到那种最纯粹的愉悦。我终于明白，电影就是我的梦想、我的追求。逃离的过程就如同吹过的一阵阵风，把蒙在这梦想和追求上的那些尘土一点点吹掉，最终，我看到了内心深处最真实的自己。

电影的魅力对我来说有一个特殊的意义：它拯救了我。我说过，我是一个挺孤僻的人，有很强的自我保护意识和不安全感，我从不轻易表达情感。但是通过表演、通过镜头，我可以尽情表达，没有任何后顾之忧，这种表达机会在生活中几乎是没有的。电影让我平稳，让我可以更全面地呈现自己的内心。这种完整感，让生命有了心脏的跳动。当我意识到这一点时，我终于鼓足勇气对自己说："我爱电影，我不逃了，我要把这个梦想坚守住，我要做到最好。"

除了表演，我现在更被大家熟知的身份是导演。比起演员，导演的工作难度要大得多。因为导演要去协调各个部门、各个成员，给他们创造一个最理想的环境，让他们都能把自己最好的一面发挥出来。很多人问我，你已经是知名演员了，为何还要去干这么难、这么累的活呢？

起因大概是这样的：有一年，我去柏林电影节当评委，看到了不少很刺激的电影，也看到了一些毫无意义的电影。我心里就想，我有一个更好的故事要讲，我必须把它呈现给观众。这是一个特殊时代极具代表性的好故事，也是属于我们那一代人的故事，

《末代皇帝》剧照

它让我产生了强烈的叙事冲动。于是，我在从柏林回美国的飞机上，就把剧本的框架搭好了，然后很快就把剧本写完了。

有了剧本之后，我并不知道怎么把它变成电影，因为从来没做过。后来才知道，要从筹钱开始，要找投资人。我最不擅长的就是厚着脸找人要钱了，但要拍电影，这个目标立在那儿了，因此我只能硬着头皮去找那些投资人，给他们讲剧本。讲了一大圈儿，大多数人没听懂，也有一些人根本不搭理我。但找的人多了，总有一些人会不忍心，表示愿意投资。最后，我终于把钱凑够了。有了钱，还要把团队建起来，幸好我在电影行业已经做了很多年，就依靠原来拍戏时结识的人，把剧组慢慢地搭建了起来。开始拍

在外景拍摄地导演的陈冲

摄时才发现，环境的艰苦程度大大超出了我们的想象。外景拍摄地是川藏交界处的红原县，这里一年只有三天无霜期，天色也会在一天之内变化好多次。最难以忍受的是无法洗澡，厕所是公用的，还离得很远。没过多久，一进自己的房间就会闻到各种各样的味道：羊肉、酥油、洋葱、大蒜。后来才发现这就是我自己的味道，身上也全是泥垢。终于有一天，我们打听到镇上有一个地方可以在固定的时间供应一点儿热水洗澡，于是全摄制组的人就排队轮批去那里洗澡。

那时候拍片子都是用胶片。每天拍完，我们都要立刻开车将胶片送到成都，路上满是泥泞，很危险，然后再从成都乘飞机送到上海保存。我们没有条件看样片，那些有划痕的胶片是到了美国以后，再用电脑修补的。当时拍摄经费很有限，剧组里连伙食都很节省，很长时间都吃不到蔬菜、水果，大家都快造反了。各种困难、麻烦就没断过。

现在回想起来，那的确是我经历过的最艰苦的环境，但也是我最难忘的一次拍摄经历。那时，我觉得自己的神经末梢都是裸露着的，眼睛是带着滤色镜的，天空、草地、河流、泥土的色彩都变得非常强烈，每时每刻都孕育着那么多的爱、激情和悲悯。与现在相比，那时的我似乎更业余一些，拍出来的电影，一定是有技术上的瑕疵和遗憾的，但我还是为那段经历感到非常自豪。

无论是当演员还是做导演，我一直以来的愿望就是能树起一面镜子，去反射人类生存条件和人性的模样，用最有魅力的方法去体现人文哲理。现在的科技不断发展，我们都不知明天会怎么样，什么会被取代。但是，有一样东西是永远都不会被取代，也永远都不会改变的，就是人性。它需要用一种方式去记录、去体现。对我来说，这种方式就是电影。

这么多年来我一直努力着、前行着，包括最近我刚刚导演完的《英格力士》，现在在做后期工作。这一路走来，我一直都是一个叙事者。在这个过程中，我依然会遇到瓶颈和阻碍，依然会有失落和惊喜，但我会一直怀揣最初的梦想和对电影事业的热爱，去努力承担，努力突破自己，努力前行。

回望来路，每次的逃离其实都是一个更深地认识自己的过程；每一次回来，都怀着一颗好奇和谦卑的心，以不懈的努力来守卫自己的梦想。人生需要不断地在自我怀疑中去探索真理，在探索中产生新的生命力和燃烧的激情。很高兴，今天我还在做着自己喜欢并擅长的事情。

我们一生中，会有很多插曲，但重要的是主旋律。我们可能会遇到很多的迷茫与诱惑，但是找到自己的那个引力，并坚持下去，就会成就自己的理想。坚持信念和理想，无论结果怎样，都将成为我们生命中的骄傲。

世界听我说 对话

主持人：作为华人演员在国外的符号，您怎样看待自己？

陈冲：年轻的时候，我会觉得为什么自己就是一个异国花瓶呢？我为此还拒绝过一些角色。现在想来，其实荧幕上的每一分钟，都是应该去争取的，应该把真实的自己、真实的底蕴和情感表达出来。

主持人：1981 年您去美国的时候正是中国的改革开放初期，这几十年来您感受到的变化是什么？

陈冲：对我来说，最重要的变化就是大众生活的改善。比如我们的电影就是去关注每一个小人物，关注这些人的命运，他在改革开放的 40 多年当中有了什么样的变化。又如在菜市场、商场里，我感觉到绝大多数人的生活都得到了改善。

主持人：您在从事电影的经历中有过苦恼和困惑吗？

陈冲：怎么能没有呢？你肯定需要经历黑暗才可以通向光明啊。如果一个人没有经历过最深的苦难，那他绝不可能体会到最强烈的幸福。

主持人：从您内心深处来讲，您认为自己是一个很坚韧的明星吗？

陈冲：我经常觉得自己不是。但是回头看看我走过的这条路，可能正因为有了一定的坚韧，才能走过来。但是在当时，我从来没有觉得自己有足够的勇气，永远不会觉得自己完全准备好了，也没有觉得我很勇敢。我总觉得一定招架不住，但是最后都招架住了。所以我应该是拥有坚韧品格的。

主持人：对于女演员来讲，可能都会面临一个“年龄”和“转身”的问题。转身分两种：一种是转身去看别人的背影，一种是转身以后让别人看你的背影。您尝试过转身吗？

陈冲：我不知道我什么时候转身。因为我没有太多的计划性，完全是凭自己的本能在做事，所以我不知道我什么时候转身，也不知道人家看还是不看。对我而言，这个问题好像没有那么重要。我只知道，在我觉得枯竭或是生命力微薄的时候，必须通过自己的想象力，或是阅读和经历，来让自己重新长出嫩芽。这种再生是每个活着的人的一种责任，是他生命的一部分。所以在我觉得枯竭的时候，我会去争取一种再生，这是生命的一种本能。

张居信

Robin Chu-Hsin Chang

软件工程师

寻根，是海外华人生命中永恒的主题。

我是谁？我从哪里来？

只有铭记自己的根系所在，

才能真正认识自己，认识这个世界。

张居信，少帅张学良的长孙，

他带着祖辈的情思和想念来到这里，

当聚光灯亮起的那一刻，

我们仿佛回到了那段风起云涌的历史中，

一个家族的背影在光影中逐渐清晰……

我的爷爷张学良

我是张居信。我的爷爷是张学良，我的奶奶是赵一荻，我的爸爸张闾琳是他们唯一的儿子。

在很多人眼里，我爷爷是名人；在我的眼里，他是我的爷爷、我的朋友、我的老师。

我是一名海外华人，出生在洛杉矶，在硅谷长大。当时，硅谷的中国人很少。在我生活的小镇上，只有一家中餐馆。为了买到一些中国杂货，我们经常需要开车一小时到旧金山。在我的学校里，中国学生也非常少。

我父亲出生在天津，八岁时来到美国。他当时并没有和中国家庭住在一起，他也是整个学校中唯一一个中国人。所以，尽管他刚到美国时说的还是中文，但他现在已经忘记了。

在我小时候，因为当时身边的中国人很少，父亲又不会说中文，所以我几乎没有机会说中文。即使每周都有中文课，我也没有学会，这是我最大的遗憾。

1963 年，爷爷张学良、母亲陈淑贞、奶奶赵一荻在台北张学良家中

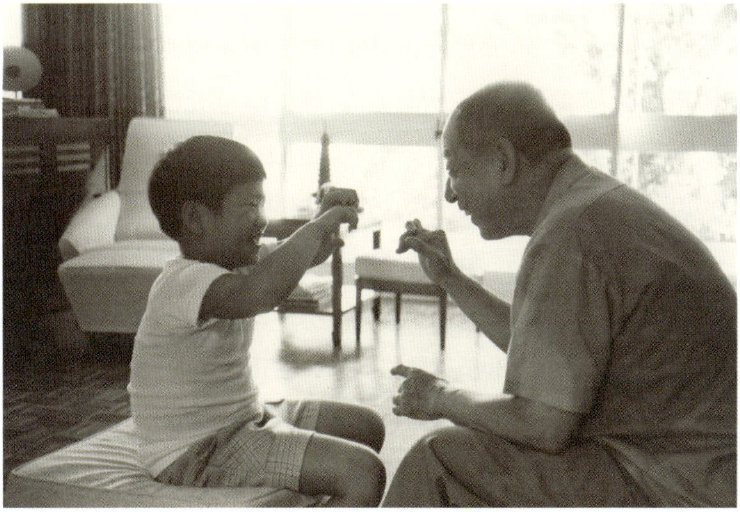
张居信与爷爷张学良的欢乐时光

虽然我不会说中文，但很幸运能够经常到中国台湾去看望我的爷爷奶奶。通过这些探望，我开始了解自己的祖先根源。

我的父亲在非常困难的时候来到美国。由于当时正在打仗，

爷孙三代合影，从左至右分别是：张闾琳、张学良、张居信、张居仰

爷爷奶奶认为我父亲最好能在美国上学，并希望他在几年后能回国团聚。不幸的是，由于种种原因，我的父亲无法回到他的父母身边。虽然我的父亲和爷爷奶奶可以通过信件进行交流，但直到25年后，父亲才与我的爷爷奶奶再次相见。

我一岁时第一次拜访了我的爷爷奶奶。他们住在靠近台北的北投镇。之后，我们每年都会去拜访他们，并且住上一段时间。通过每次的相处，我和爷爷熟络起来，也开始真正了解他的个性。

当我还是个孩子的时候，我的爷爷跟我讲了很多他小时候的故事。他告诉我他并非一直都是最好的学生，而且有时候非常调皮。但是，随着他的不断成长，他尊重他的老师并努力工作。我的爷爷鼓励我要努力学习，我将这句话铭记于心。对于爷爷奶奶来说，我们的每次见面都显得十分珍贵，对于我和我的家人来说也很有意义。

在我高中的时候，我对电脑软件产生了热情。即使我的爷爷奶奶对这些新技术不是很懂，但他们还是会问我很多与学业相关的问题，并试着去了解我的研究领域，还给了我很多的支持。他们的支持和鼓励使我有足够的信心去参加比赛，并且赢得了美国国家科技竞赛大奖。

我觉得我爷爷最特别的地方就在于他的个性和他的精神力量。尽管他的人生几经浮沉，但他总保持着自信和积极乐观的态度。他从不轻言放弃。我从没见过他遇事沮丧或生气的样子，他做任何决定都显得沉稳冷静。

大学毕业后，我仍然前往中国台湾拜访我的爷爷奶奶。1990年，爷爷刚过完 90 岁生日，他们提出非常希望能到美国探望我和我的父母。这是爷爷近 60 年来第一次长途旅行，我为此感到十分兴奋。

爷爷非常喜欢在夏威夷的日子，可能是因为那里有美丽的天气和海滩，还有老朋友生活在那里。每天，我都会带着爷爷沿威基基海滩散步。他喜欢看海，也喜欢和路上的小孩子们聊天。在家里，爷爷总是会接待许多客人和朋友。朋友们会来一起打麻将，虽然爷爷的视力不太好了，但他用手指触摸麻将就知道这是什么牌。

不幸的是，我奶奶的健康状况有所下降，他们再也无法旅行了。 我在夏威夷待过了好几个月，帮忙照顾我的爷爷奶奶。他们积极向上的精神和乐观的态度给我留下了深刻的印象，他们的这种力量来自于内心。

1996 年，在爷爷奶奶的鼓励下，我第一次来到北京大学并学习汉语。对我来讲，这是一次非常棒的经历。正是在这个时候，我意识到，作为一名海外华人，学习和了解中国悠久的历史是极为重要的。

从那以后，我经常回到中国。我去过北京、上海、西安和沈

2011 年，访问爷爷张学良曾担任校长的东北大学

阳， 这些经历丰富了我的见闻。每次访问，我都能感受到爷爷曾告诉我的那些故事背后的情感；我都能感受到他对中国和中国人民的热爱，以及他因帮助人们发挥最大潜能而感到的骄傲。我经常能遇到与我的爷爷一起工作过或得到过他帮助的人，他们的感激之情触动了我，我为爷爷感到骄傲。

我年轻的时候，软件行业主要在美国发展。现在，全世界的企业都参与了软件业务。最近，我工作的一部分就是与中国企业和工程师进行合作。我希望继续发展自己在中国的工作。我相信，无论何时遇到困难，爷爷的勇气、乐观和坚持都会激励我前行。

我生命中一半以上的时间以及我的热情都奉献给了工作。但现在，我发现了一种新的热情，就是帮助下一代海外华人了解他们的祖先根源和文化。在一个如此迅速发展的时代中，知道自己来自哪里是非常重要的。我相信这将有助于海外华人发挥最大的潜力。

这种激情对我来说非常重要。我是两个一年级孩子的父亲。他们目前正在学习中文，我们计划经常去中国旅行。我决心帮助他们理解和拥抱中国悠久的历史，以及继承我爷爷乐观和坚持的品格。

世界听我说 对话

张瑜：张将军是一个很有幽默感的人吧？

张居信：爷爷非常具有人格魅力，爱说笑话。他永远是人群中的焦点。

郦波：张先生说 1996 年的时候，在爷爷的鼓励下回到北大去学习。我想张学良将军因为自己不能回到北京，不能回到沈阳，所以他希望他的孩子能回去。当张先生回到北京、沈阳、西安，回到神州大地时，张将军自己大概借由你们的身体也回到了故土。百年沧桑历史，人生一言难尽，但是对故土的情怀，我想是所有海外游子都永远割舍不断的。

卓同年

Zhuo Tongnian

加拿大注册高级中医师

他来自加拿大，

是一位中医全球化的倡导者和实践者。

从一个不懂当地语言的外来移民，

到一个备受信赖的知名医者，

他是如何在异国他乡破冰斩浪，

开创出一片属于自己天地的呢？

在他医者仁心的背后，

又有哪些可贵的人生感悟呢？

海外中医推广路，吾将上下而求索

我叫卓同年，来自加拿大温哥华，职业是注册高级中医师。我毕生的心愿是推动中医药在海外的发展，促进中医药国际化的进程。

我在加拿大整整19年了，从一开始在别人的中医诊所打工，到现在拥有一家自己的诊所和养生中心；从治疗疼痛性疾病入手，到通过学习、钻研，创建了养生体系。我不敢说我个人的发展代表了海外中医的进程，但我可以说，每一个像我这样的海外中医师，如果团结起来，最终将成为推动海外中医发展的重要力量。

我认为海外中医的发展是比较有代表性的，不仅仅局限于中医，对其他中国传统行业在海外的发展，应该也有启发、借鉴和帮助。

1999年，我跟随太太技术移民来到了加拿大温哥华，这座城市华人很多，大部分都说广东话。温哥华的中医基础相对来说是比较不错的，在1996年就已经通过了针灸立法，2000年又通过

在温哥华社区给病人看病

了中医立法。为什么要把立法这个事情专门提出来呢？因为对西方人来说，立法是很重要的，不立法，中医就像个小作坊，是不被主流认可的；立法后，大家就会觉得，这是官方承认的，其安全和疗效是有保障的。所以立法对中医在当地的推广起到了积极的作用。

当时，我在起步的时候应该说是非常艰难的。首先是我们带的钱不多。其次就是语言问题，我大学学的是日语，我也不会说广东话，语言不通，怎么跟病人交流呢？医学是严谨的科学，沟通不畅，造成的后果是难以估量的。最后是市场问题，在温哥华，每个家庭基本都有自己专属的家庭医生，我是新人，没有病人愿意用自己的身体冒险。一开始，我在华人诊所打工实习，后来我认为这样是不行的。我是新疆中医学院大学本科毕业，正牌科班出身，又有拜访上百个国医大师的游学经历。我不缺医术，缺的是机会，缺的是勇气，缺的是一个路径，我不能前怕狼后怕虎，等所有问题都解决了，再开始自己的海外中医事业。于是，在2000年5月1日，我顶着巨大的压力，在温哥华市中心开办了自己的诊所。

诊所是开了，可病人怎么上门呢？我当时经常琢磨，一个不懂英语的人，怎样能变成优势？怎么能让西方病人立即对你有兴趣？怎么给西方病人讲解中医知识？我根据中医脉学原理，创立了“画小人”的诊脉说病模式。就是我左手把脉，右手在白纸上画一个小人，把病人从外到里的病象做一个完整的标识。然后以这个小人为范例给病人讲解中医治疗解决方案。这个方法非常有效。很多外国病人都觉得这张纸是个宝贝，上面有很神奇的中国医术，还有病人要求我在上面签名，等他又生病了，就拿着这张纸来找我，说：医生，上次你跟我说哪里有问题，真的就有问题了，你得帮我治一治。这个算是我独创的一种跟病人交流的方式，我觉得让病人清晰地知道我在做什么，并且立即见效，是最为重要的。

针对我们选择的主流市场，我当时做了三件事。第一是请了一个专业的翻译，第二是每周在不同族裔社区中心搞中医讲座，第三是积极参加温哥华的各种健康秀。我接待的第一个客户，就是从温哥华健康秀上来的。

在那天的健康秀上，一开始没有人来我们的摊位，后来有一对东欧的父女来了，父亲不信，但是小姑娘觉得很新奇，要试一试。我没给她把脉，而是通过望闻问切的方法，我望了她一眼，第一句话就说“你是昨天来的月事吧”。她很惊奇，我接着告诉这个女孩，你的胃和颈椎也有一些问题。她非常惊讶，在没有借助任何医疗器械的前提下，我就把她的身体状况说得八九不离十了。她马上要了我们的名片。她的父亲一直在旁边看着，女儿用自己的语言跟父亲做了一番交流，父亲也决定试一试。我立即给他诊了脉，说他的左膝关节下蹲有困难，他一听就频频点头，说自己是一年前滑雪时候受伤的，西医说他再也不能剧烈运动了。我说我们可以帮你解决，以后可以照常滑雪。父女俩立即约了时间，并准时来了，从而成了我的第一批病人。

早期的时候，我们基本是通过这种办法，让病人了解我们是怎样治病的，并接受我们的中医诊疗体系。我们的目的是让病人信任我们，让病人在找医生和考虑治疗方案的时候，多一个选择。经过一年多的努力，我的病人渐渐多了起来。因为是通过翻译看病，所以说的话必须清楚明了，直中病点，左手往病人手腕上一搁、一摸、一按、一滑，再看看舌头和眼睛，心中也就基本有数了。新病人上门，说得最多的是两句话，一个是“How do you know？”一个是“It works”。他们觉得太神奇了。

从中医的角度看，我把病分为五种：微病、欲病、病、旧病，还有大病，其中以微病和欲病最难诊断。微病一般要靠现在科学器材才能诊断，欲病是指你按照现代的生活方式继续下去，身体必然要得的病。所以我们诊断时一定要给病人捋出一个纲、一条线，先治什么，后治什么，给他分疗程处理，处理的目的就是要有效。

加拿大有非常健全的医保体系，以西医为主体，看西医是不用花钱的，中医则需要自费。现在略有不同，我所在的不列颠哥伦比亚省经过我们中医同仁的努力，使低收入者一年有十次针灸补助，还有中医管理局负责注册监管，所以相信中医中药的西方患者逐渐增加了。人多了，病症也就相对复杂了。我们也就不自觉地闯进了运用中医原理治疗世界难治性疾病的领域。

我这里所说的难治性疾病，一种是指西方人比较容易得的疾病，如肌纤维疼痛综合征、多发性硬化症、骨关节病、克隆氏病等。还有一种是指西方病人大量使用抗生素、激素，长期服用阿司匹林，还有放疗、化疗之后所表现出来的不是原本体质的痼疾。这一类病人一般都是长期服用药物，服药带来的副作用又需要服用新的药物来克制，加上平时服用的保健品，病人每天服用的药物都在 15 至 20 种左右，基本毫无健康可言。病人常常病情复杂，表现怪异，治疗非常棘手。

有个说法是，遇到疑难杂病，中医是“糊里糊涂让你活”，这句话对我有非常大的触动。中医怎么样糊里糊涂让病人活呢？换句话说，中医使用怎样的原理治疗这些疾病呢？更重要的是，我们如何来提高这些难治性疾病的疗效呢？《黄帝内经》说：“言不可治者，未得其术也。”就是说，疾病不能治疗是因为医术还不够。这句话是我们每个中医都要鞭策自己的。所以，为了把难治性疾病的中医诊治原理搞清楚，我做出了“以身试病”的举措。从 2005 年开始，我用了近两年半的时间，试了寒邪入侵太阳－阳明－少阳，太阴－少阴－厥阴的过程，真正体会了张仲景三阴病的滋味和感受，然后反其道而行之，破解了厥阴病的伏寒基石，开通了病邪由里向外移的途径和办法，总结出了“治外感病医如大将，截入候之敌；治内伤病医如丞相，移日久之毒”的道理。所以 2008 年是我提升临床格局的转型之年，在这一年，我们基本上建构了根据中医原理“针药结合，杂合论治”的难治病诊疗新模式。

到目前为止，我们已经治愈了超过 600 例肌纤维疼痛综合征病患。在多发性硬化症的治疗上也取得了比较大的进展，其中患有这个病的一位老太太在针灸治疗后，能够不用轮椅行走了。她的儿子因为我的影响开始学习中医，现在已经自己开办了诊所。

来自世界各地的感谢卡

著名中国科技史学家李约瑟博士说过，在世界文化中，唯独中国人的养生学是其他民族所没有的。的确，自《庄子·内篇》首次提出“养生”一词后，通过养精神、调气血、练形体、适寒暑等各种方式保持身心健康，防止各种疾病，从而延年益寿的思想，一直扎根在中国人的文化里。可以说养生是中国传统文化最具有普世价值的核心思想之一。治病救人是逐末，养生之道才是本。所以在向西方人推广中医、针灸、中药之外，我们还积极推广中医的养生文化。

唐代著名医生孙思邈说：“古之善为医者，上医医国，中医医人，下医医病。”中医在海外推广的意义，不仅是让西方人从另一个视角去认识疾病，得到治疗，而且是让他们从中窥见人类生命的终极真相，从更高的角度去认识生命和延年益寿。

大医精诚，止于至善，作为海外中医师，我们不但要做好中医“传教士”的工作，更要成为世界医学研究的“排头兵”。

张瑜：请问现在中医在国外被纳入医疗保险里吗？

卓同年：每个国家不一样。美国是针灸立法了，所以针灸纳入了美国的很多医疗保险。温哥华是针灸纳入了低收入保险，但中医中药还没有。据我了解，世界上只有澳大利亚一个国家把中医和针灸都纳入了医疗保险。

主持人：那您在这方面有没有做出一些倡导和努力呢？

卓同年：我们一直主张中医要国际化、全球化。在这个过程中，我们跟很多国家的中医师进行交流和联系。但现在最主要的问题是每一个国家的法律不同，每一个国家的民族特性也不一样。因此推动国家立法，是中医走向国际化的重要一步。

郦波：其实各国都有它传统的医学。比如韩国人称为韩医，日本人称和医，包括古印度的阿闼婆吠陀，也是它自己的传统医学。我们中国的传统医学非常独特，它是从哲学出发。

陈愉：中医有中医的哲学观点，西医有它自己的观点。我想知道，这两个是完全不同的概念，还是有相同点？

卓同年：中医和西医两者从宏观上讲，一个比较注重宏观，一个比较注重微观。其实在人类认识过程中，中医和西医真正分家也就是两百年的历史。因为现代科学发展以后，西医有两个重要的变化：第一个是方法改变了，就是显微镜发明以后，西医在显微镜下看世界了；第二个是出现了化学合成药物，就是我们现在所说的西药。这两个是西医革命性的变化。那么，在没有这些之前，西医用什么办法治病呢？他们用的还是每个民族的传统医学，像美国的土著用放血的办法和草药来治病。法国人、德国人也有用草药的习惯。

现在随着我们疾病谱的变化，人类使用化学合成药后会产生很多副作用，所以西方人又开始追求用自然的方法来治疗疾病，这也是为什么在西医为主体的情况下，还可以允许植物用药的存在。针灸进入美国后，目前被很多州基本认可，原因在于他们觉得中医和针灸有奇特的疗效，这是第一位的。

吴汝俊

Wu Rujun

京胡名家、新京剧改革者、
日本京剧院院长

他是名动日本的京胡大家，

其京胡专辑连续三个月雄霸日本古典音乐排行榜。

他在异国他乡传播新京剧，

让京剧艺术在日本开枝散叶。

他自编、自导、自演轰动一时的

《武则天》《贵妃东渡》等京剧大戏。

他以京剧为桥，拉近中日两国的文化交流，

却在初到日本时遭遇了文化隔阂。

在异国逐梦的道路上，他经历了怎样的逆境和坎坷？

他又是怎样让中国京剧艺术真正走出国门，走入人心的呢？

融合开创新京剧之路

我是吴汝俊，一位旅日华人京剧演员，也是一位京胡演奏者，目前是日本京剧院院长。

我出生在一个京剧世家，受父母的影响，拉琴学戏都比较早。11 岁时，我被淮南京剧团破格录取，是团里年龄最小的京胡演奏员；21 岁时，我从中国戏曲学院毕业，进入了中国京剧院，算是进入到京剧艺术的最高殿堂。那时候我被称为京胡王子，被人夸赞前途无量，我感到非常开心和骄傲。

22 岁时，我举办京胡新音乐发布会，京剧大师、张派开山人张君秋先生向别人介绍我说："中国的戏曲要有发展，要有改革，要有创新，小吴同志做得非常好，要有胆子、有胆量做事！"我一直崇拜张君秋先生，也正是张先生的这句"改革创新"影响了我的一生。

我慢慢意识到：中国传统京剧要想在新时代有所发展，必须改革创新。于是，我先用一把京胡做尝试，在传统京胡演奏的基

新京剧《则天大帝》剧照

础上，大胆加入了年轻人喜爱的西洋音乐等许多元素，开始尝试让京胡与交响乐、轻音乐相融合。

可实际上呢？从北京到东京，不远的距离，却将我所有的骄傲都抹个干净。别说什么京胡王子，人家连京胡是什么都不知道，我所有的成就感顿时没有了。那时候没有什么演出的机会，而且观众也听不懂，大家只是因为你演出了，觉得应该感谢你的辛苦，才礼貌性地给你鼓掌，其实你表演的内容中所含的文化和艺术，人家是不了解的。所以，我一度怀疑，我选择出国是不是个错误。对此，我确实抑郁愁闷了一段时间。

我当时也想过要不要留在国内。但是我心里始终有那么一股劲儿在，就是我知道很困难，可是越困难，我就越发期待这个攀登的过程，而且我非常看重这个过程。我一定要把中国的戏曲带到国外去，让它在那里开花结果，我一定要把中华文化传扬出去。

很快，机会来了。1999 年底，我在日本鹿儿岛徐福节表演时，

新京剧《孟母三迁》剧照

遇到了日本唱片协会主席汤川玲子和一位合成器专家夏富美夫。表演完后，这两位老师都很激动，虽然是第一次听到京胡的声音，但两人都很喜欢，都被京胡的声音所感动，当时就商量是否可以用合成器与京胡进行合作。

后来发现，合成器与京胡进行相互嫁接，是一种非常好的包装衬托，京胡的音色能够更好、更清丽地表现出来。我顿时有一种拨云见日的感觉，仿佛来了一阵风，把我的心情也吹好了。

一天，汤川玲子女士给我打电话，说你准备一下，要做一场京胡轻音乐的表演。原来她把我介绍给了日本 15 家唱片公司，没想到，四五十位音乐专家给了我非常热烈的反馈，并且纷纷抛出橄榄枝。最后我们选择和日本最大的唱片公司“艾回”合作。

在许多著名音乐人的帮助下，2001 年，我的第一张唱片《为了你》问世，并连续三个月雄踞全日本古典音乐排行榜的前五名。后来又有了《梦乡》《爱》，还获得了日本金唱片大奖。由此，京胡算是迈出了非常重要的一步，日本人终于开始知道京胡，喜欢京胡。京胡自身的魅力，加上时尚和现代的元素，完成了传统和流行的一种承接。

京胡轻音乐尝试成功后，我越发觉得，传统京剧要想在新时代焕发新的活力，也必须进行改革。

从那以后，我筹备了很多年，我对马嵬坡贵妃自缢进行了修改，改成杨贵妃被遣唐使阿倍仲麻吕所救，后随他东渡来到了日本，并且和当时的日本女天皇孝谦义结金兰。贵妃在日本很思念三郎，最后得知三郎死讯后，为情殒身。

剧本阶段告一段落后，我发现，若是想把这个故事里曲折的情节、复杂的感情表现出来，就需要把京剧和其他门类的艺术相接轨，像西方歌剧一样把每出剧目都做出标志性的唱段，这样或许能拥有更广阔的市场。所以大家可以看到，在后来的“吴氏新京剧”中，我加入了昆曲、越剧，甚至现代舞、古典舞等各种艺术表现形式。

传统京剧以曲牌和皮黄之交替表达内容，并没有旋律和主题音乐的表达形式。而我在“吴氏新京剧”中加入了主题音乐和人物音乐的理念。根据人物的性格和故事情节，首先创作出符合人物的主题音乐，以音乐表达故事。再把代表每个角色的音乐旋律贯穿于唱腔之中，融合西皮、二黄、反西皮、反二黄的曲牌编配，

新京剧《四美图》剧照

但却不脱离主题音乐的旋律范畴。与传统京剧的一桌一椅表态写意不同，新京剧在服装造型设计和舞美设计上有了较大改进。比如我早期演绎的《四美图》，是与非遗传承人蓝玲、著名服装造型设计师张颖合作，取得了强烈的反响。除了传统中国文化中的水墨花鸟、工笔书法等之外，在背景中，西洋美术的油画、雕塑等元素也不时被添加进来。新型舞台光电技术、新式景观道具、灯光音响的铺陈烘托，使新京剧不光是唱念做打的欣赏，也是声光舞美的盛宴。

在杨贵妃生活的年代，中日交往甚密，至今日本文化里都保留着大量大唐遗风，所以我就想尝试着把日本国剧歌舞伎适当地结合进去，从而把杨贵妃东渡日本的主体情节更好地展现出来。为此，我对传统日本歌舞伎、能乐仔细地研究了一番。

2001年新春之际，《贵妃东渡》终于在北京保利剧院登台演出；第二年，恰逢中日建交30周年，我们继续在日本多个地方进行了23场巡演，好评如潮。

曾有人问我，是什么让新京剧在不同国家、不同文化层面都获得如此巨大的成功。这个问题我也曾努力地思考过。我认为，水流千遭归大海，就是两个字：大爱。

所谓的大爱，是艺术家们对艺术的赤诚之爱，是大家自愿承担对中国古老文化传承的勇气之爱，是作品本身体现的人间之爱，更是中华文化负载的仁厚和谐之无疆大爱。我们有幸生活在这样一个伟大的时代，有幸参与到这样一个伟大时代的建设之中。对作品的至臻追求，努力打造伟大时代的文化精品，用精湛的艺术作品传递中华文化之声，弘扬中华文化之大爱，这是我们这些文艺创作者的伟大使命。

郦波： 非常钦佩吴老师，创新之路非常难。我之前听过一句话，就是外国人说中国人为什么那么迷京剧，因为京剧给人一种安全感，你知道到这个地方会有这样的唱腔，是一种可以期待的美感。那么我觉得如果从这一点来说，想要改良传统京剧，改革这种传统的期待感，是需要很大勇气的。

吴汝俊： 戏曲演员应该在继承传统的基础上，打破程式化。像我刚开始到日本时，日本观众并不是很了解中国的戏曲和中国的京剧，他们以为都是像《西游记》里面的孙悟空。京剧中的文戏对他们来说，既听不懂，也看不懂。通过这30年从故事情节到剧本主题的创新改革，并在配器、舞美和化妆上做出调整，戏剧具有了冲击力。

国家京剧院在演《三国志》的时候，我从南到北做了十次演讲，讲诸葛亮为什么拿扇子，拿扇子的不同方式所代表的心理活动，曹操怎么念白，曹操是什么唱腔，曹操怎么哭、怎么笑，等等。为的是让观众能够看懂京剧，也让京剧更感人、更生活化、更自然。我希望在我们这代人的努力下，让传统文化的改革创新之路走得更便利，使其走出国门，与国际接轨，让世界以更简单的方法了解我们的文化，接受我们的文化。

张瑜： 现在有没有年轻的日本朋友在学京剧呢？

吴汝俊： 在很多大学里面，包括日本的一些专门学校，我设计了几个必修课。我现在担任着日本大学的客座教授，同时也是自己母校中国戏曲学院的客座教授。我经常让这两边的学生，包括老师，一起研究，一起探讨，相互学习。

主持人：吴先生的夫人是不是一直在支持着您做这件事呢？

吴汝俊：这30年来，我的夫人陶山昭子，这位异国他乡的姑娘一直默默地支持着我。嫁给我以后，她几乎把自己所有的爱好和兴趣都丢下了。她总是跟我讲：汝俊，你放心大胆地去走自己的艺术之路，无论你走到什么时候，我都会支持你。在日本你有这么多的戏迷和琴迷，这是因为你的艺术感染了他们，他们也一定会支持你，支持中国艺术。

张建伟

Zhang Jianwei

德国汉堡科学院院士、
德国汉堡大学信息学科学系教授、
智能机器人专家

他是德国汉堡大学信息学科学系教授，
多模态技术研究所所长，德国汉堡科学院院士，
“千人计划”专家。

近 20 年来，
他在德国从事并领导智能自动化生产系统的感知学习和规划。
在多传感信息处理与融合、智能机器人技术、
人机交互的研究与开发等领域有着深入研究。

他担任数个国际重要机器人及人工智能会议的主席，
是多份国际专业杂志的编辑，并任德国数家企业的技术顾问。

我和人工智能

我是张建伟。1986 年，我以清华大学计算机系计算机控制与人工智能专业第一名的成绩完成了本科学业。1989 年，我在清华大学计算机系完成了硕士学业。硕士期间，我已经开始研究人工智能如何用于机器人这一课题。现在的人们很难想象，当时以人工智能为研究方向的我出来找工作有多么困难，但是我选择了坚持。因为我梦想造出能代替人类工作的机器人，它们可以延伸人类的感觉、操作功能、记忆功能和思考。

所以今天我想跟大家说说我和人工智能，和机器人的故事。

第四次工业革命正在来临，中国在人工智能技术的应用上发展得如火如荼。之前在北京亦庄举办的世界机器人大会、在合肥举办的世界机器人世界杯比赛，中国人都想一睹为快，以至于一票难求。我真是遇到了人工智能和机器人发展的最好时机，中国的政策和大环境都很支持。但在德国，我确实遇见了被人举着牌子抗议发展机器人的事情，这件事发生在 2015 年。

担任 2018 世界机器人大会主持嘉宾

在国际机器人和自动化的领域中，有两大旗舰学术会议，其中一个叫国际智能机器人和系统顶级会议（IROS），这个会议从 1988 年开始举办，每年一届，在国际上享有盛名。2006 年，这个会议曾在北京举办。2015 年，第 27 届 IROS 在德国汉堡举行，当时我担任总主席，负责策划和统筹工作。

怎样才能办好这次顶级的国际会议呢？能得到政府的资助不是更好吗？打定了这个主意，我特意带着我的机器人去找当时的汉堡市长舒尔茨先生，他现在是德国的第一副总理。市长被我说动了，非常大方地把富丽堂皇的市政厅借给我们，用于会议开幕的场地。为了让这些工作狂一样的科学家们能够劳逸结合，我指导我的团队，精心设计细节，把高质量的专业交流和多彩的社交观光结合在一起。

会议期间，恰逢中秋佳节，天上挂着超级大的圆月。我把 IROS 管理的专家晚宴安排在汉堡的阿尔斯特湖上，同时把中国朋友带来的月饼也带上了船。就着圆月，我给大家讲汉堡的风土和中国中秋的人情。我儿子把一块切成四小份的月饼逐个送给客人，汉堡的海鲜美酒加上我的月饼甜点，令大家赞不绝口。

这场会议组织得非常成功，成为智能机器人系统领域里规模最大、参会人数最多、活动最丰富的一次国际会议。参会嘉宾好评如潮，他们说“这次是有史以来最好的世界机器人大会”，“是汇聚了来自世界各地的最优秀的机器人领域的各个代表的盛会”，“也是集成了信息、通讯、人工智能、机电、控制最强技术的大会”，同时还有专家提到“会议的组织体现了德国式的严谨务实和东方式的热情灵活”。

我作为这次大会的总主席，按理说应该是非常开心的。但就在会议期间，突然来了一些社会人士在会馆前高举横幅，发起抗议游行，反对研究发展机器人。原来，抗议者是一个和平主义者组织，他们担心机器人研究会被军方资助和利用，还有就是科幻小说里的机器人控制人类的情节让他们当中的很多人感到恐惧。

面对社会团体对机器人的诘难，我开始琢磨怎样才能平息事态。最好的办法是给抗议者普及人工智能和机器人的知识。我在大会的最后一天，举办了一场面向公众的“人工智能和机器人科普讲座”，邀请最顶尖的教授们给大众普及相关知识，并且邀请有意见的社会团体参会，使他们理性地表达观点，改变了此前“见人发传单”的混乱秩序。我们以平等的态度和他们交流，果然得到了他们的理解。

这件事启发了我们这些做机器人的专家、教授，有人提醒、监督机器人研究的道德规范其实是件好事。国际电子电气工程师学会、机器人与自动化行业协会主席，在听我汇报这些情况时，开玩笑地说，今后所有机器人会议要设一个新的指标，用来衡量抗议者的人数和抗议活动的种类。我觉得，这些抗议一方面间接地显示了我们会议具有广泛的社会影响力，另一方面也让我们考虑到世界范围内观点的多样性。最为关键的是，人工智能的道德问题确实不容忽视。

关于人工智能和机器人的道德标准，一直都是各界非常关注的问题。很多文学、影视作品里都有关于机器人的内容。例如，把一个人的知识、情感、学习系统等全部放入芯片里，再把芯片植入机器人的身体，使得机器人拥有这个人的精神世界和思维方式，那么即使这个人的肉体已经消亡，他的灵魂依然可以继续感知这个世界。但这个设想是目前社会伦理所不提倡的，因为人工智能的前提是以人为本。

我在人工智能的以人为本方面做了很多研究。不少老人、残疾人都会用到轮椅，但轮椅坐久了，肌肉会变萎缩，轮椅并没有真正起到帮助人来健康生活的作用，所以我们发明了智能助行器，帮助人运动。我现在的研究是在完善这套系统，如果加上多传感器系统，盲人甚至也可以用。我举这个例子是想告诉大家，人工智能的使用范围不会超过人性和伦理，因为它的出发点是为了辅助人的生活，而不是取代人类。这是科学家的伦理和底线，伦理在科学领域是基本出发点，一切都要以人为本。

在你们心里也许会有疑虑，机器人真能超过人类吗？我可以放心地告诉大家，目前只有在特定的领域进行特定的研发，比如下棋这个领域，机器人才可以和最强的人类进行比拼。即使有一天，人工智能在某些领域超过人类了，我们也不必恐慌，要相信我们的伦理，相信我们人类的智慧，既然能设计出这些人工智能机器人，我们就有能力控制它。

而且，我们现在研究人工智能，一个主要的目标就是让机器人能够胜任一些通常需要人类智能才能完成的复杂工作。现在我们最看重的应用领域，实际上是辅助驾驶机器人、家庭服务机器人、康复机器人、救灾救险机器人等等，让他们去做人类不愿意做的事情，比如危险的工作、环境恶劣的工作、无聊的流水线工作等。

这一点对当今中国尤其重要，因为以低廉劳动力成本为主要竞争优势的中国制造业，正面临严峻的挑战。中国的人口红利正在逐渐耗尽，现在很多年轻人已经不愿意去工厂做机械化的流水线工作了，这些工厂就面临着招工的困境。如果智能机器人可以代替大部分的人工，那就可以彻底解决这个问题和隐患。

每一样新生的事物在最开始的时候都会面临各种各样的质疑，人们会担心创造了一个连自己都控制不了的魔鬼。但是，纵观历史，我们有信心控制住它们。合理的忧虑和反思是必需的，但不能因噎废食。

在此，我也想告诉大家，新科技的发展曲线往往就是这样：先经历一段急剧上升，待泡沫破裂后急剧下降，之后回归理性，稳步发展；中间也许会经历几次震荡，但好的事物不会因此停歇。就像霍金曾经说过的："我认为强大的人工智能的崛起，要么是人类历史上最好的事，要么是最糟的。我不得不说，是好是坏我们仍不确定。但我们应该竭尽所能，确保其未来发展对我们和我们的环境有利。"

人工智能、机器人和所有垂直领域的融合是全球一体化的融合，通过国际合作，我们可以避免走弯路，加快我们在此交叉领域的发展步伐。中德科技合作已经有40年的良好基础，2014年10月10日，中德双方签署了《中德合作行动纲要》，一起迎接将来的工业4.0时代。德国注重实业，在自动化设备、数控机床、工业软件等设施上有着显著的优势，而中国在电子通讯等领域，不管是价格还是技术都有非常强的竞争力，所以双方形成了很好的需求互补，可以实现共赢。可是要实现这一点，我们就需要一大批有海外经验，思维和工作方式能与国际接轨的跨文化专业人才。

我很高兴自己在这方面也做出了一些贡献。到汉堡以来，我协调并领导了两个中德的跨学科联合的重大项目。我利用自己曾在清华和汉堡学习和工作过的经验，联系中国的科学人员，共同完成了中德联合博士生培养的“自然和人工认知系统的模式交相感应”这一大项目。

另一个项目是，近两年，在国家自然基金委和德国科学基金的联合支持下，我协调了中德的跨学科协同研究重大国际计划“跨模态的学习自适应、预测和交互”，获得德国和中国的双方批准，此类跨学科研究项目可以连续得到三期十二年的资助。这是有史以来中德开展的最大的人工智能基础研究项目，联合了中德双方的人工智能、脑科学、心理学的最强团队，将为未来中国和世界的人工智能提供强人工智能的原创核心引擎技术。

回顾30年的经历，我脑海里呈现的是“融合”二字。学科、文化、思维、处世，我用心来观察、思考融合的方法。即使在早年财务还不自由的时候，我也没有想过去追求物质的成就，而是希望自己能够留下一些融合的公式、计算的框架，一种世界上还没有人做过的机器人，从而在历史的长河中留下一笔，这就是我的毕生所愿了。因为好多东西不是物质的，而是一种认可，这种高层次的认可所带来的幸福感是无与伦比的。

研究人工智能，促进中德双方的密切合作，任重道远。但这是一项一加一大于二的工作，是能够给我带来精神满足的工作。所以此路漫漫，吾将上下而求索。

世界听我说 对话

张瑜： 我们现在这一代人已经在享受人工智能给我们带来的很多好处。但是我觉得坏处也要考虑到，比如说失业的问题，还有假如人工智能被恐怖分子控制的话，那是什么样的结果呢？

张建伟： 我想在人工智能和机器人的结合方面，我们还有很长的路要走。因为机器人的整个发展，除了人工智能，还需要材料、机械和电子传感器，这些领域的发展还达不到计算机一样的指数性发展，所以整个机器人的发展，我想是受很多因素制约的。现在我们真正要解决的是我们生活和工厂制造里的很多重要的问题，我们现在还需要突破很多技术问题，比如帮着老人翻身，机器人是做不了的。

现在的人工智能和机器人只是走了很小的一步，人工智能还处在弱人工智能阶段，不能迁移，不能连续学习。我想这种技术还有很多路要走，这恐怕还要 50 年甚至 100 年。

当然，人工智能技术如果落到一个恐怖分子手里，他有无限多的钱，他要资助一个项目做一个无限聪明的机器人，把人类灭掉，这种场景我想也是可能存在的。但我有信心在我们的控制范围内使用这个技术，我想人类有足够的智慧，像控制原子弹那样，控制一项技术。当然也有不好的例子，就是我们的化学制品没有控制好，使得我们现在海洋环境遭到了污染。我想我们从这种好的和不好的历史中可以学习到经验，人类一定能够做到在真正有意义的范围内发展人工智能和机器人，限制那些不以人为本的研究项目。但这些不是单靠我们做技术的人能够解决的，而是需要全社会共同解决，这是一个涉及法律、人类学和技术的交叉学科。而且我们要避免将人工智能用在战争、武器和超人机器人上。

张瑜：请问未来的机器人会有感情吗？

张建伟：这是一个非常好的问题，如果说现在的机器人有一部分的感情，那就是在声音里带感情。意思是说，如果我们把主持人饱含深情的声音让机器人深度地学一学，机器人就能学到感情。但是这不代表机器人能够真正感受环境，自己产生感情。机器人能够真正产生感情，是我们下一步要做的研究。

郦波：听说陪护机器人已经上市了。

张建伟：是的，陪护是一个巨大的市场。我们已经走进了未富先老的社会，空巢老人的问题已经非常突出。机器人现在已经能够在陪护监控老人方面实现一些服务，甚至能够端茶倒水了，但是挑战还非常多。

张瑜：人工智能发展的终极目标是什么？

张建伟：为人民服务。所以我每次开会、演讲，包括建言献策，都是着重强调以人为本的机器人。机器人是为人类做辅助的，不是说完全自主地脱离人类，它的所有决策过程和感知过程，都要对人类透明，然后它可以在各个层次和人类进行交互，保证我们人类能够有足够的能力控制它。得更便利，使其走出国门，与国际接轨，让世界以更简单的方法了解我们的文化，接受我们的文化。

鲁照宁

Dave Lu

美国纽约电力公司项目督查，
南京大屠杀史料收集者、捐赠者

一位貌似寻常的美籍华人，
一颗守护家国历史的赤诚之心。

他是美国纽约电力公司的一名普通员工。
十多年来，他斥资通过竞拍等方式收集抗日战争文物史料 2000 多件，并全部无偿捐赠给国内相关机构。

他在浩瀚的史料碎片中，
执着地还原令人心痛的民族记忆。

“如果通过我的收集和捐赠，
能够让这段历史被正视、被铭记，那我这一生，也就值了。
你们不用记住我是谁，
我想让你们记住的，是那段不能被忘却的历史。”

为了不能忘却的历史

我是鲁照宁，来自美国纽约。我觉得自己现在正做的事情，有必要通过一个机会让全世界的人都知道。我正在做的事情就是搜索、打捞历史中一切和日本侵华战争、南京大屠杀相关的史料。我要从世界各地把这些珍贵的史料找到，完整详尽地呈现南京大屠杀这段人类史上的惨剧。

提起南京大屠杀，相信大家都有一个正确的判断。你们可能会觉得，这件事情已经是铁的事实，还有必要去证明吗？在我离开中国之前，我就是这么想的。

但到了美国之后，在一些当地人的聚会上，大家有时会聊起关于二战的历史：奥斯威辛集中营、偷袭珍珠港、中途岛海战……可是提到南京大屠杀，却几乎没有人知道。最让我愤慨的是，居然还有人说南京大屠杀是造谣诬陷，是虚构的。我的故事从那时就开始了。

1980 年，16 岁的我随着父母移民去了美国纽约。16 岁是个

鲁照宁捐赠的史料中 164 件为国家珍贵文物，60 多件为国家一级文物

懵懂的年龄，对于六朝古都南京，我连哪六朝都不了解，更不要说南京大屠杀了。到了美国之后，我的生活跟普通人没什么区别：上学、毕业、工作。30 年的时间，我从一名电力技师做到了项目督查，生活充实而平淡。

在美国生活，偶尔会听到有人提及南京，我感觉特别亲切。也许是距离上隔得远了，心理上反而拉近了许多。每年的 9 月 3 日——抗日战争胜利日，美国的华文报纸总会刊登一些文章来纪念，在这些纪念文章中，“南京”“南京大屠杀”是出现频率比较高的两个词。每次看到“南京”两个字，我总会本能地多看上两眼。1997 年，美籍华人张纯如的作品《南京大屠杀：被二战遗忘的浩劫》火遍了美国。这本书占据《纽约时报》畅销书排行榜十几周，在全世界造成轰动，先后再版了 15 次，印量高达 50 万册，首次让西方国家全面了解了二战期间日本在中国的屠杀事实和真相。可随之而来的，是日本右翼分子的疯狂攻击和各种人身攻击。

他们否认南京大屠杀的真实存在。为什么这样荒谬的声音还会出现在媒体上？我开始不停地问自己。为什么还有一群毫无良知的人去附和？于是，我开始关注那段历史，却无意间发现那段历史竟与我的家族有着很深的关系。

1937年南京沦陷后，有一天，我父亲的二叔听到敲门声，开门后就被日本军人射杀在自家门口。这不是屠杀，又是什么？

鲁美音，是我父亲的姑姑，当时是中国民用航空的一名空乘员。在飞往云南的航班上，她所在的民航客机遭到了日本战机的袭击，飞机迫降后，日军依然疯狂扫射这家民航客机，而我的姑奶奶鲁美音为了保护航班上的婴儿，不幸中弹身亡，当时她只有26岁，并且怀有身孕。这不是屠杀，又是什么？

如果没有南京大屠杀，如果我的二叔公和姑奶奶还健在的话，我们现在一定是一个大家族。而现在，大家欢聚一堂其乐融融的场景，只能存在于想象之中。

我不愤怒，愤怒只是情绪的表达；我也不仇恨，仇恨是一种最不可取的手段。但是我坚定地相信，历史应该被公平地对待。于是我决定做点什么，可我又能做些什么呢？

我是一个很简单的人，在纽约的生活也很简单，每天除了工作之外，研究飞机与航模是我唯一的爱好。每天我都会在网上搜索一些最新的航空与航模信息，也会在很多网站上购买航模。随着这些网络搜集经验的增加，2004年，我有意识地在网络上输入“南京”的英文名称，直到有一次，我在卢森堡的一个网站上输入“NANKING”这个英文名称后，屏幕上跳出了一本叫《生活杂志》的周刊封面。当我点开杂志时，画面上出现的第一张图片，一下子震撼了我。

那是1938年1月10日，南京沦陷后第28天，美国《生活杂志》

刊登的一篇关于南京大屠杀报道的四幅配图之一，后来被称为“头颅抽烟照”。我不想过多地解释这些照片，因为它呈现的内容血腥、残忍、变态。我买下了这本杂志，现在它就在南京大屠杀遇难同胞纪念馆的展示厅中陈列着。

美国是二战的战胜国，在美国关于二战的文字资料、档案，都或多或少地提及了二战中的中国以及南京大屠杀，只是这些资料湮灭在了大量的史料中。我终于想清楚我可以做些什么了，我要在世界各国的网络上收集整理日军侵华战争的相关资料，用第三国的文字记录和图片等信息，为学者提供最有说服力的史实资料和证据。可我真的没有想到，这件事一做就是十几年。

1938 年美国发行的《日军在中国的暴行》一书，是由英国记者田伯烈编写的，里面有很多南京大屠杀目击者的描述。1938 年英国出版的《勇敢的新中国》记录了日军的暴行。一个英国教会

鲁照宁捐赠的史料
《军人的日记—— 一万里的战场》

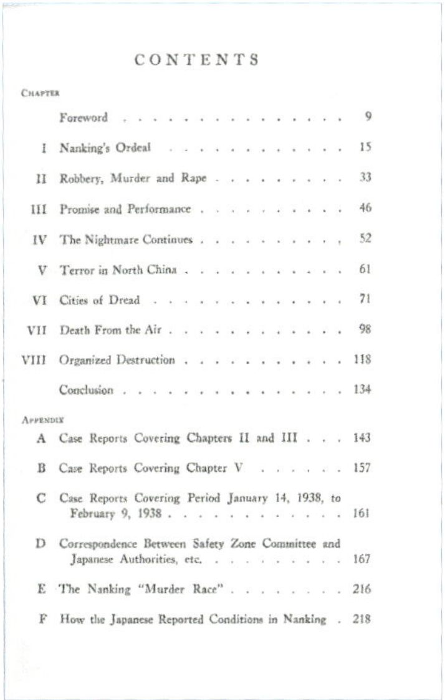
CONTENTS

《日军在中国的暴行》一书的目录

工作人员亲眼看见了国际安全区的妇女被日军掳走，一队39名日军轮奸一名19岁女孩。

这些狰狞的历史事实不仅仅被第三方国家真实地记录下来，连日本本国也有类似的确凿证据。1940年，日本发行《军人的日记—— 一万里的战场》一书，书中翔实记录了日本一等兵谷口参与南京大屠杀的细节。日本兵谷口的描述，再一次证实了日本否认南京大屠杀的谎言！

16年时间，我从30多岁的青壮年到现在的中年。这段时间，伴随我最多的就是那台现在已经过时的手提电脑和成千上万件二战资料。对于我来说，每一份资料来自何方以及它背后的故事，都成为我人生中最重要的记忆。

我是通过网络搜集的方法获得这些资料的。运用这种方法，除了要花费金钱外，更要花费很多时间。我每天工作长达12个小时，在路上还要花费两个小时，但我每天必须拿出四个小时的时间在各大网站上搜索有关二战时中国以及南京大屠杀的资料。我每天睡眠不足六个小时，这已是常态。

我在网络竞标的时候，常常会有一个封顶价。如果遇到非常重要的东西，我会不惜一切代价，出到我认为是“天价”的封顶价，这样我就可以确保百分之百能够得到这样东西。可更多的时候，由于个人经济的问题，我不得不寸步不离我的电脑，和竞争的买家相互加价。因为稍有疏忽，这份资料就可能被他人拍走。以我个人的能力，我虽然买到了很多资料，但也有不少资料我没有办法拍到，失之交臂的那种心情实在难以形容。

我做的这些事，在不同人的眼中有不同的看法。有的人看到了商机，告诉我这些资料独一无二、价格不菲，有收藏的价值和升值的潜力，可谓奇货可居；有的人看到了我做的事，只关心我买这些东西花了多少钱。这些问题我都没有回答过。因为我只想说，这个世界上有些东西真的不适合买卖。我做这件事情最大的价值不在于此。举个例子，在我和美国同事聚会时，谈到南京大屠杀，我给他们看一些相关的资料，比我情绪激昂的陈述要有用得多，因为我看到了他们在思考。

这些资料，在我的手上发挥不出最大的效用，它应该成为作家的写作素材，应该成为史学家运用的档案资料，应该在纪念馆里陈列以正视听。于是我决定捐赠，并且是无偿捐赠。

我觉得我在做一件有意义的事。什么叫有意义？我认为德国人约翰·拉贝，用40多万字的日记记载南京大屠杀中500多个案例，这是有意义的事情；我认为美国传教士约翰·马吉，冒着生命危险，用16毫米摄影机真实记录南京大屠杀的原始影像，这是有意义的事情；我认为张纯如用英文写《南京大屠杀》，向欧美读者介绍南京大屠杀的事实始末，这是有意义的事情。而我做的就是在我力所能及的范围内，在浩瀚的二战资料当中，将那些零零碎碎的世界记忆收集起来，还原历史的真相。

今天说起这段历史，也许很多年轻的华人会想，这段历史已经过去了大半个世纪，我们能在书本上看到，会在新闻报道里听到，可这和我的生活有什么关系？我想说的是，民族的命运就是每个家庭的命运，民族的历史就是每个家庭的历史，这不仅仅是国史，也是我们每一个中国人的家史。这是我们所不能忘记的，因为是每个历史瞬间成就了现在的你和我，只有铭记它，每个华人才能找到自己奋斗的方向和责任。

我们都会老去，都会离开这个世界，但是历史不会。几年前，我给自己立了一个人生哲学观“The best never rests. When he rests, he will R. I. P. (rest in peace)”。一个优秀的人是不会停息的，他停息之时，就是他安息之时。我不是一个优秀者，但搜集抗战资料是我的历史使命和责任，我永远也不会停止。

世界听我说 对话

主持人：从外表来看，鲁先生是一位温和冷静的人，但从他激情澎湃的演讲中我们能够感受到，在他温和的外表下，有着非常坚定的决心和力量。鲁先生总是强调自己是一个普通人，但是普通人也可以做出伟大的事情。请问，每年 12 月 13 日的国家公祭日，您会做一些特别的事情和活动吗?

鲁照宁：每年 12 月 13 日，我都会到南京大屠杀遇难同胞纪念馆参加国家公祭活动。

屈洁冰：您强调自己是一个普通人，其实您一点也不普通。最令我感动的是您最后说：这是一个历史的使命，您永远也不会停止。我真心希望您能继续做下去。我移民加拿大以后，每个外国人都知道纳粹对犹太人的大屠杀，但是当我讲到南京大屠杀的时候，却没有太多人回应。我觉得我们要铭记历史，如果任何一个政府，任何一个国家，不承认他们以前所做过的事情，那历史的罪恶将会重演。

郦波：我来自南京。听您讲这段历史，我觉得特别沉重。这段暴行的制造者，他们力图抹杀这段历史。事实上，从历史史料到见证人，有无数的材料可以证明这段历史。但是，随着时间越来越久远，尤其是当时的见证者都已渐渐老去，很多人正在离开这个世界，这就给了那些抵赖者以可乘之机。这个时候，文物、文献资料就显得特别重要。所以我觉得鲁先生的这个工作特别值得肯定。

在中国古代文化中，“历”指的是翻山越岭、跋山涉水，不容易的经历叫作“历”；“史”是文官把所有的艰难记下来。之所以要把这些艰难记下来，就是为了后人再碰到同样的问题时，可以知道要从中吸取哪些经验教训。这是人类文明贡献的智慧，不是哪一个族群的事情，而是每个族群都应该如此，为整个人类文明担起责任。

近代史上的中国经历了人类文明史上惨痛的灾难。无数的仁人志士，筚路蓝缕，一步一步地抗争和奋斗，直到今天，我们迎来民族的伟大复兴。华夏民族为什么有这样的力量？因为他具有强大的向心力和凝聚力。所以我们的海外华人即使散落在世界的各个角落，却仍心系故土；所以鲁先生虽然在美国纽约做一个电气工程师，却用他的人生去照亮自己的故土。这体现的就是华夏子孙永恒的生命力。

叶璐
Ye Lu

女高音歌唱家

她是世界级华人女高音歌唱家。

她经历过梦想的夭折，经历过跨国婚姻带来的人生起伏，
经历过为了梦想而不断选择和前进的艰辛。

她获得了意大利歌剧音乐终身成就奖，
也是意大利文化骑士和意大利文化形象大使。

她凭借自己的天赋和努力，
载入了意大利翁布里亚省音乐发展史的史书。

她用歌声征服了整个意大利，让世界对华人歌唱家刮目相看。

在她的故事里，你能看到一位华人女性的坚韧与强大。

人生只有一次，我们只有奋勇前行

我是叶璐，来自白求恩的故乡——加拿大蒙特利尔。很高兴在这里分享我的故事。在分享前，我想先送给你们一首歌：

我漫步街上，
人们都用惊奇的目光把我悄悄端详，
因为我是个漂亮又浪漫的姑娘，
他们眼中流露出无限期望又迷恋的光芒，
……
你不愿对我吐露衷肠，
就任你自寻烦恼，终日悲伤！

这首歌的名字叫 QUANDO MEN VO，是 Musetta 的咏叹调《漫步街上》，选自普契尼大师的歌剧《艺术家的生涯》。

这是我重回舞台后演唱的第一首歌。在那一天，我向所有观

就读于杭州师范学院时的叶璐

众说，今天是我的生日，我要把这首歌献给我远在中国的母亲、远在天堂的父亲、近在眼前的亲爱的朋友们，还有电视机前的观众朋友们，这是庆祝生日再好不过的方式了。话音刚落，台下涌起一阵掌声。

那一天是 2013 年 6 月 15 日，是我生命中最重要的一天。那一天是我告别舞台的第 6115 天，那一天是我重新拾回作为一个女人的勇气的一天，那一天是我重生的一天。

我出生在温州一个高级建筑工程师的家庭。不同于父母每天和建筑设计打交道，我从小就沉浸在《叶塞尼亚》《生死恋》《大篷车》《望乡》《基督山伯爵》等电影的配音当中，这些译制片中美丽的声音，让我发现了一个浪漫的自己。

从事建筑设计工作的父母认为配音、唱歌并不体面，他们不认可我选择的这条人生道路。但《叶塞尼亚》中女主角赋予了我勇气，我想要变成叶塞尼亚，打破家庭给我的既定路线，不顾一切地去追寻自己真正想要的生活——一个充满浪漫气息的艺术人生！

在随后十多年的时间里，要学声乐的勇气一直鼓舞着我。我考上了杭州师范学院音乐系，毕业后我曾辞去教师的工作，报考上海歌剧院的歌唱演员。因为我知道我有一副好嗓子，我一定是为声音艺术而生的！

命运似乎也垂青执拗的我，当我被父亲安排去意大利学习贸易和经济学时，歌唱艺术殿堂的大门也悄悄向我打开了。语言不通的我来到意大利之后，总是走不对应该去的教室。有一天，我像往常一样，在学校走廊迷茫地走着，忽然听到一阵优美的歌声。我顺着歌声找到了那间教室，推开门，探头进去，看见全班同学都齐刷刷地看着我这个忽然闯进来的中国姑娘。

老师有着一头“怒发冲冠”的白发，他皱着眉，指着我，示意让我进去。他对我说了一大通意大利语，我什么也没听懂，最后有位同学用英文告诉我说，“老师让你唱一首歌”。

我的天，这是怎么回事！难道学经济学还要先唱歌吗？我唱什么呢？意大利语的歌曲我肯定不会，中文歌他们意大利人能听懂吗？我忽然想起了陕北民歌《兰花花》，于是，我就站在那个大教室的门口，清唱了一首《兰花花》。当年，我就是用这首歌考上杭州师范学院音乐系的，今天再让这首歌帮我一次吧。

叶璐和佩鲁贾市合唱团的朋友们一起学习

后来我才知道，那一天我还是走错了教室，那是一个合唱班在上课。

一天，我漫步在佩鲁贾市的街头，被教堂里传出的美妙歌声深深打动，我不由自主地寻着歌声走了进去，静静地听完了这首歌。那一刻，我才意识到，歌唱和舞台是我整个少年时代的追求。音乐会结束后，我找到了乐团的指挥，想试试看能否考进他的合唱团。而这个合唱团的指挥，恰巧就是那天我走错教室的合唱班的老师。

后来我才知道，这个把我当成合唱班迟到学生的老师、合唱团的指挥，竟然是意大利很有名气的雷纳托·萨巴蒂尼（Renato Sabatini）先生，他是一位比帕瓦罗蒂还要早的杰出男高音、意大利音乐史家、博士。而这个合唱团也已经有 20 多年的历史了，参加过很多国际比赛，获得过很多一等奖，是世界著名的佩鲁贾市合唱团。

当时萨巴蒂尼先生已经从舞台上退休，在佩鲁贾外国人大学做艺术指导，主要任务是教学和研究音乐史。作为佩鲁贾市合唱团的奠基人，他已经在合唱团担任指挥20多年了。作为外国人大学的合唱团艺术指导，他有很多机会接触来自世界各地的学生。为了让合唱团的曲目更丰富，他还会在不同届次、不同国籍的学生中发现、安排演唱不同国家的民间音乐和作品。而我那天清唱的《兰花花》，曲调悠扬柔美，节奏舒缓自由，歌词口语化，很具地方特征，所以给萨巴蒂尼先生留下了深刻印象。

看到我后，萨巴蒂尼先生问我是否找到了合适的声乐老师。当时在意大利，找一位好老师教授一节声乐课，要100美金，年轻的我非常老实地回答说："我没有钱来支付课时费。"萨巴蒂尼提议免费给我上声乐课，交换条件是要我作为独唱和领唱演员

2012年，叶璐与恩师雷纳托·萨巴蒂尼合影

无偿参加合唱团的演出。

我不敢相信地看着萨巴蒂尼先生，问他为什么要这样做。他的回答令我很感动。他说，叶璐，您是个艺术家，您有着上天赐予的好声音，您能用声音传递情感，更重要的是，您身上有一股东方女人的劲儿。那天您站在教室门口唱了那首中国歌曲，我就确定，您是为歌唱而生的。所以，您值得拥有这样一个机会！

萨巴蒂尼先生不仅成了我的恩师，也成了我 25 年的好朋友。从 1992 年到去年他去世，他一直用“您”来称呼我，以表示对我的尊重。

我是合唱团里唯一的亚洲人，没有机会说中文。在佩鲁贾市合唱团和一流的同事们一起学习，我的进步很快。每次在音乐会的最后，总会让我演唱一首中文歌曲，比如新疆民歌《曲蔓地》、江苏民歌《好一朵美丽的茉莉花》等。因为跟我在一起合作，他们有机会接触到不同的音乐类型，而且最后的这个压台节目每次都受到热烈欢迎，所以乐团的同事们很喜欢与我合作。

就在我通向歌唱的道路越来越光明灿烂的时候，浪漫主义在我的生命中出现了。我在出国前认识的加拿大男友给我发来一封电报：“嫁给我吧！我要飞过来和你结婚！”

为了爱情，我放弃了在意大利的音乐事业，跟男友在佩鲁贾市结婚，并在六个月后来到了他的家乡——一年中有六个月是冬天的加拿大蒙特利尔。

婚后相夫教子，照顾家庭，音乐离我越来越远，这就是丈夫希望我过的生活。然而，音乐是我的挚爱，放下音乐是一件非常痛苦的事情。曾经有五年，我没有听过任何音乐，我害怕听音乐，那是我人生中最黑暗的一段日子。在低潮中，我不断思考：我是谁？我的人生价值是什么？随着儿子一天天长大，我一次次扪心自问，我到底想要什么？为了自己的梦想而离婚，我觉得对不起孩子。我哭了又哭，忍了又忍。

直到有一天坐飞机，我看着紧急救生录像时，忽然茅塞顿开：在危急时刻，你必须先给自己戴上氧气罩，然后才能去帮助别人。我一直以为为了孩子而忍受煎熬是一个做母亲的责任，是理所当然的自我牺牲，可这又何尝不是牺牲了孩子的未来幸福呢？为了孩子的健康，我必须先自己“吸氧”！

于是，我问儿子：“我要是到意大利去发展我的歌唱事业，你会很伤心吗？你会非常想念妈妈吗？”儿子回答：“如果你觉得意大利对你的发展有好处，你就放心去吧，你别管我，我没关系的。再说，你不是还会回来吗？”

终于，2013 年 6 月 9 日，我拿到了离婚证，然后就直接飞往了意大利。

抵达米兰后，我约了两年前认识的制作人喝咖啡，他曾经听过我的录音材料，我相信他对我的歌声记忆犹新。果然，见面后，他便主动对我说，五天之后意大利国家电视台有一个隆重的颁奖仪式，急需一位女高音，你敢不敢上？我说：“敢！”

排练的时候，这位制作人非常紧张，两手插在胸前。我知道他在担心什么。因为随着技术的发展，录音时可以做各种修补，而他只听过我两年前的录音材料，现在的我是一个怎样的水平，他并不清楚，更不能完全放心。

这场演出对我来说至关重要，我必须全力以赴。

演出开始了。我站在舞台中央，镜头离我很近很近。随后，我就唱起了 QUANDO MEN VO，也就是开场时我唱的那首歌。除了完美演绎这首歌之外，我心无杂念。当最后一个音符唱完，观众的叫好声和掌声淹没了整个剧场。那一刻，我知道我重回意大利的第一炮打响了！我走下舞台，制作人第一个冲上来给了我一个大大的拥抱，他紧紧地握住我的手说："祝贺你！祝贺你！叶璐，你成功了！"

那一天是我的生日，也是我重生的一天。

冰球是加拿大的国球，每年的斯坦利杯冰球比赛是加拿大乃至北美洲最高水准的专业冰球赛。每一次比赛，大赛委员会都会邀请在国际上有名望的艺术家，像 Celine Dion、Ginette Reno、Mariah Carey、Sarah Mclachlan、Shania Twain 等，在赛前演唱加拿大国歌及对方的国歌。但亚洲艺术家还从未有此殊荣。

2014 年 4 月 12 日，在蒙特利尔的 Bell Centre，在向全北美直播的冰球赛现场，播音员说："今晚我们见证了历史时刻，加拿大冰球史上第一位华人歌唱家演唱了我们光荣的加拿大国歌。"

那一刻，我觉得我不仅代表自己，而且代表华人歌唱家。我不辱使命。而在那一刻，我也找到了自己作为一名歌唱家的意义：我要为我自己歌唱，我要为我的家人歌唱，我要为整个华人歌唱。

勇气陪伴了我的一生，也成就了我的一生。

去年，当我拿到意大利歌剧艺术终生成就奖时，我就在想，我要把我的故事分享给所有有梦想的人。这个奖标志着我一个新的开始。中国永远是我的祖国、我的母亲，我愿为光大母亲在国际舞台上的形象而继续加倍努力。我仍然有梦想，我梦想能有一个自己主持的电视节目，为中国的年轻人提供一个展望世界、追求理想的动力和平台。

无论你的人生面临怎样的选择，无论你的梦想遇到了怎样的挑战，请你鼓起勇气，听从你内心的召唤，勇敢地去成为自己最想成为的那个人！因为，人生只有一次，我们只有奋勇前行。

世界听我说 对话

主持人：您在国外演唱民歌，外国人的接受度是怎样的？

叶璐：对外国人来说，“东方”永远是一个谜，越迷就越想了解。中国的民族音乐是非常丰富的，他们之前没有机会接触到。忽然来了一个中国姑娘唱了一首中国歌曲，这让他们感到很新鲜。同时，中国的音乐旋律也非常优美。而且我们的作曲方式跟西方不一样，旋律一出来，就有东方韵味。他们喜欢这个旋律，就会引发他们对东方的向往，从而想去认识东方人、东方的历史和东方的文化。

主持人：您觉得中国民歌的哪种魅力最能吸引外国人？

叶璐：这个就很难说了。地区不同，风格也就不同。比如说陕北民歌和江南一带的民歌就不一样。水土不一样，孕育出来的风格就不一样，每一种民歌都有它自身的独特魅力。

主持人：家庭对于您的艺术事业来说是一种束缚吗？

叶璐：如果家庭幸福和睦，（对事业）应该是一种帮助，而且是很大的帮助。人生的经历特别重要，特别是艺术家，它会丰富你的内心世界，让你对任何事情都有更深层的理解和认识。

主持人：重返意大利时，您毕竟离开舞台有很长一段时间了，会不会觉得力不从心呢？

叶璐：如果你对自己没有信心的话，别人对你肯定更没信心。在我的脑海里面只有一个字，那就是“闯”。当时我是有全日制工作的，但我放弃了。当时也做房地产，但我把房地产的执照也放弃了。我不能给自己留后路，否则肯定不会成功。在这个世界上，比你好的人有很多，比你幸运的人有很多。在歌剧界，帕瓦罗蒂只有一个，不可能所有人都成为帕瓦罗蒂。但是在整部歌剧里面，就跟电影一样，除了主角还有配角，要很多人一起才能创作出一个作品。如果我能选择做自己热爱的事情，能够养家糊口，这就是件幸福的事，而不是说一定要成为“女一号”。

主持人：您能不能从专业从业者的角度，给中国观众在观赏西方歌剧上提一些建议？

叶璐：不要说中国人，就连外国人都是要做功课的。去看歌剧前，你要看它的剧本，看得越多，对剧目的理解就越深，比如剧目的创作来源等。米兰的斯卡拉剧院在每场演出之前，都会搞一个活动，为的是让大家对这个歌剧有更多了解。世界上著名的歌剧院，在每一部歌剧演出之前，都会请专家来做讲座，帮助歌剧迷理解这部歌剧。这是他们的文化。对于我们这些外国人来说，去听歌剧前就要做更多的功课了。

主持人：您觉得西方歌剧的表达形式里可以加入一些和中国文化相关的元素吗？这样是不是能够让华人更好地接受和欣赏这门艺术？

叶璐：我觉得这个好像有点太牵强了。就像京剧一样，如果掺进越剧、歌剧，那它就不是京剧了。不同的特点，才会让它们形成不同的风格，如果混在一起，就没有个性了。

徐月娟

Xu Yuejuan

服装设计师、资深时尚专家、
高端奢侈品牌 DELVES-JK 创始人和设计总监

她是意大利米兰著名的华人服装设计师。

**1990 年伴随浙江青田的移民浪潮，她来到米兰，
从服装加工厂的裁缝小妹，到被意大利老板鼓励去创业。**

**经过 20 多年的努力，
她创立的带有强烈个人风格和中国元素的设计，
被米兰这座时尚之都接纳和欣赏，
让她成为走进米兰时装俱乐部的第一位华人女性。**

在异国打拼的道路上，她经历了怎样的坎坷与挑战？

从温州女裁缝到意大利著名奢侈品设计师

我叫徐月娟，来自意大利米兰。在意大利，我有一个幸福的家庭。我们创立的高端奢侈品品牌，就是用我先生、儿女和我的名字中的字母组成的。

仅仅用了几年的时间，我们的品牌就和很多知名国际品牌同在国际时尚杂志发布。为此，意大利时尚界称我是个怪才，因为在我的每个设计里面，有很多元素是意大利设计师们难以想象的。今天我所取得的这点成绩，对于30多年前还在温州做裁缝的我来说，是不可想象的。今天，我想跟大家一起分享我们这一代华人在海外的故事。

我出生在浙江青田，临近温州，从小在温州成长。大家知道，温州和青田的老一辈们很早就去海外打拼。

13岁时，我进入了越剧团，跟着从上海到青田的姜美丽老师学越剧。那时候我觉得越剧特别美，尤其是它的服装。

学了两年，我发现自己的条件有限，并不适合学越剧。于是我选择了做时尚，成了一名真正的女裁缝。那个时候还不叫设计师，只是叫女裁缝。

20 个世纪 90 年代初，我去了意大利。当时的意大利确实是一个包容的国家。我到了那里几个月后，当地的一家服装企业就发现了我的技术，邀请我去他们公司做样衣。在那里，我看到了许多意大利的设计样式，我觉得自己好幸运，能够进入意大利的企业直接接触时尚。

1991 年夏天，我的一位朋友来找我，说在她工作的公司附近，有一位男企业家，希望让她帮忙介绍一位中国女性做女朋友。朋友马上就想到了我，跑来问我是否愿意，我当时没有答应。过了一个多月，朋友又来找我，希望我能安排时间去见一面，要不然这个意大利人天天去问她。为了不让朋友为难，我答应了。

第一次见到他时，我没看上他，因为他的身高达不到我的要求，还留着一头长发，根本不是我想象中“另一半”的样子。

接触了一段时间，那时我的意大利语还不是很好，我也不知道用什么方式回绝他。后来我发现公司里的年轻人出去，不管是吃饭还是看电影，都是AA制。我就想意大利男人怎么这么小气呢，连请客吃饭的钱都没有吗？在中国肯定是男朋友来付钱啊。为了拒绝他，我就对他说，你如果喜欢我，和我谈恋爱，那我们出去看电影、吃饭，还有送小礼物，肯定都得由你们男人付钱。我想用这种方式把他吓退。没想到，他说这没问题，我爷爷他们就是这样子的。

这招没有吓退他。但在我们相处的几个月里，我连手都没让他碰过，我们一起走路时要相隔四五米远的距离。在 90 年代，华人和意大利男人谈恋爱是很少见的。一直到现在，他的朋友们还在拿这件事取笑，说我们意大利男人遇到你真是毫无办法，他说他追女朋友追了八个月，连手都没有碰过。

又过了好久，我对他说，我必须要先见到你的父母，然后我们再继续沟通。就这样，我见到了他的父母。一见到他们，我就感觉像是自己的家人一样。所以，最终我答应了他的求婚。他也特别支持我的工作和选择。

就在 1992 年底的一天，幸运又一次降临。我像平常一样去上班，公司总裁助理通知我说，董事长找我有事。当时我以为是讨论新的作品。

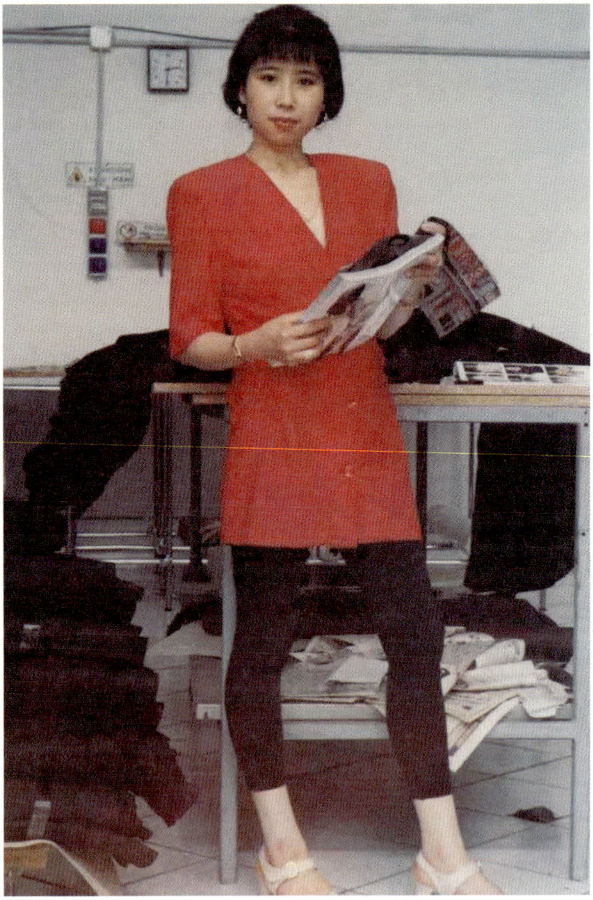

1992 年，徐月娟在米兰开办服装厂

没想到董事长见到我说：“JUAN，你明天不要来上班了。”我当时就傻了：“我工作做得不好吗？”他听我这么问，马上说：“不是的，我希望你自己去创业。”我说：“在公司上班好好的，为什么让我自己创业呢？”董事长平静地告诉我：“你的技术好，自己创业会把你的强项发挥到更好。”然后他又给了我一个惊喜：“你前期所需要的机器和货源，我们公司先提供给你。”

我当时听了觉得是在做梦，怎么会有这种好事呢！尽管那个时候我什么都没准备好，但我觉得这是一次让我进入意大利时尚界的好机会。所以，1992 年年底，在我先生的支持和帮助下，我们注册了公司，开始了我的创业。

到 1993 年，我就创造了自己的品牌——JUAN DONATI，JUAN 是我的名，DONATI 是我先生的姓。短短几个月的时间，我们就快速发展起来，我们研发的产品销售特别好。

到了 1995 年，好多的华人企业开始进入，中端服装市场竞争很厉害，我发现继续做中端品牌可能会没有前途。因此，我决定转型升级做高端品牌，同时推出自己的首场个人时装秀。

当时，意大利很多时尚界的专业人士——他们是意大利 60 年代的高端定制大师，他们觉得我还没有这个实力。也许我从小就是一个比较倔强的人，别人越觉得我没有这个实力，我越是想证明自己。当时我就问了我先生，你会支持我吗？当时我想，如果他也不支持我，我就放弃自己的首场个人秀。

没想到我先生给予了我很大的支持，还让他的朋友们一起来支持我的首场个人秀。他们有的去找媒体，有的去找音乐，我真的很感动。我对我先生说，等我做完这场秀，我就跟你去举行婚礼。他听了很感动，抱着我转了一大圈。从 1991 年我们认识一直到 1995 年，他一直不停地问我，我们什么时候举行婚礼。因为当时我在创业中，没有时间，也没有心情，就一直没答应他。所以当我答应他的时候，他真的很惊喜。

1995 年 12 月 20 日，我推出了我的首场个人服装秀。21 日，在市长的见证下，我们举行了婚礼。当时轰动了意大利时尚界，说这个 JUAN 真是奇才，前一天发布，第二天举行婚礼。婚礼上还出现了一个小插曲。因为我忙着服装秀，我的助理去拿婚纱的时候不小心把另外一个新娘的婚纱拿了回来。等我发现时，又拿回去换，因此我们迟到了，让市长等了两个多小时。

我首场时装秀的灵感来自于叛逆风格。为什么这么说呢？因为当时我觉得很多人反对我，所以就在我设计的男装女装里面放进了好多叛逆元素。当走秀完成后，很多专业人士都开始认可了。其实，那场秀不算很成功，当时我没有想包装自己，也没有邀请媒体来报道，我只是想让意大利人看到一个华人设计师也能够设计出自己的原创作品，整个系列没有复制任何一个设计师的作品。所以，能得到时尚界的认可，我很开心。

尽管我的首场个人服装秀是成功了，但要想在意大利时尚之都注册一个真正的高端品牌，可不是那么容易的事情，仅仅靠办一场时装秀是完全不够的。那个时候，我发现自己设计的作品里面，缺少很多灵感和灵魂这些精神层面的东西，而这些灵魂是需要经历时间来磨炼的。用什么去磨炼呢？我只能继续和意大利知名品牌合作，为他们做加工业务，这样我才能磨炼出属于自己的高端品牌。

所以，从 1995 年开始，我一直和意大利多家知名品牌和企业合作，一直做了将近 20 年。这些品牌的客户都是全球最顶尖的。有谁呢？有像克林顿、普京、奥巴马这样的政要官员，还有像汤姆·克鲁斯那样的国际知名影星。有时候，他们的要求真的让人

2015 年，徐月娟将服装作品带到国际罗马高端大师作品展

无法接受，就像鸡蛋里挑骨头，但我都会尽最大的努力做好。

在这多年的磨炼中，我逐渐地掌握了大量的客户需求和经验。在 2009 年，公司收到 Emilia–Romagna 大区首府的邀请函，希望我的企业代表意大利企业去参加 2010 年的上海世博会。当时考虑到我是作为中意两国文化融合的代表，所以我又重新注册了一个品牌，这个品牌就成了世博会上代表意大利的高端品牌。

2010 年上海世博会后，我们的作品又参加了法国巴黎国际展、米兰国际展，还有北京国际展和上海国际展等各种国际时装展，由此改变了时尚界对华人设计师的偏见。至少让他们看到，我们确实在做自己的原创作品。

在老前辈们多年的指导下，经过 30 多年的磨炼，我最终从一个温州女裁缝成了一名意大利真正的奢侈品品牌设计师。这一切，不是只凭我个人的努力就能实现的，其中有幸运，更有我身上所具有的那种东方女性的勤劳和智慧。

当我要跟一线品牌同台走秀，或者要和他们一起发布我的作品的时候，我经常会用一句话给自己打气：世上无难事，只怕有心人。只要我有这个心，我想没有事情能难倒我。所以，我也想通过我的这些经历告诉各位年轻人：世上无难事，只怕有心人。只要你有心，都会做得到。

世界听我说 对话

张瑜：您的创作理念是希望把东西方的元素结合在一起，还是只是希望创作出美的东西？

徐月娟：因为我是华人，又在意大利生活了将近30年，所以我希望我的作品是融入两个国家元素的，我的好多作品都会有两国的元素在里面。

屈洁冰：您觉得从政的人，尤其是女性，在穿衣方面要有哪些特别注意的地方呢？

徐月娟：在欧洲，政要实际上也没有特别的要求。他们的亮相是在世界舞台上，所以他希望设计师能把他的版型设计得挺拔，因为一旦版型设计好，他整个人就会挺起来。每件衣服都是有灵魂的，它会悄悄告诉你，小心哦，走路要挺哦，坐要有坐相哦。所以他们选择设计师，最希望找有灵魂的设计师。

张瑜：面对整个的流行时尚，又要想保持个性化的东西，这两者如何来结合呢？

徐月娟：这一点我一直都在讲，包括和我的学生们也在讲，大家不要一直追一些国际品牌，不要一直盯着那个商标。最重要的是要适合你的身材，适合你的个性。这样不管流行不流行，大家都会为你点赞的。不然，即使你穿了个大牌，但根本不适合你的身材，也不符合你出席的场合，那这个品牌也会大打折扣的。

张瑜：能不能讲讲您在工作中克服了哪些困难?

徐月娟：有很多。特别是我要面对很强大的设计师的时候，我可能就封闭了，旁边没有任何人。我会一直研究，去找我的灵感、我的原创、我的原材料。因为一件衣服设计好了，最难的就是原材料，你可能会找不到。比如一个款式的原材料，我就找了五六个月。终于找到，却发现效果不是我想要的。于是我就把它全部剪下来，再重新用另外的蕾丝，由我们的纯手工老技员一针一针地缝进去。所以，不是说设计师只要有设计灵感就行了，还要能找到自己想要的原材料，当你找不到的时候，要能自己把它制作出来。

王典奇

Wang Dianqi

加拿大中国（友好）和平统一促进会会长、
加拿大华人社团联席会第六届执行主席、
北美浙江台州总商会会长

他年过半百，是一名成功的加拿大华商。

**在过去 30 年间，从浙江台州到加拿大温哥华，
这样一位正能量传播者，一直心系祖国，
先后举办了几千场慈善活动。**

**为此，他甚至放弃了自己的家族生意，
把财富就是责任的理念，当作他毕生的信念，
用慈善的力量温暖这个世界。**

希望世界上多一点正义，少一点苦难

我是王典奇，是一名普通的商人，是加拿大中国（友好）和平统一促进会会长，还担任过加拿大华人社团联席会执行主席。今天，我分享的话题可能有点宏大，但却是我这些年来的真实感受。

我一直以来就信奉卡耐基的那句话——财富即是责任，有所成就的商人应当尽力回馈社会。在国内生活时，我就积极从事慈善事业，先后捐款 200 多万元人民币用于慰问子弟兵和帮助伤残军人。2010 年，我移居加拿大。因为有着丰富的社会活动经验，2013 年，我被推选为加拿大台州同乡总会会长。2014 年，我创立了加拿大中国（友好）和平统一促进会，并担任会长。2016 年 6 月，我被选为加拿大华人社团联席会执行主席。为了更专心地投入到社会公益活动中，我暂时放下了自己的事业，由我的儿子来打理。

我在联席会任职期间曾担任总统筹，为修缮巴克维尔淘金的

大温哥华华人华侨为巴克维尔先侨陵园修缮捐款

华裔先侨墓园组织过捐款。巴克维尔是不列颠哥伦比亚省中部的一个小镇，距离温哥华大约 800 公里。那里是加拿大早期淘金的地方，陆续发现的遗迹中约有六成与当时的华人矿工有关。在得知这一消息后，我发动联席会部分成员一同去墓园祭奠。那天，当地的向导带着我们找到了这个废弃的墓园，去墓园的路早已被灌木覆盖，如果没有向导指引，外人根本找不到这个地方。进入墓园后，我们看到的是一片荒寂的景象：墓园的木栅栏围墙腐烂散落，园内杂草丛生。走近一看，许多墓碑都已倒下甚至碎裂，而少数几块竖立着的墓碑，都朝向东方，朝向这些华工的家乡——中国。我在杂草中穿行，认真看了每一块墓碑，读出逝者的中文姓名、家乡和去世时间。他们大多数人都来自广东。向导介绍，墓园里埋有 300 多名客死他乡的淘金华工。

看到这年久失修的墓园，我感到非常痛心。这些华裔先侨，为加拿大、为本省的建设和发展做出了不可磨灭的贡献，却得不到应有的尊重。我跟身边的伙伴说，作为新来的移民，我们一定

修缮中的墓园

要贡献自己的力量，重新修缮墓园，让先辈们安息！

回到温哥华后，我们立即发起了捐款活动，最初的目标是八千到一万加币，最终竟然筹到了十万加币。筹款全部投入到墓园的修缮中。这件事情的成功极大地鼓舞了我，我下定决心，要尽力帮助那些需要帮助的人。

我始终认为，要改变加拿大华人群体被边缘化的情况，我们首先要用行动证明自己。慈善是融入当地主流社会的捷径。像日本的海啸、尼泊尔的地震、加拿大阿尔伯塔省和不列颠哥伦比亚省的火灾，以及我们祖国的汶川地震、九寨沟地震、台湾风灾，我们华人社团联席会都伸出了援助之手！

我在加拿大居住了不到十年，大量的社会公益活动让我越发明白这样一个道理：每一个善举都能带来深远的影响，善意能够帮助任何地方的人们战胜苦难，也能增进人与人之间的友情。作为中加友好和平统一促进会的会长，我的最终目标是搭建起友好沟通的桥梁，让华人和其他加拿大居民能够相互理解。

我们协会在组织活动时，会邀请温哥华医院代表、二战老兵、加拿大联合国儿童基金会以及其他族裔的协会来参加。我们聆听不同群体人民的感受和需求，利用我们华人社团的平台，为有需要的人筹款，解决困难。

有一次，华裔国会议员关慧贞特地找到我，说有一个轮椅足球队想去美国参加轮椅足球比赛，但国家没有这方面的拨款。第二天，我就来到社区中心，见到了这些队员。这些孩子见到我时，脸上洋溢着灿烂的笑容，他们朝气蓬勃。可当我看到他们的腿时，心不由得一紧——这些孩子没有办法正常行走。他们告诉我，他们平时有各自的学业或工作，只是因为对足球的热爱才聚到了一起，利用业余时间集中训练。这次的残运会，是他们能参与的第一次正式比赛，是非常宝贵的机会。回来后，我就发动了几个华人协会为他们捐款，让这些不屈服于命运的小伙子们如愿去参加比赛。这些孩子来自不同族裔，遭遇不幸，又因为共同的爱好而聚在一起，相互扶持，我很庆幸能为他们尽绵薄之力。

除了尽力帮助那些有需要的人，我还能做些什么呢？2014年，中国政府确定每年的12月13日为南京大屠杀死难者国家公祭日。2017年，在华人的推动下，加拿大安大略省也确立了每年12月13日为“南京大屠杀遇难者纪念日”。这一天，我担任主席的加拿大华人社团联席会举办了“纪念南京大屠杀80周年暨死难者公祭仪式”，向当地居民展示了关于这场暴行的历史资料。在到场的观众中，本地出生的华裔省议员李耀华告诉我，他不了解南京大屠杀这段历史，但当看到这些资料和图片时，他和太太都忍不住掉下了眼泪，他们的女儿更是失声痛哭。在加拿大出生的华人，很少有机会接触亚洲的历史，他们也不清楚自己的先辈曾遭

加拿大华人纪念南京大屠杀 80 周年暨死难者公祭仪式

受过怎样的伤害。然而，如果我们不去正视，那些屈辱的历史就会被人们所遗忘；如果我们不去努力，那些歧视的条款就会被人们所忽略；如果我们不尽自己的一份力，那些遭受苦难的人们就会孤立无援。

我是一名普通的商人，一名普通的加拿大华人，我所做的一切努力，都是为了这样一个简单的目标：我希望这个世界上多一点正义，少一些苦难。

郦波：我听后特别感动。王先生刚刚讲到很多华工去加拿大淘金的历史，其实美国也有。最早一批去美国的华工中，有一个叫丁龙的人，他当年以为是去淘金，但是在淘金的过程中，却被卡朋蒂埃买了去做仆人。卡朋蒂埃很有名，是奥克兰市最早的市长，他带过兵，打过仗，脾气非常暴躁，可丁龙身上那种坚韧、宽容的品质，彻底征服了卡朋蒂埃。30 年后，丁龙退休，卡朋蒂埃决定满足丁龙一个愿望。这时候丁龙拿出他毕生的积蓄——12000 美元，在那个时候大概相当于 300 万元人民币。丁龙说他只有一个愿望，就是希望能找到美国的一所大学，把这些钱全部捐出来，建立北美第一个汉学系，去研究中国文化，促进文化理解。卡朋蒂埃深受感动，为此发动自己所有的力量，甚至捐出自己的 50 万积蓄，在哥伦比亚大学建立了美国最早的汉学系，就是今天名闻天下的哥伦比亚东亚系。但是当时正值美国掀起排华浪潮，而卡朋蒂埃要求以丁龙的名字来命名这个汉学系，哥大校长不同意。卡朋蒂埃很愤怒，说他一生见到无数的绅士，但出身低微却具有纯粹绅士那种至高品格的人就是丁龙。在卡朋蒂埃的坚持下，最后以丁龙的名义建立了哥伦比亚大学、也是北美的第一个专门研究中国文化的汉学系。

丁龙只是一个默默无闻的华工，却做出了伟大的贡献。我最初听到这个故事的时候，热泪盈眶。他其实就是无数华工、无数华人的缩影。

主持人：人性的闪光点，在一代又一代的华人身上都能够看到。王先生，我们了解到您帮助当地华人做了很多维权工作。其实华人融入当地社会本身就有一定的困难，再进行维权，一般来说是非常艰难的。您可以给我们分享一下这方面的故事吗？

王典奇：2016年下半年，在列治文市出现含有反华语言的传单。我们听到这个消息后，马上组织了300多人，在最热闹的铁索站下面举行示威，当时我们邀请了省议员、市议员一起参加。因为加拿大本身是一个多元文化的国度，不允许出现歧视的情况，所以我们华人更不能当“哑”铃，一定要发出声音，这是我们一直在做的。

还有一个是在不列颠哥伦比亚省省长改选之后的事情。列治文市的医院是20世纪70年代建立的，设施设备远远不能满足目前的需求，我们就写信给不列颠哥伦比亚省省长贺谨先生，要求他履行竞选时的承诺，出钱维修列治文医院，政府也同意了。所以我们必须发出我们的声音。

另外，我想说，其实我们华人在国外所传递的形象也可以是你的微笑和习惯。我讲个小故事。今年4月，我带我的小孙子去星巴克吃早餐，我带着一只狗，当然狗是拴在外面，所以我们就坐在星巴克的外面吃。当我们坐下的时候，突然看到一个70多岁的外国流浪汉，他把帽子放在树下，就是希望别人来投硬币。当时很冷，我们都穿着滑雪衫一类的衣服，他却穿得很单薄。我转身到星巴克店里，买了咖啡和面包圈，放在他坐着的地方。那个外国人就说了一些感谢的话。我抬起头来，发现有两个骑着自行车的外国人给我竖大拇指，这时候我感觉心里暖洋洋的。再一转身，星巴克店里靠窗坐着的一个妇女指着我对她的小孩子说着什么。过了十分钟，那个妇女带着她的小孩，拿着一个长方形的面包出来了，在把面包递给那个流浪汉的时候，又指着我，意思是向我学习。群众的眼睛是雪亮的，外国人也是一样。我们献出一点点善意，它的效果是很大的！

郦波： 联合起来，形成一种共同的声音，形成一种整合的力量，确实很值得世界很多地区的华人朋友们去思考、去借鉴。其实这也是对当地的社会发展负责，这样也会促进当地的社会发展，对不对？

王典奇： 对。所以我们一直非常重视这件事情。只有我们大家都有这份心，我们华人的地位才会越来越高，至少我们也要为当地的社会做一定的贡献，来提高我们的美誉度。

李中文

Chongwen Li

口述历史项目策划人

她是英国华人口述历史项目的策划人，

从 2009 年至今，组建了一支上百名的志愿者团队，

走访记录了数十个行业、近百位英国华人的历史故事。

她的研究成果被伦敦大都会档案馆收藏，

留下来近百年英国华人移民的历史印记。

“在历史的长河里，

被铭记的不应该只有那些轰轰烈烈的家国大事，

更应该有那些为创造历史而默默付出的普通人。”

你说，我听

我出生在中国台湾，我的名字是父亲取的。在我出生的第二天，我父亲就收到了香港中文大学的聘书，他觉得很有缘分，就给我取名“中文”，我们全家也移居到了香港。因为父母的工作，我从小就有机会在图书馆里游走，从一排一排的书架和书中的字里行间去找寻我未曾去过的地方，幻想回到那些不可能回去的历史，感受从未了解的生活。那是我童年最大的乐趣。或许正是这段在图书馆里度过的童年时光，让我从小对文字情有独钟。

我目前从事的工作和英国华人口述历史有关。什么是口述历史呢？它是一种搜集历史的途径，这类历史资料源自人类的记忆，通过访问那些经历过历史现场的见证人，借助文字，或者有声录音、影像录影等把个人的历史记录下来。

因为工作的关系，我在英国和不同的华人社区有了紧密联系。当老华侨讲起那些不为人知的故事，当我看到现今在英华人的努力打拼，我觉得这一切是值得也必须被记载下来的。

李中文团队工作人员共 35 人，志愿者近 400 人

2009 年，当时我正在执行一个口述历史项目，研究英国华人对中国节日的传承。那时候，我的采访对象是第一代华人和土生土长的华人，去比较他们对中国传统节日及文化的态度差异。在采访过程中，早期的华裔难免会提及他们初抵英国时的艰辛，而第二代华人则明显对父辈的事情不甚了解。在一次采访中，有个妈妈告诉我们，她儿子对她说自己是英国人，她马上和儿子说："不是，你是中国人。"可是她儿子却回答："妈妈，我只是长得像中国人，不过我是英国人。"意思是他的文化成长是英国式的。

所以我想用口述历史的方式把英国老华侨的奋斗历史记录下来，这样，他们的后代便可以知道自己现在的幸福是靠先祖打拼出来的。

十几年间，我们先后采访了 100 多位华人，有一小部分人曾经历过二战，他们有着丰富的阅历。有很多老人，在接受我们采访后没多久就去世了。我们每次得知这种消息都很难受，感觉他们一辈子都沉默着，也没机会和其他人分享，在和我们诉说之后，他们离世时就像了却了一桩心愿一样。

耀叔的故事

给我印象最深的是一位 1919 年出生在香港，曾经经历过二战的张耀先生，我们都亲切地称他为“耀叔”。之所以印象深刻，是因为他的经历具备了第一代华人移民的特点。早期华人的所有典型经历，他几乎都经历过了。

第一次见到耀叔时，他已是 91 岁高龄。当时他因为脚伤住在医院里。他给我的第一印象是一个慈祥却很瘦弱的老人。他正在看报纸，当他看到我们后，开心地招呼我们坐下，开始讲述他的经历。

耀叔 19 岁时到香港“行船局”应征，加入了荷兰运船公司。1941 年，他第一次来到英国，当时刚好是二战期间，大批船队日夜运送军火、粮食、燃料及其他物资。耀叔当时的工作是在舱底做广东话俗称的“烧火佬”，每天要做两班，每班四小时，经常日落工作，日出起床，每天几乎都在大海上漂泊。我说那您多辛苦啊。耀叔却自豪地说，自己随船周游列国，到过世界各地，也算是不枉此生。那一刻，在这个英国老华人的身上，我没有看到一丝苦难的残留，只有乐观背后的坚强。我想，这就是华人在英国能够站稳脚跟的精神力量吧。

战后，耀叔上岸工作，并于 1953 年定居东伦敦。当时，外国人在英国不能轻易入籍定居。但耀叔得到了一个会讲中文的官员的书面推荐，所以才顺利地加入了英籍。耀叔边回忆边介绍当时英国的华人情况。战后的英国正处在修复阶段，华人极少，远不及现在人们印象中唐人街的规模。伦敦的旧唐人街在莱姆豪斯，

1941 年，张耀（左二）随船第一次到英国

房子很老旧，餐馆大约只有五六间，华人多是香港人。他们居住的地方没有庙宇和中文学校，华人拜祖先、学中文等都在自己家中进行。

为了生计，耀叔什么工作都做，曾在伯明翰做餐馆厨房工，后来开过外卖店，还在伦敦口的美国采砂船上做过厨房工，也开过洗衣店。虽然一路坎坷，但他始终记得离家时父母对他的教诲：做人要脚踏实地，要靠自己的努力过心安的日子，不能丢中国人的脸。那正是一代华人心中共同的信念。

李中文向张耀赠送个人素描

耀叔一生未婚，面对过往的坎坷艰辛，他从不放在心上，唯独对故乡，有着孩子对母亲般的眷恋。有一次，他从钱包里拿出一张旧时的香港身份证，那张发黄破旧的证件，夹杂在其他证件、车票中，他笑着对我说，这张已经作废的身份证，跟随他多年，这是他生命的证据。我知道，在这个笑容的背后，是一份无法向人描述的思乡之痛。

最后一次拜访耀叔时，他坐在摇椅上，听着收音机里放着的小曲，阳光洒在他慈祥的脸庞上，一切是那么安逸又惬意，仿佛岁月从未给这位老人带来任何的伤痛与苦难。我们曾经画了一幅素描送给他，他如孩子般开心地笑了，说这是他收到过的最好的礼物。2012 年，耀叔去世了，享年 93 岁。那张素描因为没有子女和亲人收留，又重新回到了我们的手上，仿佛在诉说着这位老人乐观背后的一世孤独。那一刻，我心头狠狠地疼了一下。

耀叔的故事深深地打动了我们团队中的每一个人，所以我们还要一直继续下去。与此同时，我们学院也设置了“中国文化遗产管理”的硕士学位，把口述历史作为其中一项重要课程。

我的团队有不少外国人，因为这样可以更有效地在英国传播中华文化。虽然在文化沟通上会有一定的困难，甚至有的时候很多华人不愿意和他们交流，认为他们无法理解，无法感同身受。但我坚信，通过彼此间的包容与沟通，可以达到互相信任，放下隔阂，所以我们的工作也是在实现真正的文化交流。

邓永锵爵士的传奇人生

虽然口述历史主要针对的是普通百姓，不过我们采访的人物之中也不乏传奇人物，其中一位是邓永锵爵士。

采访邓永锵爵士是一次很特别的体验。我们知道，他见识渊博、逻辑清晰、坦率直白，而且经常以一两句话回答记者的大段提问，可谓一针见血。对我们而言，与这样的“对手”过招，心中战战兢兢。

20 世纪 60 年代，12 岁的邓永锵初到英国，后来先后入读伦敦大学和剑桥大学。他曾经在北京大学担任英国文学和哲学讲师，后来成为一名商人。邓爵士的生意十分多元：油田、金矿、雪茄、服装与餐饮，都是他大展拳脚的天地；他所创立的“中国会”“上海滩”“唐人馆”都是为人所熟悉的名店。他甚至还翻译过英文小说，在报刊上写专栏，倡导使用“简单英文”。

我们的采访是在伦敦著名的多切斯特酒店内的“唐人馆”中进行的。身为老板的他并不需要亲自管理店中的每一个环节，不过他却告诉我们他挑选厨师的方法：“很简单也很不容易，就是给我做两道菜——蒸一条鱼、烧一只鸡——便知道他们的水平了。如果连这两样都做不好，其他菜式就更不用说了。我是广东人，我只做粤菜，因为那是我懂的东西。”

近年来，由于英国政府收紧移民条例，影响到华人厨师技术移民的成功率，中餐业在英国受到了极大冲击。各华人组织纷纷表示，政府设立的英语语言考试门槛过高，华人厨师往往难以通过。邓爵士也认为这的确是一个难以达到的要求，但他却与政府有一定的共鸣：“要来英国工作，当然就要懂得基本的英文，否则你就无法与这里的人相处。也就是说，你很可能会变得孤独。孤独则意味着你会活得不快乐。既然活得不快乐，那么你首先就不应该来这里。”“而对雇主来说，很重要的一点就是：如果你需要从海外雇佣员工，就应该确保员工在这里能快乐，每天在一个舒适的环境中醒来。”

不难发现，相比于眼前利益，邓爵士更关注“人”的生存质量，他的观点处处透露出浓厚的人文关怀。其实他与曾祖父邓志昂、祖父邓肇坚爵士一样，从商之余还对慈善活动不遗余力，包括呼吁拯救中国虎、为英国莫克姆湾拾贝惨剧遇难者的家属筹款等。

因为丰富的阅历与学识，邓爵士有广阔的视野以及独立思考、能言善辩、“语出惊人”的能力。有人因而认为他嚣张。但只要真正接触过，你便会发现他并不咄咄逼人。他对成功要诀的体会，包含着“知天命”的味道——对他来说，富有的家境、通达的社会关系并不足以搭建起通向成功的阶梯。他对我们说：“运气太重要了。我讨厌人家说‘只要你意志坚定，就会成功’。这句话是多么的虚伪而荒唐。因为成功没有公式可循——如果我说有，那就是在骗你。”他认为天意或者说运气在人的生命中扮演着很重要的角色。比起名校背景，天时、地利、人和对一个人的决定性作用要大得多。

其实，华人在英国已经不只从事餐饮业了，他们已经打入主流社会的各种职业，例如法律界、金融业、政界、医药界和文化艺术事业等。从事文化工作的华人，会运用本身的知识去宣扬中华文化艺术，让英国人从不同层面去了解我们。

现在我们所有的采访资料都完好地保存在英国大都会档案馆中，我期望在我有生之年，能够在英国建立一家华侨博物馆，记录英国华人的事迹。虽然这条路很艰辛，但这一切都值得。落叶归根，不忘初心，不正是我们该传承下去的精神吗？

我还记得耀叔曾经拜托我们告诉在英国的华人和留学生一句话：遇事要有自己的立场，将理想兴趣化，学习要认真，不论在哪里读书、立业，都要“心情快乐，抱有希望”。

那一刻，我才深切地明白，当年旅居英国的华人们有着如何真诚的心愿，正如伦敦唐人街牌楼上写着的“风调雨顺，国泰民安”。

世界听我说 对话

主持人：听了李中文女士的讲述后，我真的感觉是繁星点点汇成了历史的洪流。我对您演讲中提到的被访者的素描特别感兴趣，这些素描都是谁画的呢？

李中文：我们请了一位波兰画家，他跟我们一起去做采访。他会观察被访者的神态表情，画一幅素描，然后我们会把这幅素描送给被采访者。

主持人：这种素描更能突出被访者的眼神和气质，它跟照相是不一样的，它更震撼人心，让我们记住讲述者的样子。

李中文：对。我们画耀叔的时候，他已经90多岁了，他还把年轻时候的照片给我们看，还有当初他到英国时候的海员证，这些物品见证着他人生某一阶段的路程。

郦波：这样就把口述历史和实物历史相互映照了，显得更加丰满。

李中文：以前的口述历史是口口相传，用讲故事的方法传承下来。我们现在比较幸运了，只要被访者同意，我们就会录像。录像的好处是，除了可以听到他的语言、语气，还可以看到他的表情。所以可以更加全面地了解他的心态。

郦波：口述历史其实是人类最早的一种传承历史的方式。我们经常讲有些故事甚至儿歌是代代相传的，我们的爷爷奶奶讲给我们听，我们再一点一点传承下去。虽然当时没有影像资料，但口述历史的本质其实一直在人类文明的长河里代代相传。

张瑜：您的团队中除了华人之外，还有其他国家的人吗？

李中文：其实在我的团队里面有很多外国人。不只是英国人，还有意大利人、波兰人等，他们都在英国学习汉语，学习中国文化。我希望请他们来帮我们传播中华文化。因为如果他们有兴趣，他们就会更加用心地帮我们把信息带到他们的国家中去。如果只有我们华人自己在努力，那范围就太小了，我们必须跟当地的人一起做，这样才能实现真正的中西文化交流。

张瑜：您的梦想是不是要建立一座亚洲文化博物馆？

李中文：对。因为据我所知，在美国、加拿大等地都有自己的华侨博物馆。相对来讲，他们的历史较长，而英国华人现在刚好是从第二代进入第三代，还没有一个比较完整和系统的内容。我希望从我开始，从口述历史开始，会有更多人知道英国华人的历史。

主持人：一个伟大的行动，往往都是从一个想法开始的。只要您坚持做下去，我相信您的梦想一定会实现的。

郭践红

Kuo Jian Hong

新加坡实践剧场艺术总监

她是新加坡戏剧泰斗郭宝崑之女。

郭宝崑先生是扛起新加坡华语戏剧大旗的先驱人物，
在长达半个世纪华语戏剧推广的道路上，
他坚持人文理想，创作出许多充满精神力量的戏剧作品。

“爸爸告诉我，所有的文化都是枝蔓相连的。
他将这样的信念，倾注在他的实践剧场里，倾注在他的一生中。
如今，我接过父亲毕生的梦想，
我想让华语戏剧在新加坡的土壤中开枝散叶，
等待它有朝一日，硕果累累。”

我的爸爸

常常有人问我，做郭宝崑的女儿是怎么样的。我说我只有一个爸爸，没有办法做比较。我的爸爸是我的朋友，我的老师，也是一个很爱讲故事的人。通过他的作品，爸爸为他的观众讲故事；作为他的孩子，我有缘和他一起创作人生的故事。

爸爸出生于河北衡水市武邑县的小国村。我常常听他说起，他瞒着奶奶到水塘里去游泳，结果回到家，奶奶一摸他脖子上的绳链是湿的，就把他打了个屁股开花；又说他小时候在河北老家，日本兵拿着枪在后面扫射，他在田地间拼命地跑，还好有人拉了他一把，把他拉到了田里去，这才把小命给保住。

爸爸小时候，爷爷到南洋打拼，生意做得很成功。十岁的时候，把他接到了新加坡。当时，新加坡的华人移民大多来自中国南部，爸爸来自北方，因为华语说的好，就参加了广播剧的演出。就这样，他爱上了戏剧，也爱上了我的妈妈。爸爸喜欢戏，妈妈爱跳舞，20 岁时两个人决定到澳大利亚去学习。

新加坡戏剧泰斗——郭宝崑

爸爸曾经说，如果你很想做一件事情，你会愿意做很多你不喜欢的事，来换取一点点的空间来做你想做的事。所以爸爸不顾爷爷的反对，到澳大利亚半工半读，去昆西兰开荒筑路，在悉尼歌剧院做水泥工，在广播电台做广播翻译。

1965 年，当新加坡还没有独立的时候，我的父母决定回去创作自己的作品，讲新加坡的故事。但是，当时的新加坡，国家剧场只是一个建筑物，新加坡广播电台、广播电视台也没有发展原创作品的计划。没有条件怎么办呢？他们两个决定创建条件，于是开始培养人才。

1965 年 7 月 1 日，他们创办了新加坡表演艺术学院，也就是实践剧场的前身，同一天，他俩注册结婚。我笑说："你们这两个人，把事业和婚姻都放进同一个篮子，真是没有给自己留后路。"就这样，没有大肆铺张，没有宣告天下，两个人手牵着手走上了生命的旅程。

1972 年朗诵剧《走出牢房的人》剧照（左二：郭宝崑）

我就是在这种生活和艺术划分不清界限的环境中长大的。我们住在一所大房子里面的一个房间，其他的空间都用来开会、排练，要不然就是建布景、穿服装、做道具。那里就是我的游乐园。

在我八岁的时候，我的世界突然改变了。睡醒时，爸妈不见了，外婆忍着泪告诉我和四岁的妹妹，他们出国了。其实他们是因为作品触及了当时敏感的社会矛盾，被政府以“内部安全法令”拘捕，然后无审讯、无限期拘留。几个月后，妈妈被放了出来，但是爸爸继续被拘留。

接下去的四年多，妈妈一个人扛着重担，不仅要抚养我和妹妹，还得照顾学员。每个星期，我们到拘留所去看爸爸，隔着玻璃，通过一个话筒对话。有一天，这个通话系统坏了，我们被带到一个小房间去看爸爸。我跟妹妹两个人，一人坐在爸爸的一条大腿上，紧紧握着他温暖的手，然后轻轻地触碰他的胡茬。这应该是四年来我们唯一一次拥抱爸爸。

爸爸曾经对我说：“如果你相信一件事，你会愿意牺牲很多

郭宝崑在表演课上为学生示范

来坚持你的信念。”其实我当时不太明白，爸爸坚持的是什么。但是，他愿意放弃他的自由来坚持他的信念，妈妈也无条件地支持他。作为他们的女儿，我很骄傲。

在牢里，我爸爸也不断学习、看书。他的马来文熟练到可以翻译马来剧本，释放的时候他还幽默地说，如果再关久一点，连德文都学好了。

1981年，爸爸终于归队了。一次很难得的机会，我们一家人到马来西亚的海滩度假。我从小就爱游泳，但只敢在游泳池里游。那个无边无界的大海对我来说很可怕。有一天半夜，在黑暗中，一个声音把我叫醒，是爸爸。他说：“换上你的游泳衣，跟我来。”我糊里糊涂地换了衣服，在漆黑的夜晚，牵着爸爸的手来到海边。爸爸说：“我知道你怕，但我们尝试克服。”天哪，他不止要我克服对海的恐惧，还要在黑暗中克服。

爸爸拿出了一个塑料袋，里面包着一个手电筒，手电筒一打开，能清楚地看见海里的鱼。在这片漆黑的大海里，我紧张地拉着他，他就静静地、耐心地陪我呼吸，跟我漂流。过了一阵子，我忍不住了，就问他：“爸，我们可以回去了吗？”他说：“好。”我看不到他的脸，但是他的声音带着微笑。

当时，我没有克服我的恐惧，但我不觉得辜负了他。没有好不好，对不对，应该不应该，成功或失败，似乎这个尝试、这个过程就是这么不求后果地发生了。

回到剧场后，爸爸为了养家接了翻译的工作，翻译地产公司的传单、医学文件、产品说明书等。那个时候，我对剧场已经产生了很大的情绪。我就问他：“爸，我很爱剧场，但是我没有爱到愿意做那么多我不喜欢的事情来做剧场，怎么办？”爸爸说：“如果剧场不是你非做不可的事，那你应该去寻找那个令你非做不可的事。”

剧场的确是爸爸非做不可的事。20 世纪 80 年代，在华语和华文文化处于逆境的时候，他聚集了新加坡几乎所有的主要华语剧团，排演了《小白船》。爸爸很好客，在人们刚刚开始认识余秋雨、吴静吉、荣念曾、赖声川等戏剧大师时，爸爸已经邀请他们来新加坡交流、讲课了。

他促成了北京人民艺术剧院的《茶馆》《推销员之死》、北京中央戏剧学院的《虎符》《桑树坪纪事》、台湾兰陵剧坊的《荷珠新配》、表演工作坊的《这一夜谁来说相声》等经典作品到新加坡演出，把好戏带给了大家。

爸爸还很好奇，他到世界各地观察艺术家们的工作，也和商人谈市场，和工程师谈科技，和种树的园丁聊园艺，和出租车师傅聊生活。他对生命的关怀，逐渐从艺术放大到族群、社会、国家、文化、身份、人。他创作的剧本、执导的戏、写的文章、做的演讲，所思考和关心的都是人。

2002年，爸爸因为癌症住院，当时他的病情每况愈下，虽然他是清醒的，但是话说得越来越少。一天晚上，我在医院陪他。半夜醒来，我发现爸爸没睡，他静静地坐在病床上看着远方，我也静静地坐在旁边陪他。过了一阵子，我问他："爸爸，你怕吗？"又过了一阵子，他缓缓地点了点头，眼睛还是看着远方，似乎正在正视着自己将要踏上的下一段旅程，那是爸爸最后一次跟我清醒的对话。

爸爸的剧本《郑和的后代》是这么开始的："最近，我经常做梦，做梦已成了我生活中最重要的东西。孤独的一个人做梦，在梦里游荡，在梦里漂泊，朝向不知走向哪里的方向漂泊。我这孤独并非死气沉沉，毫无生气的，它还有一股力量，它还有一股强大的生机，因为我总觉得周围有一个庞大无比的空间，若有若无，若即若离，又像在诱惑你，又像在恐吓你。它好像在咫尺之外，又好像是远不可及。"

爸爸的一生犹如一场漂泊的旅程，他不断地搜寻。时而恐惧，时而好奇，但生命的力量一直深深地诱惑着他。在他离世的那一晚，一个出家人告诉我们，他走得很潇洒。我和妹妹开玩笑时会说："远处有一道光，爸爸看到了说'嗯'，然后就好奇地向前走，再一次启程。"

爸爸去世后，看着他和妈妈创办的"实践表演艺术学院——实践剧场"，我想到，没有他们30多年为大家创造的空间资源，就没有今天的我。那一年，我做了一个决定，放下在洛杉矶的影视工作，回到新加坡继续"实践"的路程。

爸爸曾经说，宁可选择一个有价值的失败，而不要平庸的成功。爸爸教会我怎么生活，也教我怎么面对死亡。今天，我还是有点怕海，看到海里的鱼，也还是有点不舒服。但是当我在生活中感到迷失时，我会记得他手电筒的那束光，他带着微笑的声音，他对生命的好奇，他对人的关怀，还有很多的故事伴着我，引导着我。

世界听我说 对话

郦波： 我看《郑和的后代》，里面有一句台词给我的印象特别深刻："出发是我的还乡，漂泊是我的家园。"透过文字，仿佛能看到您父亲表现出来的那种精神。您怎么理解这里说的"出发"？

郭践红： 其实我想我爸爸就是一个一直从不同的时间、地点，以不同的视角看世界的人。他从中国到新加坡的时候，新加坡还是马来西亚的一部分，后来他又到了澳大利亚。他的种种经历，使我觉得他一直在寻找一种身份，就是"我是谁？"所以，我觉得漂泊和出发是人生不断发生的事情，对他来说现在他还在漂泊和出发。

郦波： 但漂泊也会扎下根来，就像蒲公英一样，生命开始是一个漂泊，然后它把种子撒在大地上。从中国整个文明史的发展来看，从张骞凿空西域开始，哪怕是在北魏那么战乱的时候，我们也保持了和外界环境的一种沟通。正是有了这种交流，无数的像您父亲这样的人，虽然出去的时候像一个漂泊，但是他最后把根扎下来的时候，他就开始影响一种文化，影响一个地域，最后使得文明开始交融。

主持人： 在新加坡推行华语戏剧、华语文化，对新加坡这一代人的成长有什么影响呢？

郭践红： 我觉得华语戏剧对爸爸来说是一个工具。他最关心的其实是人，所以他通过戏剧让大家看到生命的多面，也看到人的脆弱。他通过剧场给我们提供了看到更大的世界的可能性。

许杰
Jay Xu

旧金山亚洲艺术博物馆馆长

他是美国普林斯顿大学考古专业的博士，

美国历史上大型博物馆的首位华裔馆长。

2015 年，他成为美国人文与科学院院士，

这是美国艺术界的最高荣誉。

他不仅在艺术上有深厚的积累和独到的见解，

而且在艺术馆管理上也能力卓越。

身为华裔的他，

36 年来致力于让西方民众更好地理解亚洲艺术。

每每看到美国各大博物馆中珍藏的中国文物，

他都会产生一种荣誉感，

因为看到自己民族文化与世界各国最卓越的历史文物并驾齐驱，

那是中华民族历史的光辉。

我的博物情缘

我叫许杰，现在是旧金山亚洲艺术博物馆的馆长。文物和博物馆是我的激情所在，也是我孜孜以求的事业。1983 年，我从上海大学毕业，进入上海博物馆工作，至今我从事这项工作已经 36 年了。

在西方文化的语境下如何推广亚洲艺术呢？我想举个例子。2001 年，在西雅图艺术博物馆，我策划推出了名为《千古一争——中国四川省出土古代文物》这一大展。这是第一次在美国全面介绍三星堆古文明，这个展览在西雅图取得了巨大成功，观众人数超过 10 万人，而当年西雅图的人口也才 60 多万而已。另一方面，在西方文化的语境下推动亚洲艺术，平台很重要，我们要多元地扩展亚洲艺术的平台，有了更大的平台，才有更大的话语权。2003 年到 2008 年的五年间，我在芝加哥艺术博物馆担任亚洲艺术部主任，主要的工作就是拓展亚洲艺术的平台，参与博物馆陈列和馆舍的改建扩建，全方位提升和扩大亚洲艺术的陈列空

2001 年西雅图艺术博物馆四川展布展期间，检视三星堆出土青铜大立人

间。这使得亚洲艺术在芝加哥这个美国中部重镇有了更好的舞台，我对此感到很欣慰。亚洲艺术更多地进入美国的主流社会，也使我们亚裔对自己祖先的文化更加引以为豪。

2008 年，我到旧金山担任旧金山亚洲艺术博物馆的馆长，这是一个得天独厚的舞台。由旧金山观察美国，我们可以看到，在经济上，亚洲已经成为美国生活不可或缺的一部分，但是，在文化和艺术上，亚洲文化全面介入美国生活还有很长的路要走，这对我们来讲，是一个挑战，也是一个巨大的机会。身为旧金山亚洲艺术博物馆的馆长，我首先要制定一个愿景，这个愿景是什么呢？那就是使亚洲的文化和生活成为美国民众生活当中不可或缺的一部分。如何执行、贯彻、实现这个愿景呢？我们的战略其实可以用一个概念来表达，那就是“关联”：把古代艺术和当代艺术关联起来；在全球背景下，探索亚洲艺术的意义和关联；把亚洲艺术同美国民众今天的生活关联起来。

我们曾经策划一个展览，介绍中国古代的书法。中国书法是中国文化最基本、最精彩、最崇高的元素，但恰恰是西方普通民众最难以接触和认同的一种艺术表现形式。因此，在陈列书法作品的时候，我们要找到书法同普通观众的关联点和沟通点。于是，我们请了中国著名艺术家徐冰先生做了他生平中的第一件动漫作品：以动画的形式讲述中国书法中的故事。这部动漫的名字叫《汉字的性格》，它把中国的汉字赋予了有血有肉的人格，并且讲述出来，一下子拉近了对中国文化、中国元素不熟悉的西方观众同中国书法的距离。另外，这个展览我们也插进了一些西方的元素，把中国的书法和西方的抽象表现主义作品相比较。虽然书法和西方抽象表现主义的艺术很不相同，一个是文字，一个是抽象的表现，但是它们的笔墨、墨迹在视觉上是有相通之处的。我们以观众所熟悉的元素，引领他们进入不熟悉的文化领域，这就是关联。

把亚洲文化放在全球背景下进行观察，并找到关联，这样的例子还有不少。比如我们的一个展览，题目叫《绚丽》，把我们博物馆的亚洲藏品和其他博物馆的西方艺术藏品放在一起展出、比较，讲述它们的不同之处，介绍它们的不同特点，同时也找到它们异曲同工的地方。另外，我们还请了许多观众，包括路上的游客和市民，请他们来定位“绚丽”。因为作为一个名词或作为一个形容词，绚丽是有多层含义的，就像艺术一样，每个人的感觉都是活生生的，都是个性化的。那么绚丽意味着什么？我记得最精彩也最与众不同的一个反馈，来自一个旧金山街车司机。这位司机说，在他生活当中，最绚丽的就是他这个街车的刹车，这么一个大家看不到的机械部件，对他来讲是最绚丽的。为什么呢？这个永远有价值的机械部件使他的工作得以完成，使所有的市民和游客的安全得以保障。你看，其实艺术是完全可以进入所有人生活的。

2013 年，为美国众议院议长佩罗西讲解兵马俑展

2013 年，我们博物馆举办了《中国兵马俑——秦始皇时代的珍宝展》。兵马俑同中国的长城一样举世闻名，哪怕对中国文化不太了解的人，也一定听说过长城和兵马俑，但是真正能够实际体验的人并不多。为了吸引更多的民众参观，我们请了一个演员化装成兵马俑，在旧金山湾区各地漫游。然后我们在网上发信息，说在来旧金山亚洲艺术博物馆的路上，有一件兵马俑掉队了，请市民们帮忙找到，带他归队。请大家看到他以后，不光给他指路，还拍照上传到我们博物馆网站。

出于对文物保护的要求，中国政府对展出兵马俑的数量做了限制，一次展览不能超过 10 多件。那么，怎么样令观众在少量兵马俑的展出中体验到巨大的视觉震撼力呢？在保证文物安全的前提下，我们让观众在兵马俑当中穿梭前进，以最大的视觉效果观赏这些兵马俑的精彩之处。同时，我们请观众带着问题去看展：这些兵马俑乃至秦始皇陵的所有随葬品都是为了追求不朽，那么

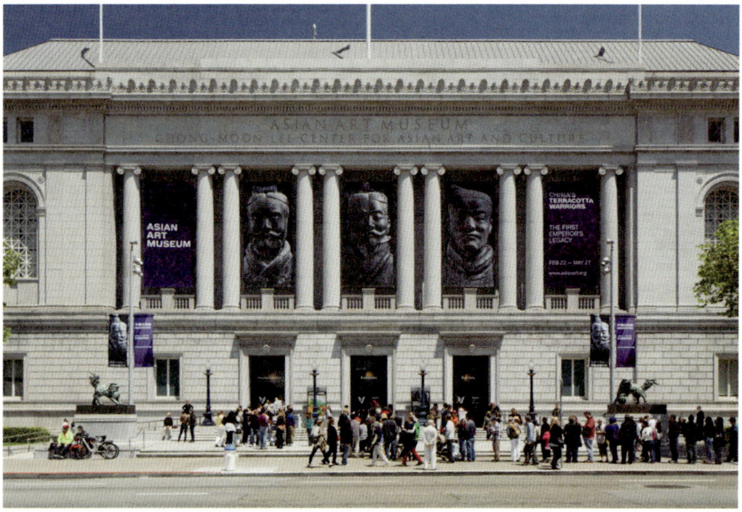

《中国兵马俑——秦始皇时代的珍宝展》

在现实世界当中，我们芸芸众生怎么实现自身的不朽呢？其中一个本地的艺术家就很感慨，他说自己的作品就是他的不朽。这就是一个很鲜活的例子，古代的艺术、来自远方的艺术，同今天旧金山社区乃至世界各地游客的生活联通起来了。

当然，这些关联方面的工作，我们也利用了许多自己的馆藏。我们的馆藏非常丰富。其中最著名的一件是距今3000多年，中国商代晚期铸造的以犀牛为造型的青铜酒器，全世界仅有一件。为了使这个犀牛更能深入民间，成为我们博物馆的文化使者，我们在网上发动大家给它起爱称，有20多个国家和地区的民众参与投票，最后选出了一个西班牙文的爱称——“Reina the Rhino（皇后）”。一件中国的文物，有了非中文的名字，成为中国文化的大使，给全世界民众带来了美好，这是一件非常有意思的事情。

我们用多元的手法，在西方语境的背景下推出亚洲艺术的构思，其中包含了中国艺术的故事。回首这几十年，我真正觉得博

许杰与青铜酒器小臣艅犀尊

物馆是人类社会的一个交汇点，因为我们的观众来自各个族群，包括了社会的各个经济层次、各行各业、各个年龄段。在西方文化语境下推广亚洲艺术，有挑战，也有巨大的潜力。我很荣幸以文物博物馆作为我的事业，有这样一个机会在旧金山的舞台上，贡献我的一点微薄之力。

李慧薇

Vivian Lee

卡尔加里资深金牌房地产经纪人

她来自加拿大，

凭借着华人的诚信与坚守，不断突破人生困局。

从最初的一位文艺女青年到如今的金牌地产经纪，

从最初的街头表演艺术家到如今华人社区的灵魂人物。

“人生的美妙就像电影《阿甘正传》里面说的，

它就像一盒巧克力，你永远不知道下一块会是什么味道。

我能做到的就是带着自己已经融入血液里的文化和印记，

走好我在异国的每一步。

在万千世界中，永不放弃对美和生活的追求。”

舍与得

来这里之前，我仔细地回顾了我的人生。我想，我的人生好像就是不断地放弃，不断地更换跑道。在英文里，放弃是 give up，那么不断放弃的人是不是就是一个 loser 了？请不要失望，给我一些鼓励，让我跟你们分享勇于更换跑道的李慧薇的故事。

我出生于中国的台湾，从小就喜欢唱歌、跳舞，喜欢戏剧、艺术和文学。到了大学，我攻读的是外文系，我喜欢西方文学史。后来，我的兴趣转向了舞台，所以在上研究所的时候，我的专业是戏剧理论。大家可以想象，年轻时候的我就是一个整天风花雪月、感性胜于理性的人。

22 岁那年，一个偶然的机会，我跟着学校参加了一个昆剧之旅，到南京、上海、苏州、杭州等地观摩。在杭州，我遇到了我的恩师，昆曲梅花奖得主王奉梅老师。那是一个冬夜，我们走进那个剧场，舞台上只有一桌、一椅、一位演员。那天晚上，她演出的是一部折子戏，叫作《疗妒羹·题曲》。这是一出很冷门的戏，

1995 年，在台北植物园的艺术中心内表演《游园惊梦》，扮演杜丽娘

是文人案头戏，既没有热闹的鼓点，也没有高潮迭起的剧情，全剧只是讲述乔小青独坐孤灯下，对影自怜地阅读《牡丹亭》的故事。王凤梅老师一个人在舞台上把这出戏诠释得丝丝入扣，我坐在台下，一边看一边默默流泪。第二天，我们有机会和演员见面了。王老师走过来对我说，我看到你流泪了，你愿意来跟我学戏吗？就这样，我很幸运地成为王老师的第一位门外弟子。

接下来几年的暑假，我都会飞往杭州跟她学习昆曲。这是我人生第一次更换跑道：我背弃了莎士比亚，投奔了汤显祖。

再后来，我成为一名昆曲传习计划执行秘书。台湾选拔出来十位“昆曲传承生”，很荣幸，我就是其中之一。能把自己的爱好变成工作，我觉得自己特别幸福。我经常幻想自己就这样一辈子唱着昆曲，优雅地老去。我默默地把这个传承计划、古老的艺术压在自己肩上，希望自己能做好这个传承工作。

听到这里，大家可能会想，你为什么现在在加拿大，而且变成一位地产经纪员了呢？下面要告诉大家的是我人生中的第二次更换跑道。

其实，我年轻的时候也是一个背包客，是穷游的背包客，我去过欧洲，睡过火车站。那年我到中国大陆来旅游，在大理遇到了我未来的先生：一个闯入者，一个来自加拿大的小伙子。

我们住在同一家青年旅社。还记得那天下着雨，我撑着伞，拿着一盆脏衣服要去洗，我经过他的身边，随口问了一句："你需要伞吗？"于是，他对我一见钟情。他跑回房间，把身上的干净衣服脱下来，也来到我旁边洗。洗衣服的时候，他又故意跟我借旅游指南，并约请我下午一起去洱海游湖。

他当时是加拿大到哈尔滨学习中文的交换生。到了洱海，他就用刚学会的北方话对我说："姑娘，上船吧。"第二天，我们又很巧地买了同一班夜车票离开大理，而且他是一号座位，我是二号，我们比邻而坐。和所有老套的爱情故事一样，两个年轻人就这样恋爱了。接下来的三年，我们经历了远距离的异地恋，克服了很多困难。三年后，他用中文给我写了一封求婚信。

在信中，他加入了游湖借伞和牛郎织女的故事。他认为，加拿大和中国台湾远得就像牛郎和织女的距离。他在信里用中文写道：你愿意"家"给我吗？"嫁"字，他掉了一个女字旁；你愿意做我的"外婆"吗？其实他想说的是"老婆"。我把信给爸爸看，爸爸说，你看，婚都还没有结就找你要房子了。

最终我们克服了文化上的差异和语言上的障碍结了婚。结婚就意味着我要离开熟悉的地方，离开我的亲人，更重要的是要离开我的传承使命——我热爱的昆曲。在我熟悉的《牡丹亭》中，汤显祖塑造了杜丽娘这位女性，她可以为真爱由生入死、由死还生，可以跨越生死两界。而我只是跨越疆土，这又算得了什么呢？

于是，我决定随他前往加拿大。

就在我准备移民的前夕，我又面临一个更大的考验：我收到了导演侯孝贤的电影邀约。当时，他正准备拍摄电影《海上花》，剧中需要一个会唱昆曲、会唱南管、会弹三弦和琵琶的女演员。所以，他希望我能参与这部电影的拍摄。我看了一下日期，真不巧，这天正好是我飞往加拿大的日子。我觉得非常遗憾，这对一个表演者来说是梦寐以求的机会，我尤其希望借此发扬传统戏曲，但婚约的誓言还在耳畔，我不想毁约，只好回绝了这次难得的机会，毅然决然地前往了加拿大。

大家可能在想，我到了加拿大是不是可以在带花园的洋房里看枫叶呢？不是的。在我搬过去的第一年，我们是住在一个看不到阳光的地下室里。因为我的先生和大部分加拿大年轻人一样，没有任何积蓄。我们住的是公公投资的房子，我们还要给公公交房租。

刚到加拿大的第一张照片，摄于婆婆家门口

在我到加拿大的第一个月，我先生就失去了工作，我们也就完全没有了经济来源。有一天早上，我先生突然拿着一个手提电脑过来对我说：“过一会儿爸爸就要来找我们要房租了，我打算把这个电脑当给他。”我半信半疑，因为在中国，父母一般是不会拿儿女的东西做抵押的。我想，公公会怎么样呢？公公准时出现在门口，当我看到他拿了先生的电脑转身离去的背影，我觉得那背影永远烙印在我的脑海里。就在那一天，我第三次更换了跑道。

我决定和我的过去告别，我再也不能从事艺术活动了。原来我已经申请好学校，准备继续做文化交流的事业，但我放弃了，我决定出去工作。保姆也好、餐厅侍者也好，我需要的是面包，艺术不能给我带来面包。所以，我成了一位地产经纪员。

我做地产经纪是从一无所有开始的。那时我刚到加拿大六个月，只认识我先生一个人。其中最困难的是我不能克服心理障碍：我原来是舞台上的演员，是讲台上的老师，是受人尊敬的，但是现在，我要去跟客户推销东西，我要从中赚取佣金。

我的一位朋友知道了此事，就在一次聊天中对我说：“慧薇，你本来就是一个喜爱帮助别人的人，你只要做自己，真心诚意地帮助别人就可以了。”我觉得他的话很有道理，所以我决定不为他人改变自己。谁说销售员就一定要变成什么样子呢？所以我还是原来的自己，我仍然真心诚意地帮助别人，我只说真话，我只做我想做的事。

意想不到的是，我得到了很好的口碑。在短短的几个月内，我就成为顶尖的销售员。我一直在加拿大做销售，已经做了20年，在业界有很好的口碑。即便如此，我仍然不断地进修和提升自己。因为艺术家也好，销售员也好，最后你要胜出，靠的一定是个人的修养。真正的销售员并不只是我们想象的那样去推销东西，而

获当地人信任，成为当地知名西人建商重大项目的独家代理

是要做回自己。

接到客户的单子后，我经常会与客户合作，用几周甚至几个月的时间重新装饰他们的房间。在这个过程中，我发现客户的房间缺少装饰品，所以我又开始学画画，用自己的画帮他们做装饰。我会尽我所能去帮助他们。比如，有一次，一个客户已经签了约，但后来他又有特殊的理由不能买了，卖方扬言要去法院控告我的客户。因为不想看到我的客户被起诉，所以我就自己花钱买下了那所房子，事后再想办法处理。这样，我的名声一下子就传开了。他们觉得我很能为客户着想，有经验，有效率，更负责任。

从业 20 年中，不是我给自己戴高帽子，我的脑海里从来没有想过“钱”或“佣金”。可能因为我原来是学艺术的，我只想把每件事情做好，所以我会真心诚意地对待每一单业务，对待每一件事。这就是吸引力法则：即便你不去想它，但你把事情做好了，钱就会自己来找你。

听到这里，大家可能会觉得我再也不是前面那个一直更换跑道的李慧薇了。现在，我正在慢慢地、一步步地重拾我以前的爱好，我做瑜伽，还获得了瑜伽证，我已经教授了十年的瑜伽。我发起了《红楼梦》读书会，每个月我都会和一些团体的华人朋友讨论书中的内容，我们已经讨论了三年。这个读书会很有意义，它能让我们这些身在异乡的人忘却乡愁。几个月前，我还成功地举办了一场演唱会。

我觉得自己不仅把以前舍掉的东西慢慢地拾了回来，而且获得了更多的东西：我有了新的事业、新的朋友，我受到了周围人的尊重。更重要的是，我用舍弃掉的一切，保住了我的幸福家庭。我的先生，他一如既往地尊重我，给我绝对的自由和自主权。我现在还有两个可爱的孩子。

在人生的路上，你会不断地做选择，只要你不断地追求，不断地往前走，那么你就永远没有放弃。我虽在异国他乡，但中国传统文化已经融入我的血液里。我只是这样一步一个脚印地、自然而然地展现着我的特质，让周围的人以及西方人看到了我们中国人坚韧不拔和勤奋的品格。

所以，我想对大家说：无论怎样，永远不要放弃对生活和美的追求。

许杰：您从持之以恒地做到现在的成功，这是精诚所至，金石为开。这种精神太令人敬佩了。

张瑜：她这一生确实不断面临着取和舍。也可以说，是在不断地做出不同的选择，而且在选择过程之中就决定了要一直走下去，并且还做出了很好的成绩，这是让我非常佩服的。

主持人：现在您和您丈夫之间的感情还和恋爱的时候一样吗？

李慧薇：这不太可能了，但我觉得没变的是他给了我完全的自由。我在加拿大已经生活了21年，仍然保留着我的“李”姓。要知道，加拿大女人是姓夫姓的。我刚到加拿大的第一年，他就对我说：“你可以保留你的姓，因为你不是我的附属品。而且我希望你可以用这样的方式纪念你的父亲，因为你会想念你父亲的。”这样的一种尊重，让我很愿意在那里留下来吃苦，因为我要的就是尊重和自由。

主持人：我觉得从他们夫妇身上能够看到，跨国婚姻是需要互相理解、支持和尊重的。

李慧薇：包容，还要能非常独立。

郦波：我经常讲，华人在海外好像是要融入当地的文化，其实他们有更大的使命，而且他们正在做，就是他们也改变了当地的文化。而你要想改变当地的文化，就必须要有文化的独立性。融入、沟通，肯定是需要的，但当你的文化特色越鲜明的时候，反而越容易融入、沟通。为什么呢？因为别人更认可你。你的这种文化特性很鲜明地摆在那里，就像慧薇的家庭，她属于东方文化，她的丈夫、公公属于西方文化，双方都保持彼此的独立性，但相互又有所影响。

现在地球都变成村落了，东村和西村一定要有交流。交流需要的是人，海外的华人其实就起到了这样的作用，他们让全世界知道了我们的文化特性，知道了我们的文明特色。

主持人：慧薇是在中国传统道德背景下成长起来的，您觉得您在加拿大工作中，中国的这种传统道德文化对您做事情有什么帮助呢？

李慧薇：我思想里的确是有我们中国传统的道德。我的外公中风的时候，我和我先生说要把他接到家里来照顾，他的亲人、同事知道了这件事，都说“你的老婆是圣人”。就连我的婆婆都说：“以后我们老了不用担心，我们有慧薇。”这就是我们中国人的观念。在工作上，我觉得我们的勤奋跟西方人真的很不一样，还有我们真的是坚韧不拔。

主持人：您觉得您会影响西方人的态度吗？

李慧薇：这我不清楚。但是我知道他们都看得到，而且他们觉得很惊讶。我们公司的经理都觉得，我就是公司里的一个大宝贝，会请我把自己的观念、做法分享给其他同事。

主持人：现在的加拿大对于中国文化的接纳程度怎么样呢？他们的认可程度又怎么样呢？

李慧薇：我只能说我现在推动的事情还是在华人圈子里。我曾经给他们表演过昆曲，他们看后很兴奋，但是这还是属于很浅层的，他们可能还分不清这跟日本的歌舞伎有什么区别。

郦波：您的个人技艺其实就是一种展现，这种展现可能会引起西方人的兴趣，或者说引发在文化上的一种共振。现在，我们大学里有很多来自加拿大、美国和欧洲国家的留学生，有的人就是因为当年看了谁的一场演出，或是谁讲了一首什么诗，促使他今天千里迢迢地来到中国留学，这就是文化的交流。慧薇用自己的这种精神气质，不知不觉中就起到了一种桥梁的作用，沟通了中西方的文化。从这个意义上讲，一个人的力量再小也是力量，每一点灯光都是光明。

瞿铮

Qu Zheng

伦敦中国设计中心执行董事、策展人

他怀揣着对中国设计的满腔热血，

44 岁时毅然辞去了外企的高薪工作，

在英国伦敦创办了“中国设计中心”。

他说，打造这样一个平台，

就是要让西方大众能够真正看得见、摸得着“中国设计”。

他要让“中国设计”真正走向世界，

被西方人理解和接受，走入西方人的生活中。

他的努力，改变了西方人对“中国设计”的固有理解，

他为中国文创在海外开辟了一条全新的发展思路。

将“中国设计”带向世界

我是瞿铮，来自英国伦敦。我毕业于英国纽卡斯尔大学景观建筑设计专业，毕业后做过建筑师、城市设计规划师，现在从事中国艺术设计海外推广工作。不知不觉中，我做这份工作已经有五年了。

记得是在2003年，我作为建筑师经常陪同英国同事去参观中国创意公司，为不同的项目挑选合适的设计师作品。看到那些作品，同事都会由衷地发出赞叹：太棒了！

听到这个评价，我挺高兴的，一是觉得自己的专业眼光受到了肯定，二是自豪咱们中国人做出来的东西，完全不输给西方。当我准备介绍这些中国设计师和创作理念时，客户们的第二句话就一棍子把我打懵了：这是日本设计的吗？

不，当然不是！可当时我没回答他们。沉默不语后，我想了一想，其实这不能怪客户。因为在西方市场，最受欢迎的东方美学产品，基本上都是日本或者韩国设计的，他们很少看到我们中

在 2017 年伦敦手工艺周上举办龙泉青瓷展览

国的产品。中国设计的推广渠道很窄，远没有像日本、韩国的设计那样，比较大规模地进入了西方市场。

得意的心情一下子就没了。我是中国人，我能做点什么呢？

我开始思考如何让西方人接受、认可中国设计，如何让更多的西方人看到中国设计，了解我们的故事。这也是今天我想跟大家分享的话题。

2017 年，我在伦敦手工艺周策划了一个龙泉青瓷展。龙泉青瓷可是咱们老祖宗传下来的宝贝，在古代那可是专为皇宫烧制的贡品。很多人都被它的颜色所吸引，“雨过天青云破处，梅子流酸泛绿时”，讲的就是这个颜色。来看展的外国朋友，眼睛都亮了。瓷器上的双鱼图案寓意着富足有余、年年有余，对咱们来说很常见，但是对外国朋友来说却很新鲜，因为这是在西方很少看到的图案，含蓄又雅致。我记得一位英国女士一眼就相中了这个图案，她说找了好几个星期的结婚礼物，这个很特别。然后我们解释了

“双鱼”代表的寓意，她立刻买下了。

但是，这次展出最畅销的还不是这些精细的茶具和青瓷摆件，而是比较大的茶洗、茶叶罐和茶杯。我问我的英国朋友，这是为什么呢？

英国朋友说，其中的关键就是这个大和小。听后，我竟无言以对。你跟人家讲茶道、讲《茶经》、讲古树、讲陆羽，人家不懂。凡是品尝过经典英式午茶的朋友们，就知道英国人喝茶不是我们这么喝的，他们用的杯子要比我们的大许多。

这个时候我明白了：要想让外国朋友买单，首先要美，就像龙泉青瓷。同时还要能用，像笔墨纸砚这些摆件，对西方人来说，好看是好看，但是没用啊。所以，实用性是很重要的。最后还要有特色，有中国文化在里面。

接下来我要分享一个关于宜兴紫砂壶和一位外国友人 Christopher Jenner 的故事。

2010 年，Chris 收到了中国客户赠送的礼物—— 一只宜兴紫砂壶。Chris 对它很感兴趣，他喜欢这栗紫色的壶身，觉得它材质特殊、精致小巧、传统典雅。没想到，五年后，他来到了中国江苏的宜兴——那只紫砂壶的故乡。

我听拍卖行的人念叨过一句话：“人间珠宝何足取，宜兴紫砂最要得。”因为只有宜兴的矿石才有紫砂，这在世界范围内都是仅此一家。Chris 很快就意识到了紫砂的定位——奢侈，于是立刻就明白自己要做什么了——混搭，比如来个紫砂咖啡壶、奶杯、糖罐什么的。

但这并不是一蹴而就的混搭，而是在漫长的探索、试错、磨合中艰难推进的混搭。当地的手艺人没办法理解 Chris 的新颖设计，这些简洁又带有强烈线条感的设计图稿，跟千百年来传统的紫砂器具的样式完全不同，已经超出了他们的制作经验和想象力。经过无数次的反复沟通以及长时间的拉锯，Chris 终于成功了。

2016 年，Chris 带着他的紫砂作品惊艳亮相米兰设计周，以“东方奢侈品——紫砂瓷器”为主题，展示了西方紫砂茶具系列，一鸣惊人。同年，Chris 将“中国宜兴 × Christopher Jenner”注册了商标，推广为独立 IP 品牌。他的设计现代、简约、时尚，大小和容量也适合西方人的生活习惯。

我非常佩服 Chris，同时我也感到痛心和无奈，我们老祖宗传下来的宝贝，没在咱们手上发扬光大，反而让一个西方人进行了商业开发。

我和 Chris 交流时，他说西方对中国工艺有一种先入为主的观念，认为它存在于过去，如同博物馆里看到的一样。实际上，他的挑战和我们一样，就是改变这种看法，并以生活化的概念去展示中国工艺，用现代的方式向世界传授中国工艺的美感和价值。

我们时常说，“艺术无国界”“民族的就是世界的”。但是不知道大家有没有注意到，我们总是试图让“世界”理解“民族”，却从来没想过如何让“民族”融入“世界”。咱们的紫砂壶，不仅要能倒出东方的清茶，也应该能泡出西式的咖啡。中国从来不缺乏好的原创设计，如何让世界各国在他们的语境下理解中国的品牌故事和设计理念，是我们需要学习的。

如果说前面讲到的宜兴紫砂是西方人对东方传统手工艺的提炼和加工，那么，接下来我要讲到的刺绣，就是咱们东方人对西方艺术的完美呈现。

2014 年，我到苏州镇湖——苏绣最集中的地方，参观了黄林珍老师的刺绣工作室。我看到桌子上有一本动物主题的摄影画册，画册里动物的表情非常拟人，情感表现力十足。当时黄老师就问我，摄影师是英国人，能不能帮着打听一下，来一次摄影和刺绣的合作？

我当时心里特别激动，想象一下：刺绣和摄影，东方和西方，这样的跨国跨界合作得多有意思，我一定要做成这事。

回到英国之后，经多方打听，并托朋友介绍，我终于和这位摄影师搭上了线。这位英国摄影师是非常著名的动物摄影师，名叫 Tim Flach。说来也巧，Tim 的太太是位中国人。我在 Tim 的工作室见到了他。他本人很谦和，对合作的事情也很感兴趣。Tim 在他的摄影作品里挑了一幅整个画面用黑白两色做虚实对比的图片，很有水墨画的感觉。

黄老师也很喜欢这幅作品，但也有些发愁。因为越是简单的画面，对技艺的要求就越高，否则很容易绣得平淡无奇。我能理解这种担忧，但我也非常相信黄老师的技艺，于是我就一直给她打气说：成不成，要试了才知道啊！

2015 年，在伦敦中国设计中心的展览上，我把黄老师的刺绣和 Tim 的摄影作品并排放在一起，两幅艺术品几乎一模一样，在

Tim Flach 的摄影作品与黄林珍的马背刺绣作品并排展出

黄林珍正在进行马背刺绣

场所有的观众都震撼不已，包括 Tim 自己。我当时也很惊讶，没想到效果这么好！黄老师还在现场做了一个简单的小分享：怎么给这幅作品挑绣线。大家知道一根真丝绣线有多细吗？就这么一根细软的真丝线，还要把它劈成 1/2、1/4、1/8，甚至 1/16。画面中有些过渡色、渐变色，还需要几种丝线劈开后混在一起，还不能瞎混，得跟着画面毛发的纹路来。这匹马的白色毛发，其实用了超过 100 多种颜色，才达到现在这样颜色和光泽的变化，才产生了逼真的效果。

太难了，但恰恰是这些细节打动了观众。把作品做到极致，这就是匠心！

看展的外国朋友表示，通过这个作品，他们完全理解了刺绣的美，好像有一座桥，让完全没有东方文化背景的他们找到了审美共鸣。我认为，这是一个很好的例子，说明咱们做中国设计，也要尽可能地从咱们的文化底蕴出发，不要一味地迎合西方文化。

现在，越来越多的原创品牌开始重视海外市场，但西方人接受新鲜事物的过程比较慢，在选择上也比较理性和务实，所以咱们的设计得走进对方的生活，不仅是美学上的，还有实用上的。要多考虑他们的使用习惯，他们的思维模式，不能够自说自话，自娱自乐。咱们可以多翻翻老祖宗传下来的宝贝，我们的设计在骨子里要有中国的精神，这也正是世界所期待看到的中国设计。

Be yourself！ Open your mind！践行文化自信，把扎根于中国传统文化的中国创新传播出去。这是我创办“中国设计中心”

的初衷，也是对自我情怀的一个回答。我还在这条路上摸索前进，我相信，从强大的“中国制造”，到有自己语言的“中国设计”，我们正坚定地向着这个目标前进。

世界听我说 对话

许杰：艺术设计是共通的，好的设计一定会有它的市场。我记得18世纪的“中国风”风靡欧洲大陆，影响了整个欧洲的装饰艺术。当然，中国的设计也有来自海外的元素。那么您觉得目前，在哪些方面可以更好地提升中国的设计？怎么使中国的设计更有自己的特色，也更有新意和市场？

瞿铮：这也是我创立“中国设计中心”的一个最大原因。我做了很多调研，发现线上有很多平台，比如日本设计中心、韩国设计中心、北欧设计中心等。这些设计中心实际上讲述了什么呢？它讲述了本国的一些创新、一些文化。但为什么没有中国设计中心？所以我当时就想一定要有这样一个平台，否则你根本没办法让别人关注到中国设计，而且在这个平台上，我们不仅要展示设计，还要讲述作品背后的故事，讲述它的来源。作品背后的故事才能真正吸引他人的眼光。

郦波：你有个观念我很认同，就是我们一般都说只有民族的才是世界的，但我们确实应该反过来考量一下，不能只是抓住民族的不放，我们要了解民族的特性到底在哪儿，同时要有世界的眼光和格局，这样才能更突显民族的品牌和特色。

张瑜：我认为首先要懂得西方人需求的是什么，他们的审美是怎样的。在这个基础上，去寻找我们中国文化的东西，将二者磨合提炼后输出，我觉得这样可能西方人更容易接受。

主持人：提到设计，我们知道还有一个领域也是非常重要的，就是时尚界。您跟这个领域的人有接触吗？

瞿铮：我认识很多在英国的中国时装设计师，应该说中国在设计方面走在最前列的就是时尚界，而且这也是在国外认可度最高的。

许杰：现在中国的时装设计，真的越来越引人瞩目，具有海外视野。前几年，纽约大都会艺术博物馆做了一个规模巨大的中国时装展，特地请了王家卫导演做策展，这个展览很轰动。所以，我想中国其他方面的设计也应该有更大的舞台。您觉得除了展览以外，有什么其他途径可以更好地推介中国最优秀、最精彩的设计？

瞿铮：现在西方的一些品牌，包括一些独立设计师，他们也希望更多地进入中国市场，他们希望找到更多的中国设计师、手工艺人跟他们合作，以此来互相了解对方的文化。我觉得我们推广的时候，最缺乏的就是讲故事。应该以受众的语境告诉他们设计背后故事，当然这个故事一定要体现中国的设计、制作的技艺等。我们的设计一定要有自己的语言，我相信这也是外国人所期待的中国设计。

许杰：您一定要坚持下去。中国文化不是封闭的，历来都同外国有交流。立足中国，放眼世界，中国设计一定会成功的。

陈愉
Joy Chen

美国洛杉矶市前副市长、
畅销书作家

她成长自美国移民家庭，

31 岁时当选洛杉矶华裔女副市长。

从备受排挤与歧视的害羞华裔女孩，到洛杉矶的副市长，

她的经历就是一部华裔女性的奋斗史。

她发起的“上学无忧”计划，

让超过 10 万户家庭的孩子顺利进入大学。

她帮助洛杉矶移民取得更多接受当地的教育和获得工作的机会。

她用华人女性的坚韧和智慧，荡平所有的傲慢与偏见。

突破文化障碍，打破职业壁垒，

她付出了怎样的努力，背后又有哪些故事？

我在美国当市长

我是陈愉，来自美国洛杉矶。听到洛杉矶这个地方，你会想到什么？好莱坞、奥斯卡、NBA 洛杉矶湖人队？还是世界梦想之都、世界创造力之都？

是的，洛杉矶是一个充满梦想的城市。每个人都是为了改写自己的人生而来到洛杉矶。对于那些与现实格格不入的“梦想难民”来说，它就是梦想圣地。

21 岁的我就是一个格格不入的“梦想难民”，我渴望融入美国主流社会，但我是一个条件普通又没有背景的华裔女孩，不是那么美丽和聪明。但是，31 岁的时候，我被任命为洛杉矶副市长。世界上的大城市那么多，但这样的事只能发生在洛杉矶。这里是我梦想实现的地方。

1969 年，我在美国出生。当时的中国在美国人眼中是一个非常遥远、非常落后的地方。当时能移民到美国的华裔都是亚洲最优秀的学生，他们来读研究生，都是科学家、工程师。

我的父母就是这样的人。爸爸毕业于麻省理工学院，妈妈毕业于康奈尔大学。爸爸毕业后在美国政府工作，工作比较轻松，但薪水不高。他是他们部门唯一一个周末还会加班的人；为了给部门省钱，他每次出差都住最便宜的小旅馆。妈妈在美国国立卫生研究院工作，每次用小白鼠做完实验后，都需要把它们杀死，她的同事们都不喜欢这个工作，于是这个任务就交给了妈妈，妈妈就成为“杀白鼠”博士。在美国，像爸爸妈妈这样的华裔，只能成为学历最高、工作最努力的小工蜂。想想看，如果他们被升职，当地人谁又会去做那些不愿意做的工作呢？

我的父母非常注重我和弟弟的教育，他们省吃俭用，在一个很好的学区买了房子。他们很保守，害怕我们被美国的“坏文化”带坏了。他们拒绝买电视，不让我们接触流行电影、音乐。当时，我的英文和中文讲得都不好，没办法和周围的人沟通，所以，学校一开始把我分到特殊需求班。后来我英文进步了，才回到正常的班里。

但是，我还是很难和别的孩子沟通。下课以后，别的孩子都聚在一起有说有笑，我只能尴尬地站在一边，像一块木头板子。那时候，我的梦想是第二天早上醒来，发现我有金头发、白皮肤和漂亮的衣服，这样同学们就会喜欢我了。

在我 13 岁那年，有天晚上爸爸对我说：“今天是我们部门的圣诞节晚会。”我说：“你为什么没有去呢？”他说：“每一次去这种场合，我都不知道该和人家聊什么。”我好像被雷击中了，我突然意识到两件事：第一，爸爸和我一样，不会和白人聊天；第二，这个问题会永远限制他的事业。所以，那天晚上我就下定决心，一定要学会和白人沟通。我列出我们学校里最受欢迎同学的名字，然后仔细观察他们，聆听、模仿和学习他们。

那些年，我很认真地读书，后来考上了杜克大学。大学毕业后，我怀揣着梦想，一个人搬到了洛杉矶——世界梦想之都。我想成为房地产开发商。如果这个梦想实现了，那我就会进入美国主流社会。可现实却是，我要和陌生人挤在最便宜的出租房里，我的第一份工作是在一个房地产公司做复印机小妹。当时还没有互联网，秘书负责把领导口授的话用打字机打出来，然后交给我去复印。

我成了公司里最优秀的复印机小妹。通过帮不同的部门做事情，我了解了整个公司的运作情况。后来，公司有了新项目，就提拔我做房地产开发商，从此我开启了自己真正的事业。

当时，我有一些朋友在洛杉矶政府工作，负责当地一批经济适用房的重建。他们碰到了一些问题，我就想过去帮助解决。我的时间比较充裕，也认为这是一件很有意思的工作：帮助贫穷的市民盖一些新的、干净的、安全的房子，这不是很好吗？

一段时间后，这些政府官员任命我做房屋委员会的志愿委员，委员会有七名委员，负责洛杉矶所有的公共住房项目。通过这项志愿工作，我看到洛杉矶并不是只有比基尼美女和蓝天，这里的经济分化像个哑铃，穷人非常多，有六万人无家可归，其中40%是妇女和儿童，很容易遭受性骚扰。这些无家可归的人住在车上、帐篷里、纸箱里，甚至大街上。我看到的越多，就越想帮助他们改善处境。

我又回到加州大学洛杉矶分校读了两个硕士：工商管理硕士和城市规划硕士，专注当地贫穷市民和城市的改善发展。我每周花五到十个小时做这项工作。就这样，我坚持了七年，感觉很有成就。

2001 年，James Hahn 当选为洛杉矶新任市长，他的爸爸是政府高官，他需要一位商界人士负责经济发展。他的朋友向他推荐的都是年龄偏大的白人男性CEO。市长和我不认识，但是我们有共同的朋友——华裔商人胡泽Charlie，他患有小儿麻痹，但他克服了身体的残疾，取得了事业的成功，他是洛杉矶有史以来唯一一位华裔洛杉矶商会主席。按道理，几千个人都比我更有资历，但是他看到我为这座城市做的事情，因此愿意为我做担保。

市长在面试过几位候选人后，最终，31岁的我成功当选为副市长，主管城市经济发展。

我亲自拜访CEO，问了他们两个问题：第一，你们企业面临的最大挑战是什么？第二，政府要如何帮助你？他们的回答竟然是很难找到专业人才。这让我很吃惊。洛杉矶是美国的移民大都市，吸引着全世界的人才，怎么还会缺乏专业人才呢？于是我决心找到真正的原因。

我请南加州大学教育院长做了一项成人文化水平调查，结果

担任洛杉矶副市长时的陈瑜

“上学无忧”项目十周年活动

令我们大吃一惊：洛杉矶有 53% 的成年人英语水平低到无法填写工作申请表！洛杉矶的移民分两类：一类是坐飞机来的，他们来自亚洲，受教育水平通常很高；另一类是走路来的，他们是中美洲和南美洲移民，受教育水平非常低，有三分之一的人都没有接受过六年教育，不仅看不懂英语，连西班牙文也看不懂。这些家庭三代后的年轻人也大部分没有接受正常教育，上大学的比例比其他家庭低很多。

我意识到，为了保证城市未来经济的发展，就必须帮助这些低教育家庭获得教育培训。之前，他们告诉我，这是文化背景差异导致的，白人与亚裔的家庭更重视教育。然而，难道不是所有家庭都希望孩子有美好的生活吗？

我和美国一家最权威的拉丁裔公益研究所采访了 1054 个拉丁裔家庭。得到的信息让很多人感到震惊。我们的问题是：“你愿意让你的孩子上大学吗？”97% 的家庭说愿意。“你估计你的孩子能上大学吗？”只有 20% 的家庭说有可能。“为什么他们上不了大学？”他们说因为钱不够。“那你认为大学学费是多少钱？”

他们给出的费用比真实费用高出3倍多。“你知道政府有很多贷款资助吗？”他们说并不知道，也不知道怎么去找这方面的信息。

为此，我启动了“上学无忧”项目，召集了西班牙语媒体、中文媒体和当地其他媒体，在上面发布相关大学实际费用的信息，并教人们如何申请政府贷款。我们还组织了几千名会计师、律师和专业人士，在周末帮助、教授人们填写申请助学贷款的表格。

作为一名副市长，我的工作主要有两项：一项是管理我手下的五万名公务员；另一项就是领导洛杉矶中来自不同领域、拥有不同背景的人们共同制定洛杉矶的美好城市愿景，并带领大家一同去实现。

“上学无忧”项目开展得很成功，当年洛杉矶88%的高中生参加了第一届“上学无忧”项目，许多得到帮助的孩子成为自己家族里的第一个大学生。后来，这个项目被推广到加州的其他城市，甚至整个美国。再后来，这个提案被当时的州长阿诺德·施瓦辛格（Arnold Schwarzenegger）写入到加州的法律中。很高兴，16年后的今天，这个项目仍在帮助着美国的无数学生，帮助他们去实现自己的事业和人生的梦想。

从一个羞涩的华裔小女孩成长为美国第二大城市洛杉矶的副市长，我真正融入了美国的主流社会，我的梦想也成了现实。我坚信梦想的力量，梦想决定了你到底会成为什么样的人。

要始终做令自己有激情、对他人和社会有意义的事情，在激情和意义的交汇处，就是你需要倾注梦想和实践的地方。

现在，我的梦想是在我96岁退休之前，能够激发中国一亿位女性同胞获得富有激情和意义的事业及人生，充分发掘她们在职场和生活中的无限潜力，定义自己独特而完美人生！这是我的梦想，你呢？

刘轩

Liu Shiuan

哈佛大学心理学者、知名作家

他来自中国台湾，是著名作家刘墉之子。

他是哈佛大学心理学博士，也是朱丽叶音乐学院的高材生。

他还是散文专栏作家、主持人、音乐时尚达人。

他首次讲述奶奶与父亲的故事，
呈现一个时代海外华人的生活变迁。

“血脉里的东西就是你永远割舍不掉的基因，
奶奶教会父亲的，父亲也教会了我，
而我将会教给我的孩子们，就这样一代代传下去。
这不就是华人文化与精神代代相传的一个缩影吗？”

爱，就注定了一生的漂泊

我有个天才老爸，每次上节目，大家总是想听我们父子二人相处的故事。但我今天来到《世界听我说》，想要跟各位介绍另外一位对我很重要的人，没有她，我就不会成为现在的我。没有她，我父亲也不会是现在的他。

她，就是我的奶奶。

我奶奶出生于北京通州，是最后一代被裹小脚的中国妇女。我的祖爷爷是个商人，长年都在路上，每次回到家，见到女儿的脚，就说："都什么年代了，放了！"但祖爷爷前脚才出门，家人又把她的脚给裹了起来。以至于我奶奶不是三寸金莲，而是四寸半。

奶奶踩着这四寸半的小脚，行了万里路，大部分都不是她自愿的。

抗日战争期间逃难时，她拿煤炭和泥土抹在自己脸上，就怕被"鬼子"物色上。后来，她漂洋过海，跟着我爷爷一路到了中国台湾。本来以为几年后就能回家了，岂知这一走，就是一辈子。

1997 年在纽约拍摄的全家福

到台湾几年后，我爷爷就生病去世了，我父亲当时才九岁。多米诺骨牌接二连三地倒下了，经济断了，财产没了，房子失火、烧为平地。母子二人住在废墟上盖的茅草屋里，每次下雨，四处都滴滴答答漏水。我父亲因为肺病，休学一年。

我奶奶懂得什么叫牺牲，什么叫无常，她的坚强，写在她脸上的每一道皱纹里。

我出生的那一年，全家还住在一个位于铁道旁边的违章建筑里，奶奶一手抱着我，一手炒菜。火车一来，她就会把我举得高高的，让我隔着矮墙看火车。

她说，我是小福星，因为从我出生的那一年，家境便开始好转。我父亲写了一本意外畅销的书《萤窗小语》，让我们能够搬家。当时我五岁。过了三年，我父亲受聘在美国当教授，我们就举家移民去了纽约。

奶奶辅导刘轩做功课

我、我母亲，当然，还有我奶奶。

在我记忆中，那是一段混乱的日子。我半句英文都不会，每天在学校充满挫折，每天晚上我抱着奶奶哭：“奶奶，我好想回家啊！”她也抱着我说：“孙儿，我也好想回家啊！”

我跟奶奶最亲了！学校发生什么事，我最先跟她说。晚上睡不着，我也会去找她，她就胡噜胡噜我的背，我便安稳地进入了梦乡。

奶奶相当疼我。以前我跟老爸两人在后院比赛立定跳远，前面我一直赢，在一旁观战的奶奶就说：“还是孙子棒！”结果最后一局，我爸用力一跳，就到了最远。我奶奶就在一旁说：“哼！哪有爸爸赢儿子的！”

但有时候，她又相当公平。有一天在餐桌上，我爸不晓得开了什么玩笑，我妈就用筷子去敲他的头，结果就听“啪”的一声，奶奶打了我肩膀一下。我问："奶奶您干吗？"奶奶说："你妈打我儿子，我就打她儿子！"

很多朋友好奇：为什么我在美国长大，中文还可以讲得这么好？我告诉各位：很大的原因是因为我奶奶。

家里看电视，我爸就说："翻译给奶奶听！"我就得听一句英文，说一句中文，还翻得很别扭。奶奶说："得了吧！太折腾了！"我爸就说："我们不能忘本！"

当年我爸还要求我用中文写作文，奶奶为我"伸张正义"："让孩子当孩子啊！这太辛苦了！"我爸还在她面前磕响头，"咚咚咚"，我清楚地记得那声音，我爸求她，一定不能让孙子忘记中文啊！奶奶最后两手一摊，跟我说："没辙了！奶奶试过了！"如今，我跟父亲说："还好你坚持了！"我爸说："还好那时候家里铺了地毯！"

奶奶虽然看起来很传统，但想法还是挺前卫的。有一次在餐桌上聊"试婚"这件事，爸爸说："觉得可以试婚的举手。"第一个举手的，居然是奶奶！我也私下问过她："奶奶，如果我交个洋人女朋友，您会不会不高兴？"她回答："只要她会说中文，会用筷子，有什么不行？"

每天晚餐后，奶奶就会踩着她的小脚，摇摇摆摆地出门散步。外国邻居看到她都会挥手笑笑，她也跟人家挥手笑笑。然后邻居转身进屋，奶奶就会去看他们的垃圾。奶奶散步回来，手里时常会捧着一些东西："你看看，这个闹钟明明还能用嘛，这颗球好好的为什么要丢呢？"

某天，我在房间里做功课，听到奶奶从门外大叫："轩！快来帮我！"我冲出去，只见她老人家气喘吁吁地把一个大纸箱搬上台阶，箱子没封口，里面全是书。

“你看看，隔壁刚丢出来的！”

“哎哟，奶奶啊！人家说不定还觉得你偷她的书呢！”

“这哪是偷，人家明明不要的啊！”

我赶紧把箱子搬进来，以免被邻居看到，并很快翻了一下，看看有没有什么“特别”的书。很可惜，没有。从种类和题材，对十几岁的我来说，都显得太深了，但书名看起来挺有意思，我就先把它们放在书架上，无聊时拿来翻翻。有一本看似讲机车维修的书，谈的竟然是禅学（*Zen and the Art of Motorcycle Maintenance*，《万里任禅游》）。还有一本德国作家赫曼·赫塞的小说，名叫 Siddhartha（《流浪者之歌》），字数不多，文笔朴实，有一种深奥却又平易近人的智慧，感动了当时十几岁的我。

后来回想，影响我最深的一些书，不是因必须交读书报告而阅读的名著，而是我奶奶随缘捡来、一开始让我似懂非懂的杂书。《万里任禅游》《流浪者之歌》这些书，开启了我内心的探索，也让我许多年后写下了《放任心中的一百次流浪》。

后来，我带着那些书，上了大学。

日子过得很快，到了我要搬离家的那一天了。当我站在家门口，准备出发时，我永远记得奶奶脸上露出的表情：是坚强又无奈的，是带着祝福却又不舍的。

有一天晚餐后，奶奶照常出去散步，很久都没回来。我父母出去找她，发现她躺在附近公园的草地上。眼睛是睁开的，但想坐却坐不起来；想说话，却只能发出“呀呀”的声音。

我在学校听到这个消息，急忙赶回纽约，踏进病房之前，医生说：“你祖母的左侧大脑严重淤血，她右侧身体完全不能动了，她的记忆和语言能力也只有六个月婴儿的等级。她可能认不出你来了，你要有心理准备。”我说：“我就是念心理的！”

踏入病房时，我有个梦幻脚本：躺在病床上的奶奶一见到我，眼睛就亮了起来。听到她最爱的孙子大声一喊“奶奶”，就能点燃那些失灵的脑细胞，让她的大脑系统重新启动。

“奶奶！！”

她的表情是错愕的，甚至带着恐惧。看到我，她像是看到陌生人一样，嘴巴发出“呀呀”的声音，确实像个婴儿。她完全不认得我了，我还吓到了她。

这么大的年岁，这么严重的中风，我奶奶剩下的日子，都是在纽约长岛的医院里度过的。我父母几乎每天都去看她，甚至把家搬到了医院旁边。但她最认得的，还是那些为她换尿布、擦身体的护士们。

我在想：如果人一辈子的遭遇、记忆、经验的累积，就构成了一个人的灵魂，那么，活了92岁的奶奶，是否在公园里的那一刻，灵魂已上了天？

某一天，我在学校的宿舍听音乐，跟同学们聊天，突然音乐停了，不知道为什么。我正在检查线路的时候，电话铃声响起，是我父亲的声音：

“你奶奶走了。”

不知道音乐突然停止与这通电话有什么关系，但我选择相信：这是奶奶，从天上跟我说“再见”。

许多年前，大陆开放探亲的时候，父亲带着奶奶回到通州老家，有些亲戚四十几年没见面了。然后他们回到台湾，到六张犁，到我爷爷的坟上，我爸问奶奶：“老娘，当那一天到了，您会想回台湾，还是大陆？”奶奶想了一下，说：“都太远了！要看你们还得坐飞机。就在家附近找个地方吧！让我这小脚能走回家的地方。”

刘轩和奶奶在美国长岛家中合影

我们按照奶奶的心愿，把她葬在了纽约长岛的一个很漂亮的墓园里。她爱做礼拜，旁边就是教堂。她爱小孩儿，马路对面就是个幼儿园。而且，墓园真的离家很近，近到一双四寸半的小脚，也走得回家。

这就是我奶奶的一生。

漂流、转折、牺牲、离合。她的一生，直到她选择安息之处，都见证了“家，就是爱的所在”。

我父亲曾经写过：“爱，就注定了一生的漂泊。于是，我们乘着爱的船，渡过忘川之水，漂泊到这个世界，漂泊过爱的一生，又载满舍不下的爱，漂泊到来世……”

因为爱，让我们翻山越岭，漂洋过海，在历史的浪潮中，乘着轻舟，随波逐流……

最终，我们为了爱，选择了一个离老家最远，但离亲人最近的地方，划下了这辈子的句点。

这是多少海外华人的故事啊！

所以，今天我带着奶奶的故事来到这里，说出我的心愿：

愿我们的爱，无论在哪里落地生根，都能无私地扩大、延伸下去。

愿我们的爱，能够在我们离开这个世界之后，被我们所爱的人继续撰写。

愿每个漂泊者，都能以爱为动力，找到自己的归属。

愿每个漂泊者，都能够在家乡或异乡感受到同胞的爱，永远不会孤独！

世界听我说 对话

主持人：奶奶给了您很大的影响吧？

刘轩：很难界定奶奶给我的影响是什么，孩子通常很少会听大人的话，但会模仿大人所做的事。奶奶养育了我。她坚强地面对生活，没有把那些苦当作坎坷，她认为这是生命中理所当然的东西，裹着小脚也可以走路，这些事情都潜移默化地影响我。我们现在遇到一些事情，就觉得天要塌下来了，可想想老一辈的人，她们遭受了多少艰难困苦。我们所经历的困难其实没什么大不了的。

所以多和身边的老人聊聊天吧，听听他们的故事。这些故事离我们并不远。当我们拼命地奔向未来的时候，我们需要去了解过去的事情。

郦波：无论到什么年龄，我们其实都是小孩。因为我们心里都有一个Grandmother。在中国，奶奶或者外婆的形象是在人们心中抹不去的。为什么？每个人都有自己的故事，但是其背后一定有一个属于我们民族文化的特性，就是根的文化。你父亲的书里有一句话："爱注定了一生漂泊。"我想说，生命就是一场注定的感慨。但是为什么我们在漂泊的过程中，还能有一种幸福感？为什么除了生活的艰辛，还有隽永的回味？因为我们有根，所以我们记忆中的奶奶也好，外婆也好，其实是我们血脉里的一种归属，这种归属就叫作根。华夏文明五千年之所以能延续到今天，且枝叶繁茂，是因为她底下的根，永远牢牢地扎在地下。

刘轩：是的。漂泊也是有根的。这种漂泊是随着爱，随着爱你的人和爱的感觉。我们漂洋过海，一定需要一个根。到别的地方可能也会落地生根，但一定会有源自内心的感觉和牵挂。

其实我奶奶，不是我父亲的亲生母亲。我父亲是在中国台湾出生的，三岁的时候过继到刘家。他15岁之前还不知道这件事情。后来家里接二连三地发生变故，我父亲的亲兄弟就来找他，希望他认祖归宗。那时候我奶奶对他说：“你乐意留下来你就留，你乐意走你就走。”所以我爸做了一个选择——15岁的孩子做这样的选择其实很难。

这件事让我重新思考到底什么是孝。我觉得孝是来自于爱和感恩，它是发自内心的。这件事让我对爱有了更深的理解，爱一个人是因为她把你带到这个世界上，还是因为你看到了她为你所做的牺牲？在这些因果关系的下面，妥协也好，选择也罢，最后营造的是一个爱的局面，这才是伟大的。这些故事在华人的世界里并不少，爱本来就是很复杂的，而且这种做过选择的爱，更是令人感动。

陈文茜: 爱的连接，其实远比物质的连接和血缘的连接更重要。爱这种情感非常明显地表现在奶奶抚养你长大的过程中。其实她的命是很苦的，她个人的选择是“我什么都不要，我只有你们”。所以家乡是什么？他们那一辈的人因为历史的因缘，对家乡有太多复杂的情绪，而最后的那个家乡就是爱之所在。

王德庆

Wang Deqing

匈牙利禅武联盟总会创始人

他来自匈牙利，不仅武功了得，

还是中外武林、中欧警界声名赫赫的超级明星。

1999 年，他只身前往匈牙利，创办了“匈牙利禅武联盟总会”。

至今，该联盟已有美、德、法、奥地利等国的

“洋弟子”15000 多人。

2003 年，他被匈牙利警察总局聘为总教头，

训练特种部队及警界精英，

并开始致力于中匈两国在反恐等方面的合作。

我的禅武国际传播之路

我叫王德庆，来自匈牙利。原来是在总统卫队当教官，现在在匈牙利内务部担任总警务的交流工作，也专门负责反恐工作。

我从小就特别喜欢《少林寺》这部电影，我一直梦想着去少林寺学功夫，从而保护我的家人。

但当我真正到了少林寺的时候，才发现它不是我在电影上所看到的样子。这个地方太苦了，我们可以用三个“第一”来形容，就是吃苦第一，挨打第一，挨饿第一。

那个时候不吃苦是不行的，师父经常会拿着棍子站在旁边，做得不对的地方，就一棍子打过来。我们每天的运动量特别大，食物却总是不够，所以生活是非常艰苦的。但是我乐在其中，因为我太喜欢功夫了。

一年四季，春夏秋冬，我最喜欢的是在冬天练功夫。因为天很冷，必须通过练功夫，才能增加自己的热量。特别是下雪天，在雪中练拳，这个时候我会感觉到，身心和大雪、天地融为了一体，

王德庆在少林寺习武

达到一种无我的境界，以及心和物合为一体的意境。我至今还能回忆起这种意境。

1991 年，我第一次被外派到欧洲教课，第一个国家是意大利。但是在第一堂课上，我就遇到了一个难题。西方人对中国功夫的印象大多是从影视上看到的，在他们的想象中，功夫应该是李小龙大师所展示的那样。现在在他面前教授中国功夫的人，也是来自少林寺的，但却这么瘦小。西方人会有疑问：他怎么可以教我们？

我们教功夫是需要现场演示的。我跟其中一位学员说，你打拳，我来抵挡。当他挥拳的时候我本能的反应是蹲下，然后“啪”的一个鞭腿，抽在他的肚子上，但打上去的那一瞬间，我就发现他动也没动，因为他太强壮了。我的力量不如人家。这个时候该怎么办呢？要快，要有技巧，我当时一个点拳，一个后扫腿，他立刻摔倒了。扶他起来之后，我给他合十行礼，他马上就说“master”。他们发现一个这么瘦小的东方人，居然可以有这么快的速度和高超的技巧，这令他们很惊讶。

然后，我就开始讲述少林拳的特点。我说少林拳最大的一个特点，是全部来自于内心的力量，它的拳和我们很多的拳不一样，是“直而不直，曲而不屈”，它的这种力量是从内爆发出来的。

结束了意大利的教课以后，我又回到了少林寺。这个时候我听说少林寺来了一位高僧。他是中国北京大学的毕业生，学的是生物，后来拜了少林寺的一位高僧，就留在了少林寺。听说他的修为很好。

当时我很好奇，就去拜访他。他问我：“小伙子，你觉得你的功夫怎么样啊？”我当时一愣，在少林寺，我不能排第一，最起码也是前三名，他为什么会问我这个问题呢？我说：“还可以吧，功夫还行。”师父笑了笑说：“我觉得你的功夫不怎么样。”我当时很生气，他怎么会说我不行呢？他继续说：“你的心是飘的，是浮的，你能高到哪里去啊？”这句话就像一支木棒敲在我的头上。我恍然大悟，原来这么多年，我每天琢磨和练习的都是身体的力量，都是速度、高度之类的东西，却从来没有观察过自己的内心世界。我突然觉得，就是得了天下第一，又能怎么样呢？我向他磕了三个头，说：“请您收我当徒弟！”于是我在他的身边待了五年。我很幸运认识了禅的师傅，他给了我人生的方向，

2003 年，匈牙利政府正式聘任王德庆为警察总署总教头，
训练特种部队和匈牙利警界精英

让我明白自己应该如何走这条人生道路。

1999 年，我正式离开少林寺，去了匈牙利。在匈牙利的第一年，我遇到了一位朋友。他当时是去匈牙利传习佛法的。他的年龄跟我差不多。因为喜欢功夫，就跟我学功夫，我跟他学禅宗的东西，他给我讲了很多禅宗的典故。我们在一个山上住了将近半年的时光。那半年里，我感觉悟到了禅武的一些人生意境。禅宗让我知道，身体的追求是短暂的，而精神的、心灵的、意志的追求才是无限的。

2002 年，我的师弟段志超来到匈牙利，我跟他一起成立了禅武国际联盟。这个机构主要是为了统一规范所有在欧洲的武术门派。我们当时设置了统一拳法、统一考试、统一比赛、统一的中国礼节和礼数。因为那时候欧洲的武术门派特别多，跟中国大陆没有什么区别。受李小龙电影的影响，各种门派之间经常会相互挑战，总想争第一。打赢了，该派学生就多；打输了，学生就少了。

我当时对禅武联盟的考虑是：这不是门派，而是一个文化机

2013 年匈牙利禅武国际联盟武术大赛

构。所有门派的人，可以在这个平台上展示自己。所以在那个时候，禅武联盟就变成了一个包容各种文化的地方，大家在这里学习和探讨东方文化的智慧和力量。

我记得第一次到警界学习的时候，接触到了狙击手这个职业。所有人可能都觉得狙击手很酷，但实际上这是一个最残酷的工作，因为每次执行任务的时候，他的手指头一动，一个活生生的生命就结束了。当我第一次接触到考核狙击手方法的时候，我感到非常震撼。考核的时候，会让考核对象看一个视频：视频里，一个恐怖分子揪着人质的头发，用刀威胁人质。如果你看视频的时候，内心有波动，你就不合格；你的内心没有波动，才是合格的。多年来，我在学习功夫的时候，格斗了无数次。但在面对死亡的那一瞬间，我自己根本静不下心，我感觉自己离心静还有非常遥远的距离。

所以，我结合少林寺禅和武的理念，想到了一个训练方式：先从调息开始，练习八段锦，然后再提力运动，加上禅坐。整个过程可以把狙击手的状态调整到一个非常好的程度。

以前，欧洲的狙击手和特警在完成任务后，最普遍的发泄方式就是喝酒。但通过禅武训练模式，他们的观念发生了很大改变。而且在推进这个项目之后，匈牙利的狙击手在世界比赛中经常会排在前三名。我觉得这个项目非常好，所以 2005 年左右我把它引进到了中国大陆，我们帮助中国警察在射击领域向前推进，他们在 2015 年的国际大赛中拿了五个冠军。

禅武是我们中华民族的精髓之一，它既是促进东西方文化交流的一把钥匙，也是架起东西方友谊的桥梁。我希望借助禅武，发挥我的作用，更好地促进东西方文化的融合。

主持人：我觉得禅武精神解释起来往往会很抽象。那您如何用语言来解释禅武精神呢？

王德庆：我经常会做一个比喻。我说有一杯水，你在不停摇晃它之后，你从杯子的这边往那边看，是模糊的；但是当你把这杯水放在桌子上，静置三分钟或者五分钟之后，你再拿起来看，就会发现水中的杂质都沉淀下来了，从这边看到那边是透明的。其实人的力量也是如此，当你的思维和所有东西太复杂的时候，你的能量是发挥不出来的，但当你去掉了所有的复杂和烦恼的时候，你的能量是很大的。

陈文茜：武术是动，真正的武术到达一个境界，是静。就像您刚才说的，当你把所有复杂的东西通通剔除掉，力量就会变得很强。人的力量有时候显得很脆弱，是因为有着太多的复杂的东西；当你非常纯粹的时候，力量就会变得非常强。

王德庆：是的。功夫的力量都来自于内在。拳头每次打出去的时候，力量不是来源于肌肉，而是自然地从内释放出来的。比如说，功夫初学者先学会沉淀，先学会把肌肉放松，然后才能发挥出他的力量。

主持人：王老师，您刚才提到自己对中匈友谊、中国警察的发展发挥了推动的作用，可以给我们详细地介绍一下吗？

王德庆：从2002年开始，匈牙利跟中国警察建立交往。因为有一个叫世界警察搏击的比赛，发起人是匈牙利和中国。当时我是匈牙利总统卫队的教官，然后成立了世界警察搏击理事会。在这之后，就开始了两国警察之间的交往。

西方有一套成熟的理念，就是军人是以击毙敌人为准，警察是在法律的框架内以解救人为主，所以警察拔枪和上膛都是有规范的。我就借自己在中国刑警学院当教官的机会，把匈牙利的射击模式带进了中国。

主持人： 除了中国的禅武文化，您还会把中国文化当中的其他精神带到欧洲吗？

王德庆： 我经常讲，功夫是打开东西方文化交流大门的一把钥匙。因为西方人的思维方式是四角的，东方人的思维方式是圆的，我觉得功夫是最好的切入点。因为功夫讲的是力量，它不用语言去阐述什么，你通过力量，可以表达更多东方文化的智慧，比如如何提高这个力量。茶道、书法、太极拳、禅坐，都是为了这个力量而服务的。这就是以后我要在禅武联盟这个平台要做的事情，而且会一直做下去。

纪晓翰
Ji Xiaohan

“翰婷轩”创始人

他将东西方的美食文化巧妙结合，
将中国的药膳理念带到荷兰，改变了荷兰对中国餐饮的认知，
让荷兰的餐饮界重新审视中华美食的精神。

他所创办的“翰婷轩”成为荷兰唯一一家米其林中餐星级餐厅。
他还被荷兰皇家饮食与酒业公会授予“钻石奖”，
是迄今为止该奖项的最年轻的获奖者。

“美食，是味蕾对家的记忆，是对美好生活的憧憬。
用美食打开世界对中国饮食文化的兴趣之门，是我毕生的追求。”

我的美食人生

我叫纪晓翰，是一位来自荷兰的华人。我生活在荷兰的海牙，那是一座悠闲的城市，人们对美食非常讲究。在荷兰有一百多家米其林星级餐厅，但其中没有一家是中国餐厅。之后我开的中餐厅是荷兰唯一一家米其林星级餐厅。

我的故事就发生在这座城市。

在一次旅途中，我头靠着车窗望向荷兰午后的天空，陷入沉思。列车缓缓地进站，突然一阵“咚咚咚”的敲玻璃声引起了我的注意。

我侧头望去，是一群活泼可爱的荷兰小朋友，他们站在窗前，指着我笑着说：“中国人炒饭炒面！中国人炒饭炒面！”

那一刻我望着他们不知该笑还是该说些什么，我的心里非常别扭，既感到气愤，又觉得羞愧。可转念一想，当时当地的中餐确实是以炒饭、炒面为主，几乎所有荷兰当地人都认为中餐是低端的，是无法和法餐、意餐相媲美的，更是拿不上台面的。

2015 年，受邀参加荷兰乌特勒支食品年会做健康养生节目，
主要介绍中医药膳补中益气的理念

随着列车缓缓地驶离站台，我的内心产生了一个挥之不去的坚定信念——我决定做能够让全世界都为之惊叹的中华料理，以此转变外国人对海外中餐的固有偏见。

大学时，我在荷兰学的是经济学专业，我从来没有想过这辈子会与餐饮业挂钩，但我有一个不知道应该说是自豪还是本能的特点，那就是好吃，会吃，也爱吃！

当我在荷兰的生活慢慢稳定后，我决定要做自己感兴趣的事业，再加上那次在火车站令我无法忘怀的一幕，我决定开一家对我有特殊意义的餐厅——翰婷轩。

在创办翰婷轩的初期，我不断寻找自己想要的食材，当时我很难抉择到底什么是最合适的。我在荷兰生活了很多年，也在当地很多的餐厅吃过饭，甚至还回到国内研究食材。

在那个时候，西方的餐饮理念给我上了重要的一课。当时我的一个朋友邀我去比利时参加当地供应商开办的一个食材展销会。这个展销会上的食材琳琅满目，什么样的都有，甚至还有一些我从来没见过的食材。我和朋友都很兴奋，一路走一路看。当经过一个生肉摊时，老板告诉我们，这是比利时当地的猪，它们可不是普通的猪，喝的是天然的山泉水，吃的也都是有机的食物，吸取了天然的精华。

老板用刀切了几片薄薄的猪肉，然后递给我们，说："我们的猪肉是可以生吃的，尝尝看，特别美味！"

当时我半信半疑，生肉有什么特别的？况且我之前也吃过生肉啊。不过生猪肉对我来说还是第一次尝试。可当我把那片肉放入嘴里的一瞬间，我整个人都被震慑住了：这比我之前吃的任何生肉都特别。

我从来没有想过生猪肉的味道会如此别致，更没想到它会如此嫩滑。老板问我："喜欢这个味道吗？"我情不自禁地点了点头。

那一刻对我来说触动非常大，我瞬间明白了好的食材其天然的本身味道是多么重要。那一刻，我确定了翰婷轩的基底，那就是食物的本味。当时一瞬间的决定，也成为翰婷轩能取得成功的至关重要的一环。

回到荷兰后，我的餐厅逐步经营起来。同时，我想寻找一种理念，这种理念会支持未来餐厅的发展，会让大家觉得它与中华美食有关联。但是这种理念是什么，要怎么做，我苦思冥想了很多天也没有头绪。一天夜里，我正在思考如何把翰婷轩做得更加别致，却又不失中华料理的特色，就在我起身准备去接水的时候，无意中看到了书架上当年爷爷给我的中医书籍。我的爷爷做了一辈子中医，对我的影响很大。这本泛黄的中医书也是当年我离开家去荷兰求学前一晚爷爷让我带上的，他嘱咐我不要忘本。

我茅塞顿开。中医博大精深，讲究药食同源，而中草药又有独特的香气。把中药融入食物中，既能体现中国特色，又能很好地与食材相结合。所以，我决定将中国的药膳理念融入美食当中。

我的第一次尝试，是用荷兰人最喜爱的北海野生鲈鱼进行烹制。

北海野生鲈鱼是荷兰常见的食材，非常大众，再以黄芪、党参为辅料，我对这道菜信心满满。

试菜当天，我请来了六位荷兰本地的好朋友。当我端上这道北海野生鲈鱼时，大家都露出了期待的眼神。可当所有人品尝了第一口之后，我感觉他们并不接受这道菜，大家都觉得有一种特别奇怪的味道，难以下咽。

我给大家解释，党参和黄芪是中国珍贵又养生的药材。党参能补气补血，黄芪能改善气虚和贫血，增强体质。这两味中国传统的药材和鲈鱼一起烹制还能养肝、护肝，对身体有着很好的养护作用。

可大家还是不愿再多吃一口。这时，我突然反应过来，美食的首要功能是满足味蕾的需求，只有满足这个前提条件，大家才会去思考这道美食背后的文化和意义！

于是，我决定重新再来。可研究了近一个月的时间，也没太大进展。

直到有一天，当我坐在咖啡店里，看着咖啡师熟练地打着奶泡，制作卡布奇诺的时候，我的头脑中灵光一闪，想到了当时正流行的分子料理！

我立刻冲回厨房，重新拿出党参和黄芪煮汤，然后打成泡沫，点缀在香煎鲈鱼的侧面，并配以少许的肉桂和柠檬。

这次我没有声张，先不动声色地拿给我们店里的一位荷兰店员品尝。

荷兰小伙子尝了一口，展现出非常惊喜的表情。他问我里面究竟放了什么，怎么会有一种从来没有尝过的清香。

我冲他笑了一下，告诉他我们的店里要有新的招牌菜了。

回到后厨，我立刻约了之前试菜的朋友们次日来店里聚会。聚会的前半段，大家吃的非常开心，当我把鲈鱼端上桌的时候，他们个个面露难色，在我极力地保证之下，他们勉强试了一小口。接着便一发不可收拾，全部吃光了。这次，所有人都被这道有着奇妙清香的鲈鱼吸引了。我知道，自己终于成功找到了中华药膳与当地饮食文化的交融点。

此后，我开始将各种药膳与当地食材进行组合，创造出了独具一格的菜品。为了让当地人了解这些菜中的中国文化，每次上菜的时候，我都会附赠一张卡片，告知他们菜品中有哪几味中国药材，这些药材的食疗功效又是什么。

久而久之，当地人开始对中药材感兴趣，药膳和食疗的概念一时间在荷兰的美食界引起了热烈反响，当地的美食评论报道说："古老的中华文化碰撞几千年后的新兴潮流，宛如悠扬的古老弦乐与现代说唱的结合，给人带来无尽的想象与冲击。"

随后，我又思考如何能让我的创意料理被更多人知道并被认可。我捡起了自己的老本行，用经济学的理论分析得出，要想迅速推广自己的中餐厅，迅速得到外国人的认可，最好的方式就是通过米其林，因为在荷兰从来就没有一家米其林中餐厅。

我想如果我的餐厅能被米其林认可，那将会吸引更多的客人，并且能够快速在荷兰餐饮界获得一席之地。

提到米其林，大家都不陌生，它是厨师界的奥林匹克，从传

2016 年，翰婷轩获得法国 Gault&Millau（在国际上和米其林齐名）的
年度最佳品酒师奖。这是所有奖项中的最高级别奖项，每年仅授予一家餐厅，
此次是奖项设立以来第一次被中餐厅获得

统意义上讲，米其林历过了近百年，有着自己客观的评选机构。

当时，荷兰的米其林星级餐厅很少，其评选标准是基于法餐。他们非常注重餐厅所使用的原材料的品质和新鲜度、烹饪技术、菜品质量的稳定性、餐厅独有的烹饪风格、性价比、不同味道是否能很好地融合、烹饪理念的一致性和足够的创新性。

我当时决定做中西合璧的创意菜，运用中式的原材料，融合新鲜食材与个人风格的创新，同时运用西餐的烹饪技术来提升菜品的稳定性，从而攻下米其林。

我可能和其他餐厅的老板不太一样，我每天都会和我的后厨员工待在一起，与他们讨论不同的食材搭配，研究不同的菜品。

我的努力也得到了回报。有一天我收到了米其林的通知——翰婷轩被评为米其林一星级餐厅，同时，我也被荷兰皇家饮食与酒业公会授予行业最高荣誉的钻石奖。

这个消息当时震惊了整个荷兰乃至欧洲的餐饮业，铺天盖地的杂志报纸都在报道，荷兰米其林餐厅有了华人的面孔，荷兰餐饮界有个纪晓翰，有个翰婷轩。从此以后，每天来餐厅的人络绎不绝，有政府高官，也有商界名流。

有一天，一位顾客走进翰婷轩，要求点菜。他浑身上下散发出掩饰不住的傲慢，我觉得此人可能会有点“麻烦”，但我还是让后厨按照标准给他出餐。

当时我们端出了一道煎鲈鱼配紫薯，鲈鱼加了一些切碎烤过的广式腊肠，紫薯和松露混合。

他吃了第一口就猛然抬头，让负责人过去一下。之后，他提高了几个分贝问我说：“你们到底在做什么？”

我当时真的慌了，第一反应是：难道是菜出了问题？转念一想，我们餐厅的菜品都是严格按照标准制作的，不可能有问题，难道遇见碰瓷儿的了？

没想到他的下一句话是：“西餐原来还可以这么做！你快告诉我这些到底是什么，为什么加在一起味道可以这么特别，这是我近几年吃到的最令我惊喜的菜品！”

在聊天的过程中，我得知了他的身份。荷兰每年年初会有一个餐饮界的展会，它是一个级别特别高的酒会，代表了每年餐饮界的新方向，此前，这个展会对中餐是完全拒绝的态度。这位老先生就是这个展会的主席 Jan Van Lissum 先生，他是荷兰餐饮行业举足轻重的人物，他吃过无数家餐厅，要求极其严格，他的专业批评足以让一家星光灿烂的餐厅变得暗淡无色。

他告诉我，在吃这顿饭之前，他认为自己什么餐都懂，从专业的角度没办法接受在荷兰的任何中餐，从创意的角度也没有什

2017 年，荷兰皇家饮食与酒业公会为了表彰纪晓翰在
中西文化促进中的贡献，授予其“钻石奖”。这是获奖后，
纪晓翰夫妇与 Jan Van Lissum 先生的合影

么餐能够打动他，他为他对中餐固有的成见对我表示抱歉，说我做的创意菜彻底改变了他的固有观念。

他甚至要求和我学习中餐的原料和搭配，并再次强调自己原来对中餐有如此大的偏见是一个巨大的错误。

那一年是 2010 年，时至今日，我已经连续 9 年被邀请出席这个荷兰美食界的最高展会。

如今，我和主席先生已经是非常好的朋友了，主席跟我聊起过中国，他说他爸爸在 20 世纪 70 年代去过中国，回到荷兰后，他的爸爸跟他说有机会一定要去中国看一看，因为那里有着无限的未来。我也答应主席先生有机会一定带他来中国，我相信他一定会爱上中国，爱上中国美食的。

主席先生说虽然自己一直没有机会前往中国，但通过我做的食物，让他走进了中国，让他了解了中华美食文化，让他对这个东方大国的文化产生了浓厚的兴趣。

中国的传承以和为贵，要包容和融合万物。我希望用中国式的理念和西方人熟悉的西餐相融合，用食物让西方人接受中国文化，并潜移默化地让他们了解中国。在餐饮的道路上，我坚信自己能将中华美食发扬光大。

世界听我说 对话

郦波：中国人在美食上具有无与伦比的天赋。其实现在很多吃的东西，例如火锅、烧烤，古代早就有了。在汉墓里发现的烧烤器具跟现在的一模一样。李白和杜甫都特别喜欢吃生鱼片，李白的诗里说："呼儿拂几霜刃挥，红肌花落白雪霏。"指的就是生鱼片，很薄的刀刃把生鱼片削得就像雪花一样，这跟杜甫写的"无声细下飞碎雪"有着异曲同工之妙。

中国人的美食观其实和一个人的成长、一个家庭的味道、一个故土的味道是紧紧联系在一起的。那么，我们的美食如何和世界美食进行融合，又怎么能够体现出民族特性来呢？

纪晓翰：我觉得美食跟文化一样，都有很强的地域属性，我们要大胆地去打破这种传统，在融合文化的基础上打造一种新的味蕾，这样我们才能真正感受到文化融合的美感。我们要不断创新，敢于突破自己。所以我们现在在翰婷轩旧址上开了一家新的餐厅叫正宴。中国古代有个新正宴，是清朝皇帝在大年初一宴请皇亲贵胄庆祝新年的宴会。我们借助了这个寓意，想表达的是中餐的仪式感。在新的餐厅里，我们做了12个仪式，把中国菜品的仪式感充分表现了出来。我们觉得不仅要突显中餐的味道，而且要向世界传达中餐的仪式也是非常棒的。最传统的中餐进餐仪式，对于所有的中国人和外国人都是一种震撼。

张吉安
Chong Keat Aun

乡音考古者、电台 DJ、
乡音馆馆长、影视导演

乡音，是一个人身份的密码。

无论你是青春少年还是白头老翁，
无论你固守一方还是浪迹天涯，
乡音都是你身上带不走的印记。

他是一位在马来西亚的华人，
也是一位乡音考古者。

13 年来，他自费收集了马来西亚 300 多位华人的乡音，
成立了乡音馆，守护着中华文化的基因，
不让华人后代忘记自己家乡的语言。

愿你不管走多远，总有乡音在耳畔

我是张吉安，是马来西亚人，曾经在马来西亚国家广播电台当过12年的节目主持人，目前是一名乡音采集人。我今天在这里，就是想告诉所有的年轻华人，勿忘乡音，因为那背后是我们祖辈的奋斗史，是我们家的方向。

《过番歌》中流淌的思乡之情

我讲的第一个故事和一首民间歌谣有关，它就是《过番歌》。

当年拎着皮箱下南洋的祖辈，几乎都唱过一种民间歌谣，我把它形容为令华人最心碎的哀叹调，那就是《过番歌》。《过番歌》是当代社会迁移的见证者，一旦家中的丈夫、儿子或亲人第二天要搭船到遥远的国度去讨生活，那么家里的女人就会唱起《过番歌》，让要离开家的男人记住，老家永远有个盼着他归来的亲人。

在这里，我要跟大家分享一位80岁的客家老人丘爷爷的故事，他被誉为马来西亚的山歌王。丘爷爷家中流传的一首“过番歌”，

丘惠中和张吉安

叫作《五更过番歌》，是当年丘爷爷在中国广东惠州蕉岭的奶奶，在丘爷爷的父亲下南洋的前一晚唱的。第一次听到这首歌的时候，我的脑海中满是这样的画面：一位白发苍苍的老妇人，在和儿子相聚的最后一夜，彻夜不眠，她紧紧拉着儿子的手，千言万语却凝噎在心头，只是不住地泪流，继而唱出这首《过番歌》。歌中满是对即将下南洋的儿子的牵挂与不舍，那是一段生死未卜的讨生活之路啊！这位老母亲多希望那一夜更鼓多打五次，彼此在一起的时间可以再长一些！

丘爷爷的父亲下南洋后，在锡矿场讨生活，用一只琉琅盆，一边辛苦地摇洗锡米，一边唱着当年离家时自己的老母亲唱的这首《过番歌》，心中是回不去的故乡和诉不尽的乡愁。

为了这首已流传150多年的《五更过番歌》，我将这位老人家中留下的琉琅盆带了过来。我认识这位丘爷爷已经十年了，录制过他无数的客家山歌。前年他因中风病倒之后，无法再像以前那样引吭高歌了。今天我唯有代他将这首《过番歌》带给大家听：

城头更鼓打五更，
一听更鼓心就惊，
闰年闰月都有闰，
用办没有闰五更。

《过番歌》是过去不同籍贯的祖辈们移民南洋时，挥之不去的共同的历史记忆，其中流淌着上一代人漂泊的流殇。遥远的南洋，是思念的距离。

马来西亚这一代的新华人，已经快听不懂祖籍的母语了。如果有一天真的失去了乡音，他们还能记得什么呢？这一代，他们听不清、看不懂戏台上潮剧、粤剧、歌仔戏所唱的忠孝仁义，还误以为那是演给神明看的。这一代，他们不知道跟家里耄耋的祖父母说什么，只是觉得那是孤单的老人在喃喃自语。每年清明扫墓，这一代，他们不再理会爬满青苔的墓碑上写了些什么，反正石碑上的祖籍是学校考试永远不会出现的考题。那一刻，就是真正的乡音流逝，文化入土！而这一切是我绝不想看到的！

因此，13年来，我行走在马来西亚的大小城镇边陲，探寻各个角落流下的中国足迹，沿户去开启老人的记忆匣子，去记录逐渐消逝的口头文化。每一次采集，都是在和时间赛跑；每一回都是趁着老人的记忆还清晰，赶快采集他们的悲喜人生。有些是躺在病床上的老人，他们的儿孙打电话告诉我："吉安，奶奶快不行了，快来采集她的乡音吧！"我就是这样，一周3天时间做广播，剩余的4天，行走在各个角落，抢救最后的乡音。

金叔叔的山歌人生

这是我在2009年2月22日进行采集的时候拍摄的一张照片。

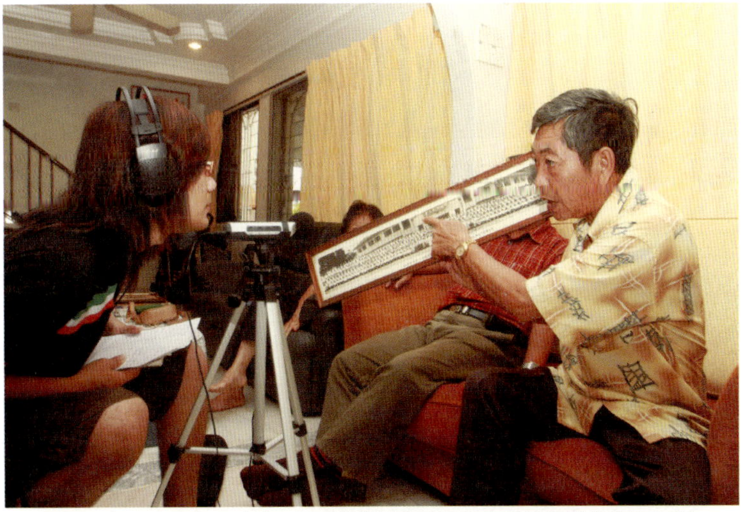

2009年，在文东县玻璃口村采集中国广西北流山歌歌者张官金的乡音

听众告诉我，有一处广西北流人的村落叫文冬玻璃口村，最后一个会唱广西山歌的老叔，叫张官金，那年他已经快60岁了，大家亲切地称呼他为金叔叔。金叔叔的父亲，当年从中国下南洋，跟大伙儿到了文冬这个地方落脚，开垦山林，是第一代的村民。

找到金叔叔的时候，他精神很好，听说我是来采集他的乡音的，十分高兴。

金叔叔告诉我，广西乡音并不像其他地方的方言那样受重视，如今，懂得北流话的人少了，可是金叔叔一直坚持说母语，受到了同乡人的欢迎。20世纪60年代至90年代，他即兴创作的“广西北流山歌”成了活招牌，金叔叔也因此成了当地同乡中的大名人。但凡遇上当地同乡的婚宴，他就会被邀请去唱上一曲。最后，金叔叔竟然成了村里的山歌司仪。金叔叔告诉我，他用同一首曲调，一唱就是40年，这40年间，所有的同乡早就学会了这个曲调，但就是听不够，每次他一唱，大伙就都跟着一起哼唱，唱着唱着就笑了，笑着笑着又哭了。因为，这不是一首简单的山歌，这是家的声音。

那天采集结束，我满怀欣喜地回到吉隆坡，决定将他的山歌写在《中国报》的全版专栏里。2月28日刊登后，我还特地给他打了电话，要他买一份报纸，并鼓励他一定要继续唱下去。

每次《乡音考古》节目播放的前一晚是星期三，一如往常，我都会打电给接受采集的乡音老人，让他留意听听自己的乡音乡谣在空中传播。3月4日星期三，我打电话给金叔叔，接电话的却是他的儿子。儿子说，你那天挂上电话后，父亲就很开心地去买了那份报纸，回来后，一边读着关于自己的报道，一边走上楼。万万没想到，在走到最后一处梯阶时，一不留神，踩空了，从高处摔了下来，当场昏迷。第二天凌晨，在医院宣告不治。儿子说，父亲为村里的人唱了40年的山歌，可家人从来没为他留下任何录音，他问能否将音档传给他们，明早出殡时，在灵车上就播放父亲的广西老山歌，陪他走完人生之旅。

那一晚，金叔叔等不及节目的播出了。而现在，我想替金叔叔放一首老山歌，让他的歌声再一次带我们回到他的故事中。

心想唱歌就唱歌　这边唱来那边和

山歌一唱数十年　今晚总是那首歌

唱山歌我唱到树木招手鸟来和
我唱得江心鲤鱼飙出水　我唱得青山笑点头
我唱得滑哥黄鳝都上沙滩　冇使鱼钓都得日叹
心想唱歌就唱歌啊　兄唱山歌妹来和
我大年初一唱到三十晚　都是想妹你来做老婆

月光光　照地堂

乡音伴随人的一生，如同人一般，它也无法抗拒生老病死的定律。这张老照片，是关于18个姐妹义结金兰的故事。

18位来自广东顺德的姐妹自梳不嫁，义结金兰

大家听过“妈姐”吗？妈姐，也叫作“自梳女”。一个真正的妈姐，必须经过两个梳洗仪式，才算是名正言顺的“自梳女”。先以一桶混杂了侧柏叶与七色花的净水洗涤后，穿上白衣黑裤跪拜在观音菩萨前，由长辈或金兰姐妹主持梳发大礼，七次来回梳落至发尾，伴随七段口诀，立下终身不嫁的盟约：“一梳福，二梳寿，三梳平安，四梳坚心，五梳自在，六梳净身，七梳金兰同心。”

2014 年在槟城采访最后一位广府妈姐——柳姐

我在 2014 到 2016 年之间采集和记录过马来西亚最后一位妈姐的悲苦人生。

她叫柳姐，原名龚柳侨。14 岁那年，为赚钱给病重的母亲治病，柳姐离开家乡广东，随着两个老妈姐下南洋讨生活，最后选择在马来西亚的槟城落脚。当时，她认识了 17 位来自同乡的女子，于是决定到七姐庙，义结金兰，“梳起不嫁”。18 个姐妹，从事家庭帮佣，省吃俭用，7 年后，她们联合集资买下一所房子，取名为“联居”，寓意“金兰联心，姐妹同居”。

每一次采集乡音，尤其是走进独居老人的家里，我是一次比一次揪心，也感到无奈。其实，你听到的不仅仅是他们的老乡音，更多时候，是他们的忍气吞声，因为被世间人所遗忘，到了年老仍然找不到倾诉的路径。

走进柳姐的家，一间年久失修的老屋，可对她而言，这是她们 18 个姐妹一辈子的心血。我在客厅的一面墙上看见一幅用镜框框起来的红纸，上面写着不太工整的毛笔字。柳姐说那是 17 个姐妹的生日日期，12 年前，随着最后一个姐姐的离开，她怕自己记性不好，就将它挂在墙上，提醒自己。轮到哪一个姐姐的生忌日，她就会买些她们爱吃的食物到坟前祭拜凭吊。我当下闪过一个问题：有一天她走了，还有谁会替她做这件事呢？

柳姐的弓背像是苦难岁月留下的压迫。对于“妈姐”这个独立自强的女性社群来说，她们一心追求清心寡欲、自力更生的生活，但世俗之人对于不婚不嫁的女人，总是带有歧视不屑的眼光。大众以一句“姑婆”来嘲讽，使得妈姐在退休后，常常躲在“妈姐屋”内避免与外界接触，更添了份孤寂。

柳姐一直独守“联居”到终老。2017 年 12 月 18 日，妈姐去世，享年 97 岁，她终于跟 17 个好姐妹在天堂团聚了。对于封建社会盲婚哑嫁的不公，柳姐用“自梳”来反抗，也将当时女人未成年就被逼出嫁的实情，唱进了一首歌谣《月光光》之中。

月光光，照地堂，
年卅晚，摘槟榔，
槟榔香，娶二娘，
二娘头发未曾长，
蓄多两年梳大髻，
滴滴答答娶返归！

乡音采集，是为了认识过去和现在的自己，也让上一代人走过的岁月得到深刻的传承和记录。人生有无尽的悲苦，也有乐观心宽的一面，乡音也是一样。

13 年来，我走进不同籍贯老人的心里，通过他们的重述，梳理历史，那是有血有肉的真实故事，从中可以看到个人、家庭，甚至整个社群与故土的关联。而我也找到了最深邃的身份认同。

我希望所有的华人都能够在乡音中，找到这份珍贵的身份认同！

13 年来，我“偷”了 300 多个祖辈老人的乡音。那不是用来赚钱的，只是想把这些即将消失的本土乡音留给下一代的马来西亚的孩子。我希望所有的华人孩子，能够不忘乡音，不让这份祖祖辈辈的文化在我们的手里断根！

如果，你们听完我今天的分享，依然问我，为何这 13 年来如此坚持地行走在土地上去采集乡音。我想，有一句话一直激励着我继续走下去，那就是：“总要有人在这个不合时宜的时代，做不合时宜的事情。”

世界听我说 对话

张瑜：您最初怎么会选择把采集乡音作为人生目标呢？

张吉安：最大的一个原因是我生命中两个重要的女人的离世。她们是我的婆婆和我的外婆。她们陪伴我成长，当她们去世之后，我发现再也听不到她们的乡音了。后来我就想去收集这些民间的声音。

陈文茜：马来西亚大多数的华人是在19世纪末、20世纪初，由于在故土没有办法生活下去而远渡重洋的。为什么他觉得乡音对他那么重要？因为他之前的人生全部都没有了，只剩这个东西跟他记忆中的家乡、跟他对父母亲的回忆有牵连。

郦波：每个人都带着故乡的声音。当他远涉重洋孤苦无依时，他唱起这些歌的时候，他的心灵就有了归属。自古以来中国古人对乡音就有很深的依恋，例如唐代诗人贺知章的著名诗篇《回乡偶书》：“少小离家老大回，乡音无改鬓毛衰。”还有元稹也说过：“尚教子孙学乡音”。孩子小的时候就要让他学乡音。为什么？因为根在这个地方。

另外，方言是文明的活化石。纵观世界文明史，一个民族最危险的时候并不是异族入侵之时，而是它的语言文字开始慢慢消亡的时候。当语言文字消亡之后，这个文明也就彻底消失了。所以保护我们的语言文字、方言乡音是一件非常重要的事，是保存我们族群独立性的关键。

林海岩

Lam Haiyen

毛里求斯新唐人街基金会主席

他的家族在毛里求斯扎根延续了一百多年。

他的祖父是新中国成立时在毛里求斯唐人街上，

第一个升起五星红旗的人。

父亲严苛的中国式传统教育，是他儿时最难忍受的时光，

但他却在留学中国时，深深爱上了这个国家。

如今的他在毛里求斯，秉持龙的传人的精神，重振当地华人风采。

“我感谢我的父辈，

他们传授给我勤勉自律、坚韧不拔的品格，

让我留住了中华文化的‘根’；

我也感谢我的国家毛里求斯，它告诉我什么叫兼容并蓄，

给了我一片可以植根的沃土。”

把根留住

我叫林海岩，来自东南非印度洋中的岛国——毛里求斯，一个被美国作家马克·吐温誉为“天堂原乡”的地方。大家到过毛里求斯旅游吗？你们是否知道，毛里求斯有多少华人呢？据统计，毛里求斯全国人口为 130 万人左右，其中华人有近 3 万人。我们也是全非洲唯一过春节的国家，在市中心会有精彩的舞龙舞狮表演、花车巡游，跟中国一样热闹！

在毛里求斯，我们不仅过中国的传统节日，还保留了许多习俗，比如宗亲氏族。毛里求斯约有60个氏族，其中人数最多的为李、吴、陈和林姓。在路易港，每一个“姓”都有自己的俱乐部、会馆等社团组织，活动非常丰富。像我们林氏家族在毛里求斯已经扎根 100 多年了，到我是第四代。从我的祖父开始，每一代都是土生土长的毛里求斯人。我曾祖父有 12 个孩子，祖父有 15 个孩子，今天我们林家是一个 200 多人的大家族，再加上所有的宗亲，可以说，路易港处处都有我的家人！

唐人街的“唐龙”龙头

在路易港的街上，你会看到许许多多的中文招牌，小到杂货店、餐馆，大到酒店、银行，全都是华人开的。当然，最繁华的一条商业街道，就是市中心的“唐人街”了，我们家三代经营的店铺，也在这条有着150多年历史的街上。

这条巨龙是我带领当地华人社团，用了数万个废弃塑料瓶建成的“唐龙”，也是路易港的新一代地标。2018年7月27日，习近平主席访问毛里求斯，我们夜以继日地工作，赶在习主席到访当日完成了“龙首”，以行动表明我们从未忘记自己的“根”。

留住中华文化的根，是我们家代代相传的传统。我们家是典型的华商家庭，我的曾祖父在18世纪来到毛里求斯，便定下了林家的家训：不能忘本，祖国是家。他从在杂货店打工，到自己开店，最后发展到独立经营几家不同类型的店铺。曾祖父的财产本可以买下整条唐人街的产业和店铺，可他却将大部分收入寄回老家梅县用于盖楼。他去世之前，也明确表达了自己的心愿：落叶归根，他最后要埋葬在梅县。

曾祖父不仅始终牵挂着故土，也通过行动将这种情感传递给了自己的孩子。他将自己的六个儿子先后送到中国留学，我的祖父便是其中之一。

不论是曾祖父的言传身教，还是受到在中国留学的影响，祖父深刻地理解了中华文化，养成了勤俭、自律、正直的品格。他使家族的事业发展壮大，无息借钱给当地民众，帮助他们渡过难关。他还积极参加当地华人社团的活动，每年的中国国庆节，祖父都会穿着一身笔挺的西装主持庆典。不过，他在家里常年就穿一件旧文化衫，一点也看不出他是几家店铺的老板。

祖父不仅严格要求自己，更要求我们要有规矩。我们家的规矩严格到什么程度呢？就拿吃饭这件事来说吧。我们家从来都是围着一个大圆桌吃饭，座次长幼有序。菜端上来之后，如果有谁拿着筷子抢先夹菜，坐在正中的祖父就会用筷尾“哒”的一声打在那人的手上。我小时候就被打了好多次，可算是“吃饭不易”了！

当然，我祖父也像曾祖父一样，让孩子们学习中文。那个时候，毛里求斯已经有专门的新华学校，华人孩子可以接受系统的中文教育。然而，50年代末的毛里求斯华人更喜欢把子女送去学英文、法文，唯有我祖父还有屈指可数的几个家庭，仍然让自己的孩子接受中华文化教育，还想方设法地把两个女儿和我父亲送到中国留学。祖父坚定地认为，只有踏上故土，孩子们才能找回自己的根。

我的父亲作为长子，继承了祖父的事业，挑起了养育这个大家庭的重担。事实证明，他完美地继承了祖父的勤劳、节俭与自律。不过，相比于雷厉风行的祖父，父亲则更加谦和内敛，常常为他人着想。在我的记忆中，父亲有几十年都没有在家吃过年夜饭，因为他总是主动提出要替店员值班，以便让店员能够回家团圆。

晚年，他还接管了濒临倒闭的华文报社《镜报》，并亲自担任社长，经常补贴费用来经营。他给新店起名叫“梅花”，因为他十分欣赏梅花“俏也不争春，只把春来报”的美德，而这也是他本人的写照。

父亲的话不多，总是默默地工作，我小时候与他的交流也不多。严厉的祖父总让我感到压力，父亲又忙于工作，我便渐渐地成长为一匹不服管的“野马”。我不理解家里为什么要有这么多规矩，更觉得这些“美德”都是在受罪。我不认真上中文课，也不想去中国留学。大学毕业后，我坚持申请了法国的硕士项目，因为我觉得那里才有高雅的生活。没想到，向来沉默的父亲在我硕士毕业的那一天，给我下了一个最后通牒：去中国读书。

我不情不愿地出发了，随便带了几件衣物，然后在箱子里塞满了卫生纸和方便面。不是因为我矫情、挑食，而是因为我听说中国的厕所很脏，没有卫生纸，中国缺少食物，会饿肚子。在号称“非洲瑞士”的毛里求斯，很多人都有这样的看法，联系到我们家一贯的“穷苦”作风，我对此自然深信不疑。

然而，一下飞机我就彻底傻眼了：这就是连饭都吃不饱的中国吗？人们的穿着如巴黎般时尚高雅，让我这个曾经的法国留学生觉得自己是只“井底蛙”。一切的一切，都不是我想象中的贫穷落后面貌。

最重要的是，我在这里感受到了父辈身上那种勤奋努力的精神。我发现，这里不论哪个年龄段的人，都非常努力地工作，而年轻人更是有一股不服输的拼劲。我感到自己血脉里的中华精神被激发了出来。我拿出了祖父的节俭精神，拿最少的薪水，做实习工作；我也拿出了父亲坚忍不拔的精神，默默地努力，不断地积累经验。终于，我在 25 岁时做了第一件成功的事：让一家五星级酒店在一年内扭亏为盈。然后，我创建了自己的公司O-Marketing。这个时候，我已经不再是那匹“野马”了。

我在中国待了很多年，也过了很多个中国的国庆节。国庆节那天，人们会挂上五星红旗来庆祝这个重大的日子。每当我看着这些飘扬的旗帜，总会想起1949年10月1日，在毛里求斯唐人街上升起的一面国旗。

那是我祖父升起的五星红旗，它在皇家大道与拉庵街的新光号二楼骑楼上飘扬。父亲跟我说，那天，祖父翻箱倒柜，找到一根过年晒腊肠时用的长木棍，把五星红旗小心翼翼地系在上面，慢慢地走到骑楼边，把杆子伸到街上，再抖动几下，让五星红旗舒展开来，随风飘扬。等到五星红旗“升起”后，包括父亲在内的几个孩子争先恐后地跑下楼，站在街道上仰头看着。走过的行人先是注意到了这群孩子，接着他们便抬头看见了那面五星红旗，有人露出诧异的神情，也有人露出了微笑。

我每次看到五星红旗，都会想起我的祖父，想起骑楼上飘扬的五星红旗。我也想起父亲跟我说的话，新一代华人要做“龙的传人”。我们要传什么？要传的是坚韧、自律、节俭、勤勉的精神。我的父辈们尽了最大的努力，在毛里求斯传承了中华传统文化，让当地许多人都见识到了中国精神的力量。作为新一代华人，我应该更进一步，不仅将中国文化带到毛里求斯，也要让更多的中国人认识毛里求斯。

因此，我想方设法筹集资金，在上海举办了毛里求斯国庆日的庆祝活动，把毛里求斯的文化介绍给更多的中国人。这项活动举办得非常成功，每年都有十多位驻上海领事、各国驻华大使和上海市领导出席。许多中国人在我组织的活动中，了解了毛里求斯的文化，这比创建一家公司还要令人兴奋！

2017 年 11 月，我下定决心回到毛里求斯从政。我一回国，马上投入地区补选中去，深入每家每户做动员，从中体验民众的呼声。我了解到，唐人街的许多设置都已经陈旧，商业经营状况也不如从前。因此，我和父亲一起创建了新唐人街基金会，率领一批年轻人，立志改变唐人街没落的现状。

通过几个月的艰苦努力，在没有政府的实质支持下，我们重修了唐人街，完善了基础设施，这个焕然一新的唐人街，给当地居民带来了信心和希望。

2018 年 7 月，我们得知习主席要访问毛里求斯，就想表达一下华人的初心。我意识到，我们需要一个新的标志，一个能够永

带领毛里求斯同事共同改造路易港唐人街

久挺立在唐人街的地标。我想到了“龙”——龙代表中国，亦代表华人。这条龙也应当代表绿色环保的精神，因为毛里求斯是一个岛国，享受了大自然的馈赠。有了这个设想后，我们抓紧每一秒的时间进行工作，搜集了几万个废弃的塑料瓶，在唐人街筑成了全非洲最大、最环保的巨龙——也就是前面我们见到的这条“唐龙”。

是的，我是“龙的传人”，生长在毛里求斯的“新华人”。我感谢我的父辈，他们传授给了我勤勉自律、坚忍不拔的品格，让我保留住了中华文化的“根”；我也感谢我的国家毛里求斯，它告诉我什么叫兼容并蓄，给了我一片可以植根的沃土。中国是我家族的根，毛里求斯也是我家族的根，正是这种根根交织的深厚情缘，才使我能够为中国和毛里求斯的关系做出一点努力。

郦波：海岩对中国、对中国文化的感情是有一个转变的，从他一开始不喜欢中国文化，到现在要把一个龙树在唐人街。这个过程让我联想起奥斯汀的名著《傲慢与偏见》。人类到处存在着傲慢与偏见，像人与人之间、种族与种族之间、文化与文化之间，等等。因为生活中的某些经历，或者眼界的问题，导致对中国文化存在一些偏见，只有当你真正走进中国，亲自体验了在中国的生活之后，才能消除这种偏见。就像张骞凿空西域，东西方文明相互贯通、互相理解，才会产生一种共赢。所以个人的经历也好，族群的经历也好，东西方文明的交流也好，人类走到今天已经是地球村了，因此不可以关起门来走封闭的路线，而是要相互沟通，相互交流，还要摒除自己内心的傲慢与偏见。我们希望每一种文明、每一个族群之间，都带有这种平等的沟通交流之心。

主持人：海岩已经摒弃了这种傲慢与偏见，而且我觉得如果让当地外国人摒弃自己的偏见，也是需要一代又一代的华侨做出贡献。

赵月枝：海岩的故事体现了家庭、家族在中华文化承传中的地位和作用。你的祖爷爷、爷爷、父亲，还有你，四代人都在做这样的事情。其背后就像你刚才所说的，是中华文化的根和魂。

曹驰

Cao Chi

英国伯明翰皇家芭蕾舞团首席舞者

人生就像重峦叠嶂的山峰，

你不断地向上奔赴顶点。

可生活却像汹涌澎湃的海浪，

不断将奋勇向前的你推回海岸，甚至卷入海底。

面对挫败与失意，

只有心坚石穿的意志才能引领你前行。

他是一位在棘荆之路上翩翩起舞的芭蕾舞者，

他将与你分享因真诚和坚持而与众不同的人生。

真诚才是世界的语言

一说到芭蕾，可能大家最先想到的是漂亮的女孩子穿着漂亮的舞裙和脚尖鞋轻盈起舞，而对男舞者的认知可能比较少，所以今天我非常荣幸，可以和大家分享我的故事，以及我艺术道路和人生道路上的最大感悟。

我叫曹驰，来自英国。我的专业非常冷门，我是一名职业芭蕾舞演员。我 10 岁时开始练习芭蕾；20 岁时，拿到保加利亚瓦尔纳国际芭蕾舞比赛的金奖；23 岁时，成为英国伯明翰皇家芭蕾舞团首位华人首席舞者。我热爱芭蕾，它使我获得了成功，但正是因为这份热爱，也让我陷入了人生的低谷。我在 26 岁的时候，患上了抑郁症。所以今天我来到这里想要告诉大家的是，真诚才是世界的语言。

我从小生长在一个芭蕾世家，我的父亲曾经是北京舞蹈学院附中的校长。所以在我很小的时候，爸爸就带我去教室上课。课间休息的时候，所有的大哥哥大姐姐都会来逗我，让我压脚背，

1994 年，在瑞士洛桑国际芭蕾舞比赛上表演《堂吉诃德》

给我开胯，他们说：曹驰，你的条件很好，应该去练芭蕾。但是那个时候芭蕾给我的感觉是非常模糊的，而且我还有其他的梦想。

1982 年，电影《少林寺》红遍大江南北，所有的孩子都梦想成为李连杰。但是，由于各种原因，我的这个梦想很快就破灭了。在 1984 年的洛杉矶奥运会上，体操王子李宁成为了大家的新偶像，所有的男孩子都想为国争光。我也想去学体操，来为国争光，但是当时我的年龄已经不适合作为专业选手进行训练了，所以我的这个梦想又破灭了。1986 年，我的父亲得到了去世界四大芭蕾舞团之一的法国芭蕾歌剧院芭蕾舞团进修的机会。当他从法国回来的时候，带回来了很多当时顶级舞者和世界顶级芭蕾舞团的录像带。我印象特别深的是，有一天他给我放了我心目中20世纪最伟大的芭蕾舞者巴瑞什尼科夫演绎的《唐吉诃德》。那时的我大概10岁，完全被震撼了。

我不敢想象一个人居然可以做出如此惊人的表演，还可以表达这么多细腻的感情，去叙述这样一个完整的故事。所以，我跟父亲说，我要去学舞蹈，我想考北京舞蹈学院，我希望可以像巴瑞什尼科夫一样伟大。

终于，我考入了北京舞蹈学院。在我15岁的时候，通过全国的选拔赛，我有幸获得了一个去英国伦敦皇家舞蹈学校进修的名额。刚到英国的时候，我特别不适应，不仅是语言和生活环境，最主要的是老师的授课方式。

在中国，我们特别习惯老师无偿地奉献，永远在督促你，让你变得更好。而在英国，老师只会给你指点，当他发现你自己不努力的时候，就不会再管你了。另外，让我感受特别大的是，所有的角色都要通过竞争来取得，这个对我来说是一个很新鲜的事情，因为当时在学校时最好的机会永远是给最好的学生。英国皇家舞蹈学校每年都会有一个毕业演出，其中主要角色的选拔是面向所有学生的。一般会选定两组，但要到演出前的两个星期才会定下让哪一组上台。一开始我特别不理解，但是我慢慢地发现，没有任何人有义务给你开辟捷径，你也不会永远都是那个优等生。

当我想明白后，就非常努力地提高自己，也努力地去竞争。所以，在我一年级的时候，我有幸成为这个毕业演出的主角之一。我当时特别高兴，同时我也对我的师哥感到特别抱歉，因为我顶替了他的位置。这位师哥是个英国人，他还会每天来到教室里，跟我们说说笑笑，然后指点我，给我很多特别有益的帮助。当时我特别不理解，直到有一天我问他，你为什么这么热心地帮助我呢？是我顶替了你的位置，使你失去了演出的机会啊。他说了一句至今令我印象深刻的话，他说：曹驰，在你状态最好的时候胜了你，我才是真正的胜利者，我不想赢 60% 的你，我想赢 100% 的你。如果你真的比我好，我会真心为你祝福的，同时我也会努力地鞭策我自己。就是这种不管在任何条件下都要公平竞争的理念，一直深深地影响着我。

20 岁的时候，我非常自大。我认为自己是世界上最好的舞者之一，我特别想去证明自己，我想让世界看看我有多么的好，所以我选择去参加瓦尔纳国际芭蕾舞比赛，它被称为是芭蕾舞比赛中的奥林匹克。所有的选手都要参加三轮比赛，每场比赛的每个剧目所得的分数加在一起，最后的总分决定你是否能拿到奖牌。所以在比赛中的任何一个环节出现失误，都会影响最后的成绩。

当时，我去看了其他舞者的排练，感到很安心，因为我认为自己和很多很好的演员是可以一拼的，我可能比他们做得更好。那种盲目的自信让我很亢奋。

在第一轮的比赛中，我选了两个把握最好的变奏。我非常自信，其中有两个难度非常高的跳跃动作，因为我的强项是跳跃，所以我很好地完成了。保加利亚的观众对我报以热烈的掌声，我一下子飘飘欲仙了，我感觉金奖非我莫属。第二段组合是一个旋转动作，我可能太想表现自己了，所以用力过大，发生了重大失误。在这轮剩下的比赛中，我完全是在恍惚的状态下完成的，我都不知道自己在跳什么。

第一轮比赛后，我特别想放弃。我的目标就是金牌，但现在我和金牌已经没有缘份了，我想自己没有必要再比下去了。这时，我的室友—— 一位来自中国的选手一直开导我说，曹驰，你相信我，如果你全部比完，你一定会有收获的，金牌对你真的不重要。你要相信我，一定要坚持下去。

经过室友的开导，我开始调整自己的心态。第二轮比赛中，我力求稳定发挥，顺利进入到第三轮。当时的条件其实非常艰苦，因为那是在 1998 年，大家可能想象不到，那时的瓦尔纳没有专业的教室供我们练功，所有选手都是在酒店大堂或是自己的房间里做日常训练，我们能找到的最健康的食物就是麦当劳。在这种强压力下，选手们的身体和心理都面临着巨大挑战。所以在进入决赛的时候，很多选手都放弃了日常训练。而我和所有的中国选手，还有非常少的日本选手仍在坚持每天训练，这让我们能够在后面的比赛中正常发挥。

到了决赛那一天，我站在舞台上，心情特别放松、特别愉快。不敢想象，一周前的我还想要退赛。现在，金牌对于我真的没有太大意义了，我只希望自己可以在这个舞台上享受比赛的过程，因为这可能是我最后一次参加比赛了。当第三个变奏音乐响起的时候，我有一种特别美妙的错觉——音乐和时间都是放慢的。我能感受到我的每一个动作，我把自己的身体和情感完全融入到了音乐中。跳完后，我听不到台下观众的欢呼声，只是觉得我做完了，我完成了对自己的挑战。

可能正是因为这种良好的心态，使我能够超水平发挥。最终，我以 0.5 分的优势拿到了成年男子组的金奖。我终于实现了小时候的梦想，虽然我没有成为体操运动员，但我没有忘记要为国争光。当时我虽然可以代表英国去参加比赛，但我却选择了作为中国选手参赛。那一年，中国的芭蕾舞是非常辉煌的，因为我们获得了男女两个成年组的所有金奖。当时，我认为瓦尔纳可能是我事业中永远超越不过去的高峰了。

在我23岁生日那天，我演绎了芭蕾舞《天鹅湖》全剧，然后我的团长、我的老板走过来说，曹驰，我要给你一份很好的生日礼物——恭喜你成为团里的首席演员、首席舞者。我成为了伯明翰芭蕾舞团有史以来第一位华裔首席舞者，这项殊荣让我感到特别自豪。

20岁到30岁是舞者的黄金期、巅峰期，我们的艺术造诣在历练中逐步走向成熟。但是，在这10年的黄金期中，我却有一大部分时间是处在人生最大的低谷中的。在晋升为主要演员之前，我有很多机会可以上台，我会跳不同的剧目，演不同的角色。然而在我成为主要演员之后，我突然发现自己十几年的梦想一下子

在英国伯明翰皇家芭蕾舞团主演《两只鸽子》

就完成了。我曾经是一个完美主义者：要么不做，要做就做到最好；而且我从来不看重过程，我只注重结果。但是，在做了主要演员之后，我上台的机会越来越少，因此我特别想抓住机会更好地表现自己。在每一个演出季，我可能只有两到三场演出，但压力却非常大，因为我是主要演员。这些压力可能有一部分是来自团里的，因为他们希望我做得更好；但更多的是来自于我自己，因为我认为自己已经是首席演员了，我不能低于这个标准。

于是，我开始刻意地去要求自己，用非常不科学的方法进行训练。直到 26 岁时，在一次非常不科学的训练中，我右脚的中趾骨折，脚面完全扭曲、受损。当时我跳跃起来之后，我的大脑就关掉了。当我再次醒来的时候，发现自己躺在了地上。

当同事们把我送到医院时，我感到非常害怕，我觉得自己的舞蹈事业可能就要结束了。我的右脚打了六个月的石膏，之后，我每天还会去团里看其他舞者排练。当时，我特别迷茫，不知道自己还有没有可能再回到以前的状态。祸不单行，和我相处七年的女朋友也在那个时候和我提出了分手。在工作和生活的双重压力下，我患上了抑郁症。

抑郁症这个词此前从来没有在我的字典中出现过，我不知道它是什么，它对我来说是非常非常遥远的。一开始，我每天只是感到很压抑、不舒服。白天上班的时候，我还会刻意装成一个普通人；但当晚上自己一个人回到家里的时候，那种无助感、压抑感，无论你做什么事情都没有办法让它消失。慢慢地，我发现自己不想外出，害怕见生人，特别喜欢把自己关在一个漆黑的屋子里；任何一个特别小的问题，我都会像滚雪球一样把它无限放大。再后来，我的精神开始慢慢崩塌，我变得无法正常工作，甚至无法正常地去生活。

以前我对抑郁症有一个很大的误解，认为内心不强大的人才会得抑郁症，而我的内心是强大的，我不应该也不会得抑郁症。所以，当医生告诉我得了抑郁症之后，我的第一个反应是我太没用了。

我有很大的自厌感，我认为自己很软弱，每天的那种无助、焦虑、徘徊、害怕，让我的心情越来越不好，我的病情也越来越严重了。当然，所有的朋友都在帮助我，但是我知道，这是心理问题，必须要自己解决。

之后，我去看了心理医生。此时我才知道，其实每个人都可能得抑郁症，在英国，他们把抑郁症比作大脑的一次感冒。尤其是那些特别喜欢完美、特别喜欢钻牛角尖的人，就特别容易得抑郁症——不是因为你脆弱，而是因为你太难放过你自己了。所以，我的这种性格把自己逼进了一个死角。

有一次，医生给我做了轻度催眠，他问了我很多问题。之后，医生对我说：曹驰，在我问到你有关跳舞的问题时，你回想以前的事情，你的脸上是有笑容的，这一点你想到过没有？

我开始回想我在北京舞蹈学院学跳舞时的初心，想起我在英国皇家舞蹈学校因练功而带来的快乐，想起巴瑞什尼科夫通过自己的肢体语言去和世界以及观众交流的热情……我突然发现，正是这些让我喜欢上了芭蕾，正是这些让我从事了芭蕾事业。而我也意识到自己在不经意中，已经偏离了这条轨道，我太想证明自己比西方人强了，太注重金牌、首席这些荣耀了，我已经失去了自己的初心。我当初是因为快乐，是因为想通过自己的身体表达内心的感触而去学舞蹈的呀！我又想到了瓦尔纳，想到了那场决赛，那是一次非常美妙、忘我的表演。但是，我突然发现自己只能记起拿到了金奖，其实最让我难以忘怀的却是当时那种忘我的、沉醉在艺术中的感觉。

所以，如果一位舞者的技术已经非常完美，但他却丧失了真诚、快乐和风格，那么即使获得了再多的荣誉，也没有任何意义。因为观众无法读懂他的肢体语言，他永远成为不了一位艺术家。并不是完美的技术，而是真诚，才是世界的语言，它可以通过肢体传递出来，跨越种族、肤色，直抵人的灵魂。

这段时间虽然是我人生的最低谷，但幸运的是，它让我重新认清了自己，让我看清了跳舞的初衷——用我的肢体语言，愉快地、真诚地与大家沟通。想通了这些，我的病情开始好转。我开始懂得如何去享受舞台与人生，懂得如何享受过程，而不仅仅是结果。

这次的经历和感悟，也让我的事业和生活有了新的开始。2008 年 7 月，我离开了英国伯明翰皇家芭蕾舞团，我在这里工

2018 年 7 月，同事们参加曹驰的告别演出

作了 24 年。在我的告别演出上，我的所有朋友、所有老师，包括国外一些已经退休的朋友都来到英国看我的最后一场演出——《罗密欧与朱丽叶》。

我特别感谢他们！当我演出完，他们都走过来，对我说：曹驰，你做到了，你不止是一个舞者，你还是一个艺术家。

当然，我不知道自己是否达到了艺术家这个水准，但我知道，直到我的最后一场演出，我还在为艺术家这个目标而努力。我想，艺术、人生对于我们皆是如此。我们寻找、拼搏、迷失，最后还要回到原点，回到人生最本真的状态，而这种状态往往是最好的。

我今天要和大家分享的内容就是这些。无论是艺术还是人生，最重要的不是去争名夺利，而是要用认真的态度和真诚的心去做自己喜欢的事情。

郦波：内心有最纯净的敬畏，处于最真诚的状态，这才是一个舞者的状态，一个艺术家的本质。王国维先生讲得特别深刻，他说人生有三大境界：昨夜西风凋碧树，独上高楼，望尽天涯路；衣带渐宽终不悔，为伊消得人憔悴；蓦然回首，那人却在灯火阑珊处。第一个境界，叫入乎其内。但凡有天赋的人，像曹驰先生这样，都很容易入乎其内，就是深入地钻进某个领域。第二个境界，叫出乎其外，就是还要从这个领域中走出来，这件事真的很难，为什么呢？你太热爱它了，最后会因为它，使你看不到整个世界，甚至连自己都看不到。

说到人生，让我想到柳宗元的那首诗《江雪》："千山鸟飞绝，万径人踪灭。孤舟蓑笠翁，独钓寒江雪。"这首诗是他在永州写的，永州那里难得下雪，就算下雪怎么可能下千山鸟飞绝、万径人踪灭的雪呢？一定有别的原因。那就是永贞革新失败、二王八司马事件后，柳宗元被贬到永州，后来，他的母亲也病死于此。他的心中困顿之极，于是写下了这首诗，但你觉得他是困顿吗？这首诗其实是在与过去告别，是在困顿中与自我和解。自我和解之后，他立刻与山水、与天地自然、与宇宙和解，于是他的人生境界更上一层楼。这也是很多西方哲学家喜欢柳宗元的原因。柳宗元要是走不出来，就无法超越自己。所以，我要恭喜曹驰先生。

曹驰：谢谢老师。像您说的，我和自己和解了。因为我知道，你永远不可能是最好的，永远会有人超过你。每个人都有自己的特点和风格，这对于每个人来说应该是最重要的。所以，当我过了这关以后，我的舞蹈造诣比以前更进一步了，因为我不再那么刻意地追求技术上的完美了，而是认真地塑造人物，把我内心真实的感觉通过肢体表达出来。

30岁以后，我开始享受每一场演出。因为压力没有那么大了，在技术方面反而完成得更好。其实，好的技术对舞者来说是一个特别好的辅助，但当你太注重它的时候，就会变成枷锁。只有当你把它打开，才会变得更自由。之前我不懂这些，总认为我必须要把这个圈转好，否则这场演出就是失败的。而30岁之后的我没有了这种想法，我会跳得特别过瘾，努力揣摩角色，并演好它。当我迈过这道坎儿之后，我发现其实还有很多地方是我没有触及到的。

张瑜：对。不要成为一个匠人，而要成为一个艺术家。到今天为止，我还是觉得表演是一门很深奥的艺术，我还没有研究透，我也没能做到最好。我觉得我们还在这条路上努力着。我们这些艺术工作者，重要的是解放自己，学会通过身体和技巧来表达你的内心对艺术、对生活的理解和态度。

朱海发
Ah Chuen Mark Cedric

ABC 全球管理服务有限公司
市场经理

朱显桦
Chu Hin Wah Desmono

ABC 银行香港代办处
首席代表

他们是来自毛里求斯的兄弟，
他们有一位了不起的爷爷——朱梅麟。

朱梅麟是毛里求斯的开国功臣，
几乎凭借一己之力改变了毛里求斯的整个经济结构，
使毛里求斯走上了稳定发展道路。

毛里求斯政府为感念朱氏在推动民主、
发展经济方面做出的贡献，
于 1998 年发行了印有朱梅麟头像的 25 卢比钞票以示纪念，
朱梅麟因此成为被印在外国钱币上的华人。

印在外币上的爷爷

朱海发：

我叫朱海发，来自毛里求斯。我出生的时候，爷爷按中国文化习俗，算出我命里缺水，所以我的名字中就有了“海”字。我在爷爷身边长大，和他一起生活了11年，时至今日，我仍非常想念他。所以今天我来到这里，想和大家讲一讲我爷爷的故事。

爷爷的名字也有典故。我们的祖籍是广东梅县，晚清的时候，英国人在中国招募民工，太爷爷才因此去了毛里求斯，所以他给爷爷取名叫朱梅麟。

在毛里求斯，可能有人不知道我爷爷的名字，但所有人都认识他，不是我夸张，给你们看样东西就明白了。这是一张毛里求斯面值25卢比的纸币，上面这位华人面孔的头像就是我的爷爷，他是一位标准的客家人。

很多国家的纸币都是领导人的头像，也有的国家是著名的建筑。尽管各国纸币的图案五花八门，但用外国人做自己国家货币图案的却不多。据说，我爷爷是唯一一位被印在外国钞票上的华人。

很多人会好奇，为什么毛里求斯的纸币上会印着一张华人的面孔呢？那是因为我爷爷曾经拯救了毛里求斯的经济，政府为了纪念他所做出的贡献，才决定把爷爷的头像印在纸币上。就连首都路易港也有以他名字命名的街道，也有人称呼我的爷爷为毛里求斯的“开国之父”。

朱显桦：

我是朱显桦，是朱梅麟爵士的第三个男孙，现在负责ABC银行香港代办处的业务。ABC集团是我爷爷一手创办起来的，现在是毛里求斯最大的综合企业之一，也是印度洋前100强企业。

和堂弟朱海发一样，每次有机会介绍ABC集团的历史和我爷爷的贡献，我都会很骄傲地分享这张钞票，因为华人在海外能够得到这种认可，是非常不容易的。

爷爷21岁时便开始创业，当时太爷爷的杂货店是在毛里求斯的农村，可是爷爷想要到城市发展，据说他们俩为此还闹了分歧。最终，爷爷朱梅麟在路易港中心市场的对面开了一家名为“ABC”的零售店，这就是ABC集团的初始。爷爷的商业眼光非常独到，零售商店主要销售稀缺商品，所以生意越做越好。31岁时，爷爷便当选为毛里求斯华商总会的会长。

“二战”爆发后，毛里求斯出现了食物短缺的危机。由于当时毛里求斯有一半的商店都是华人开设的，爷爷便号召同行给民众发放食物，并带头出资，组建了毛里求斯国土保卫队。

据说，在持续五年的战乱中，当地的每个人都被分发到了食物，最终顺利地渡过了这场危机。爷爷也因此被当地政府任命为

1972 年毛里求斯毛料精仿厂开工仪式

立法会代表，成为了第一个进入毛里求斯国会的中国人。同时，爷爷还获得了英国女王伊丽莎白二世的接见，被授予爵士爵位。

1968 年，毛里求斯脱离了英国的殖民统治，宣告独立。爷爷被任命为新政府的财政部长。建国伊始，国家处在动乱时期，他这个财政部长面临着重重困难。

果然，爷爷很快遇到了难题。20 世纪 70 年代初期，国际市场上甘蔗的价格大幅下降，从而给毛里求斯的经济带来了致命的打击。因为毛里求斯主要依靠的就是甘蔗种植业，这个支柱产业一旦垮掉，国家经济就要遭受灭顶之灾。

为了挽救国家经济，爷爷利用自己华人的身份，找到了很多富有的华商前来毛里求斯投资。这些富商慷慨解囊，到毛里求斯投资建厂，帮助这个国家逐渐摆脱了对制糖业的依赖。

1972 年，爷爷通过与香港、台湾地区进行联系，创建了毛里求斯出口加工区，这个工业区为当地提供了超过 60000 个就业岗位。

华商确实给了毛里求斯很大支持，可是爷爷还是看出来这种救援是治标不治本的。他意识到只有改变毛里求斯的经济结构，才能从根本上拯救毛里求斯的经济。于是，爷爷决定把单一的种植业改造成为多种产业共同发展。他大力支持化工业和纺织业，现在这两个产业已经成为毛里求斯的主打产业。

朱海发：

一个人的力量或许微薄，但爷爷尽最大的努力做到了最好。他几乎凭借着一己之力改变了毛里求斯的经济结构，让这个国家能够稳定发展。

1998 年，印有爷爷头像的 25 元纸币开始发行，家里人十分高兴。大家都感到非常骄傲，觉得毛里求斯人民没有忘记爷爷的付出，觉得爷爷的付出得到了民众的认可、感谢和纪念。

我当时一直忙于准备考试，而且因为年幼，并没有意识到这件事的重大意义。反倒是我的同学们向我道贺，他们夸奖我的爷爷，说他是毛里求斯华人的骄傲。朋友们鼓励我，要我成为爷爷那样的人，那时我才深切地感到骄傲，觉得我应该继续讲述爷爷的故事，让更多的人知道他的故事。

而我也确实是家族里很幸运的孩子，因为我是唯一在爷爷家跟他一起生活过 11 年的孙子，因而受到了他很深的影响。

我现在还记得每天早上爷爷叫我起床，我们一起在房子附近晨跑，一起做瑜伽。他的生活很规律，喜欢周末聚餐，招待亲朋，他总是让我站在门口迎接那些重要的客人。

周末，他会带我到位于路易港的第一家商店，让我学着帮助别人。爷爷有着自己的生活节奏，待在他身边的人会感到轻松温和，他会用自己的开朗和耐心温暖大家。

朱显桦：

说起这个，我就没有堂弟那么好的运气了。我出生在中国香港，直到 14 岁的时候，我才第一次去毛里求斯。

那是 1987 年，我去毛里求斯见爷爷，当时跟我们同一架飞机的都是一些资深的企业家。虽然我是为了探亲和旅游，但这些投资人拜访毛里求斯则是有一项很重要的任务。1987 年 10 月的股灾后，全球经济陷于低迷。因为过分依赖单一行业的收入来源，当时的毛里求斯总理拉姆古兰先生——他跟我爷爷的关系非常好，因为爷爷也出任了拉姆古兰政府的地方行政部长，请求我爷爷是否可以在海外引进投资者，让毛里求斯的经济实现多方面的发展。毛里求斯政府以高规格接待了这些投资人，我也有机会第一次在晚宴中接触了这些政府官员。后来我才发现，跟我一起来毛里求斯的这些投资者就是第一批在毛里求斯 EPZ 开设纺织业厂房的先锋。毛里求斯引进外资、成功转型，少不了我爷爷和大姑妈的功劳。14 岁的我也有幸见证了这一具有历史性重要的时刻。

后来，我随爷爷参加了华商总会的一个晚宴。当时爷爷上台演讲了华人在海外的贡献，讲述了华人团结的重要性。还记得晚宴后，他介绍我认识了一些同样是华人的长辈。那些长辈对我说："你的爷爷在华人社会里是一位德高望重的人。你一定要好好学习，日后像他一样做出贡献。"

离开毛里求斯之前的那个晚上，爷爷为我安排了欢送宴。令我印象最深刻的是，离开时他紧紧地拥抱我，并说了一句："这不会是你来毛里求斯的最后一次。"在去机场的路上，我的眼泪就停不下来了，心里有着很多的不舍和感动。因为我觉得自己必须要像爷爷一样，多做一点贡献，让他也为我感到骄傲。

我的爸爸常常跟我说，爷爷曾教导他们 11 个兄弟姐妹必须互相支持、互相照顾，这已经成为我们家里不成文的家训。大家虽然分布在全球的不同角落，但每逢重要的日子，都会飞回毛里求斯团聚。到了我们这一代的 23 个儿孙们，也会通过各种方式来维系我们的密切关系。

朱海发：

爷爷很看重家庭，虽然我们生活在毛里求斯，但爷爷的确是一个彻头彻尾的华人。1911 年，爷爷出生在毛里求斯，太爷爷一

朱海发一家三口合照

直告诉他，我们是中国人。所以在此后数年的学习和生活里，爷爷接受的依然是中国传统文化教育，他一直学习中文，并且在专门的学校里学习儒学。

和爷爷一起生活这么多年，他的骨子里铭刻的还是中华的文化传统，遵从孔孟之道。当爷爷成为毛里求斯的公众人物后，他依然把每周末宴客当作自己生活中的一部分，并一直致力于为毛里求斯带来中国文化。姑妈朱志筠担任毛里求斯驻华大使，也算了却了爷爷落叶归根的心愿。

我记得爷爷曾提出要我必须学习中文，当时我拒绝了，因为我不知道为什么一定要学中文。后来家里渐渐把业务扩展到中国，那时我刚开始工作，于是我决定要学习中文，为了挑战自己，也为了我的爷爷。

我开始申请学校，考上了北京语言大学。我也因此认识了我现在的妻子龚琴，她是湖南人，我们有着很相似的价值观和对家庭的看法。我很庆幸我学习了中文。

朱显桦：

不仅在家庭上，在对国家上，爷爷一直记得我们的根是在中国。1937 年，日本侵华的消息传到毛里求斯，爷爷很心痛。他组织了多次募捐，呼吁当地华人捐献大量钱物。有许多华人将自己的财产兑换成外汇，寄回国去，支援祖国。而且，爷爷组织毛里求斯华人成立了中国人国土保卫队，组织华人青年回国抗战，保家卫国。

所以，我很幸运有机会回到故乡广东梅县，看到我们的祖屋，也知道同乡人因为我的爷爷有多么自豪。我一直受到爷爷精神的鼓舞，并记得他常说的“只有今天的努力，才能有明天的成功”

这句话。我们将继续传承爷爷爱家、爱国的情怀，无论走到了哪里，永不忘本。

世界听我说 对话

主持人：真是了不起的爷爷，他赢得了全国人民的尊重。毛里求斯与中国一直保持着非常友好的交往。中毛之间的友谊与当地华人，尤其与朱梅麟老先生这一代人所做出的贡献是有关系的。

郦波：绝对有，而且息息相关。中国文化，就是一种共赢的文化。中国人特别喜欢交朋友，希望大家合作共赢。

主持人：显桦先生，刚才您提到自己做的生意跟中国客户有关系。二位现在的事业都与中国有关系吗？

朱显桦：没错。我主要是负责银行相关的业务，所以常常会让一些中国的投资人去毛里求斯。当然大部分人首先问我的问题就是，毛里求斯有中餐吗？这个肯定有，不用担心。

主持人：我觉得二位在未来中毛友谊的发展，尤其是华人在毛里求斯的发展上，可以起到很好的推动作用。您们未来还有什么样的计划吗？

朱显桦：其实不久前习近平主席访问了毛里求斯，这是他非洲行程的最后一站。当时毛里求斯的华人非常骄傲。我觉得这意味着，以后在“一带一路”和中非经济发展方面，毛里求斯作为金融中心的地位肯定会越来越重要。因此我们作为毛里求斯华人，应该可以做出更多的努力，发挥更积极的作用。

莫锦策

Mo Jince

泰国广西总会副主席、

泰国华人实业家

他是一位泰国华人，

作为一名成功的商人，却有着许多传奇的经历。

缅甸发生战乱时，

他深入移民区运送物资，被困难民营 37 天，

和难民们结下了深厚的友谊。

他为什么要冒着生命危险多次深入战区？

“‘礼义仁智信、温良恭俭让。’

作为生在中国，长在中国，如今扎根于泰国的我来说，

这十个字的意义，是父母用最平实寡淡的语言传递出来的，

它成为我毕生的力量和做人的根本。”

我的梦想

我是一个商人，一个奔波于东南亚各国的商人，我的梦想是世界和平。

我的朋友对我说，你的这个题目太大了，很容易说得空洞，也很容易变成说教，更容易被人笑话。你只是一个商人，你不是军人，也不在战乱区，世界和平与你有什么关系呢？

对于朋友的建议，我思考了很久。但是，正如今天所见，我的梦想依然是世界和平。我，来自泰国广西总会的莫锦策，是一个愿世界和平的普通商人。

2015 年春，缅甸的甲良战事爆发。我的一个华人朋友燕子刚好从曼谷回甲良，我当时非常担心她，但就是联系不上，心里很着急，坐立不安，不知怎么办才好。

按理说，我见过很多次战争，也到过战争中的难民营给难民孤儿送物资，心理素质早就应该锻炼出来了。但是，当我的朋友遇到战争时，我的心里还是很紧张、很慌乱的，我全身都在发抖，

莫锦策和难民营的孩子们

不知如何是好。

经历过战争的人都知道，战争实际上比书本中描述得更加残酷。当炸弹落下来的时候，身边的朋友把你的头摁在地上，你的脸被压在沙土上，你会感到非常害怕。因为你不知道炸弹会落在哪里，会在哪里爆炸。当你真真切切地闻到硝烟和火药味的时候，你会感觉到一股热浪卷起沙土朝你的身上扑打过来，你的耳朵会蒙上一层厚厚的沙土，嗡嗡作响，你什么都听不清楚，你想站起来，却失去了平衡。你不知道自己有没有受伤。你所能看到的是哀嚎的人们，房子没有了，蓝天也没有了。

幸好，后来燕子联系了我，我从她那里知道了难民儿童的一些情况。情况是非常糟糕的，他们缺医短药。当时我就和几位朋友筹集了物资，还得到了全球一些华人的热心捐助，我们把这些物资送到了灾区难民的手上。为了让小孩子能够继续读书，我们还做了一些义卖，用来帮助他们建校。战争从春节开始，一直持续了四个月，当时燕子跟我讲，孩子们的情况不是很乐观，而且会越来越糟糕，当时我很着急，就想亲自飞过去看看孩子们。四月份的时候，我去了甲良，到了现场，我见到了“爱宝贝”的负责人婷婷，我从她那里知道了一个情况，这个情况是我们以前谁都没有想到的问题，那就是每次遇到大灾大难的时候，所有的朋友都很热心地去奉献，去捐献——捐钱，捐款，捐衣，捐物资，这次甲良的战乱也是一样。但是有很多的物资却成为了我们的负担。

比如像衣服，是需要经过专业的消毒、除菌、分类，才能够送到这些难民儿童的手上，而这些物资成了我们的包袱，原因在于我们临时组织的“爱宝贝”，本来人手就少，资金也有限，但我们还得租仓库，雇员工，以便处理这些衣物。这里我是想说，也许我们之前谁都没有想过这些问题，今天我分享出来，是希望将来如果遇到相类似的情况，我们能够换一种方法，或者说我们先把这部分工作做好，再去捐献。后来跟“爱宝贝”的小组进行讨论的时候，婷婷跟我讲了另一个重要的问题她说战争持续了几个月，大家都没能吃上一顿好饭，甚至没有吃过肉。当时我建议说，我们可以买一头猪，杀了以后分给大家吃，解解馋。婷婷制止了我，她说米可以蒸成饭，可以做成粥，而肉吃完了就没有了，如果战争仍在继续的话，这是很大的问题。

婷婷的做法很明智，如果战争还在继续，米粮才能救人命，我们的资金那么有限，应该最大限度地去帮助每个人活下来。当天，我们在仓库里盘腿而坐，细细地核算着采购清单，那一刻，我觉得每一分钱都很重要，我们让每一分钱都发挥出它最大的价值。

第二天，我们把备好的物资装上车，然后向山里进发。我们的目的地是山里面的几个营区，其实在当地已经有不少红十字会安置的难民营，但是有很多老弱妇残住在距离难民营几十公里外的山区，他们没有办法到达难民营。另外，红十字会只收留人类，却不接受禽畜，而对很多人来讲，他们的家产也许仅剩下一头牛，一头猪，或者一只鸡，他们舍不得放下这仅有的家产。所以我们在山区里面给他们安置了几个营地，为他们配送物资。

山路崎岖坎坷，有的地段甚至没有路，我们只能沿着河滩或河床往上开。傍晚的时候，我们到达了最后一个营地，卸下了物资，当我们离开的时候，有个老人执意要留我们吃饭，当时我们在想，也许她只是想让我们随便吃一点，以示谢意罢了。但我们却收到了老人给我们送来的一碗油渣白菜。油渣你们知道是什么吗？在山区，因为没有超市，没有便利店，也没有市场，所以很多人需要翻山越岭到几十公里外去买猪肉，然后把猪肉洗干净，切成片，再放到锅里面，用快火熬，再用慢火去炼，把这个油炼出来以后，剩下的肉渣渣就是油渣了。我记得我们小时候一碗米饭里面能够滴几滴猪油，就是很美的一顿饭了，假如能够吃上两块油渣，那简直就是世界上最棒的美食了。

那顿饭也许是我人生中吃过的最香的一顿饭了，但也是最苦的一顿饭。我们将要临别时，有个小姑娘跑了过来，我抱起了她，她要请我吃水果，我张开嘴，她把水果往我嘴里送，有点酸，有点甜，有点涩，很多籽，还有一层毛毛，坦白地讲，真不是什么好吃的东西，口感很差，但那已经是他们唯一能找到的零食了。

吃完野果，小妹妹捧着我的脸，她用幼稚的声音问我说：哥哥，你们什么时候还会再来看我们呀？那一刻，我没有办法回答，我也不知道该怎么回答，我只能轻轻地摸了摸她的脸和她的头，在心里默默地祝愿他们能够平平安安、健健康康地成长。

我离开了那个营地后，便再也没回去过，但酸酸涩涩的味道一直在我的梦里。

其实这不是我第一次去缅甸，我原来在缅甸做矿产，当时就经常在缅甸的难民营和贫困山区的学校做义工，去做一些力所能及的捐助。我记得有一次我送物资到缅甸的时候，半路遇上了战乱，当时的情形非常紧急，幸亏我及时地乔装打扮——穿了他们的民族服装，穿着他们的裙子，脸上涂抹着白色的粉末，包了头巾，才蒙混过关。路的两旁是从山上拉下来的一些受伤的士兵，还有一些受了伤的民众，满地都是血，他们正在等待着救济。

那一刻，我非常难过，也非常恐惧，因为如果我不能安全通过这里，我可能会很惨，我可能变成炮灰，变成排头兵。我不知道大家是否知道什么是炮灰和排头兵。炮灰或排头兵，就是打仗时冲在前面的那批人，他们就是枪靶子。

很幸运，我一路惊魂，通过了那个关卡，也到达了那所学校，晚上被安置在老师的家中住了下来。按照以往的经验，战事一般在两三天后就会结束，所以当时虽然觉得很恐惧，但也觉得战争很快就结束了，我很快就能回泰国了。

第一天，我无所事事，感到很无聊。因为这个地方没有电，更加不会有电视和网络。而且老师家又家徒四壁，没什么像样的家具，更不会有什么玩具。当时我就想应该给孩子们做一些能玩的东西，于是我找来了竹篾和木板，给他们做了刀箭。孩子们真的很开心，他们拿了刀和箭，满村子去炫耀，因为他们从没有玩过这些玩具。后来全村的小朋友都争前恐后地到我住的这个院子里来，想要得到这些玩具。于是，我又给他们做风筝，那简直太受欢迎了，还没等我把东西做好，孩子们就已经抢走了。看到孩子们放风筝时，我就在想，如果他们也能像现在这样在欢快中长大，能够像控制风筝一样掌控自己的人生，掌握自己的命运，那该多好啊！

我还尝试着教小朋友学习简单的中文，跟他们相处得不亦乐乎。有一天，老师的小儿子淋雨生了病，发烧，于是我就找来生姜、白酒给他熬水冲凉，又找来了生姜和黄糖煮水给他喝，还用棉被给他盖上让其发汗。两个小时后，这个“土方法”居然让他退烧了。这在村里变成了一件很神奇的大事了，后来很多小朋友受伤，还有一些老人身体不舒服都来找我，我就给他们按摩。那阵子，我跟他们打成了一片，度过了一段很愉快的时光。

第 36 天的时候，战争结束了。我想偷偷地离开村子，结果被村民发现了，他们围了过来，拿了很多山货，我怎么能接受他们的礼物呢？他们的生活是那么的贫乏，又那么地缺少物资。

最终，我从小朋友那里拿了几个味道酸酸涩涩的小果子，我后来也再没回过那个村子。

我去过很多这样的山村，我知道自己没有办法用什么轰轰烈烈的方式去帮助他们，我也知道自己没有办法去改变他们的处境。但是我们也许能够用自己的一点点努力和帮助，让他们感受到温暖，让他们感受到爱。

其实世界和平不是一句空洞的口号，我希望每一个人都拿出一点行动和一点爱，将它一点点地填满，一点点地填高，它就会成为一句很有力的宣言。

愿世界和平。

世界听我说 对话

主持人：假如说我们去一次战区，就会终身难忘。那么，是什么支撑着你一次又一次地去呢？

莫锦策：我小时候受到了父母的很多影响。我们家开商店，有一个叫黄毛的人，天天来店里赊油、米这样的货品，大概有半年时间，他一直都没有给钱。我觉得这样不太好，就问我妈妈："他不付钱就拿东西，这样可以吗？"我妈妈说："有钱的人谁会这么做呢？只有落难的人才需要别人的帮助。"当时我还是很不满意母亲的做法。有一阵子黄毛失踪了，过了半年以后，他回来了。原来他生病住院了。但是他回来以后，把赊欠的钱也还给了我母亲，后来他成为了我们家的好朋友，还给了我们很多的帮助。这件事给我留下了很深的印象。我们的生命是有限的，我们能做的可能就是在别人需要的时候，上前帮助一把。

郦波：这也是儒家所讲的"仁者爱人，仁者无敌，大爱无疆"。我们生活在和平年代，很难想象莫先生的那些经历。刚才他讲的自己在小村落里的故事，我觉得简直就是一部电影了，但这却是真实的人生经历。

陈愉：我见到很多商人，他们相信和平，相信平等，对难民也很同情，但很少会像你一样一直在付出。所以我想了解，你跟别的商人有哪里不一样，会使你离开平常生活来做这些事？

莫锦策：我觉得我跟大家是没有什么区别的，商人就是要用金钱为大众服务，也就是让金钱发挥它的价值，这个理念源自于犹太人。所以我们说钱是有智慧的，怎样让钱的智慧发生作用，就是在我们去做这些事情的时候。

陈愉：很多人挣钱，只是要买一辆兰博基尼或者游艇，而不是要让钱发挥它的最大作用。

莫锦策：每个人对生活的认知是不一样的，对生活的体验也是不一样的。也许我的生活经历让我觉得应该用钱去帮到需要帮助的人，而不是拿钱去买豪华的汽车，因为那不是我需要的东西，更不是他们需要的东西。

主持人：那你需要的是什么呢?

莫锦策：我觉得每个人来到这个世界上，都是有使命的。我要把生命活出价值来。

主持人：那你接下来还会坚持做这样的事情吗?

莫锦策：我是觉得在尽量保障自己生命安全的情况下，我会去做自己力所能及的事情。我愿世界和平，永无战争，愿孩子们永无噩梦，永无伤痛。

黄峥

Huang Zheng

魔术师
2005 年西班牙魔术大会手法类冠军获得者、
2005 年法国巴黎金曼陀铃奖获得者、
2007 年法国戛纳国际魔术节第一名获得者

她是一位温柔又强大的女性。

她是女性魔术师的代表人物，
她将东方的神秘含蓄与西方的浪漫热烈完美结合在
自己的表演中。
独具一格的表演风格，让中西方耳目一新。

她的每一场魔术都会带来震撼，
不仅是视觉上的，更是心灵上的。
因为她，使西方人对中国文化产生了浓厚兴趣。

她成立了华人协会，让西班牙华人和当地人更好地交流，
也让中国文化在华人后代中延续下去。

行走于东西方文化间的魔法师

魔术是中国最为古老的神秘娱乐之一，它绚丽多彩，让人充满想象。它也像西方的魔法一样，仿佛拥有神奇的力量，能抚慰人心，甚至改变了我一生的轨迹。

我是魔术师黄峥，来自西班牙。今天我想跟大家分享我的故事，并告诉大家：人生里没有魔术，你所做的每一个决定，走的每一步，想获得的每一份幸福，都要靠自己去争取，去创造。

我四岁的时候，被爸爸妈妈送去学体操，后来又被送到艺校学习杂技。人们常说“台上一分钟，台下十年功”，为了让表演不出一点差错，我每天要上千次地重复相同的动作。十几条长板凳，将它们叠加到七八米的高度，我在下面用双腿顶着。每条长凳重六七斤，外加三个人，我需要支撑近两百斤的重量，同时还要保持平衡。如果不慎，板凳就会坍塌，就会朝着我的头部散落下来。在如此危险的节目中，观众的掌声往往是给站在板凳上的演员的，而躺在下面支撑他们的我就这样一直被忽略着。

只有小的演员。他还教我从编剧和导演的角度来理解剧本。

主持人：你刚刚在讲述中说你准备在文化传播和文化融合方面努力，那么你打算做哪些事情呢?

涂世旻：我特别喜欢做公益，我以前组织过一个孤儿院的公益活动。但我希望从电影或者文化的角度去做一些努力，比如扩大社会对边缘群体或者一些需要关心的人的关注程度。

秦屹
Qin Yi

加拿大新时代电视台主持人

他是一位来自加拿大的80后，
中英双语华裔主持人，
连续多年主持澳大利亚、加拿大、美国、新西兰等
海外各国的华人春晚。

他是中外文化交流的参与者，
先后16次随中国国务院侨办艺术团赴全球五大洲、
数十国慰问演出。

他是海外华人成就的见证者，
也是异国华人思乡情感的感受者。

中国节，中国结

我是秦屹，来自加拿大的双语主持人。今天我要讲一个故事，这个故事是关于海外的华人和我们的中国节的，这个节是节日的节，也是绳结的结。

2005 年的圣诞节，我一个人背着书包到加拿大留学。因为时差的原因，从中国出发是圣诞节，到了加拿大仍是圣诞节，所以我上飞机和下飞机，都感受到了圣诞节的氛围。我在想，再过一段时间就是中国的传统佳节春节了，我们在海外如何过节呢？

我居住的地方在大多伦多地区，那里大约有 24 万华侨华人，占当地人口的 11% 左右。我们的春节庆典活动长达一个月，有少则六七十台、多则上百台的春晚，小到各个同乡会、同学会，大到华联总会，都会有相关的庆典活动。我记得是 2009 年，我在主持完三场活动之后，赶到第四场活动的现场，一台上我就说："这是我今天的第四场活动。"这时台下参加晚会的市议员举手说："我打败你了，这是我今天参加的第五个活动了！"所以真

2008 年 秦屹在加拿大举办并主持了汶川地震赈灾晚会

的有太多各种各样的活动让我们去庆祝新年了。

2015 年，我随国务院侨务办公室艺术团到澳大利亚演出，我的任务是主持悉尼的第一届华人新春灯会。其实，悉尼市政府每年春节期间都会举行盛大的庆祝活动，已经有 20 多年的历史了。可是举办新春灯会还是第一年。这个灯会可不是简单的灯会，搭建的师傅是来自有“天下第一灯”之名的灯会之乡——四川自贡。这场盛事的举办地点是在悉尼的情人港。浓厚的春节气氛从我走出悉尼机场的那一刻就感受到了。走出机场门，我就看见一个巨大的条幅，上面有剪纸图案——羊，因为 2015 年是羊年。下面有两排英文，翻译过来是：“中国农历新年，悉尼市政府巨献。”那一刻我觉得太骄傲了。我们的大巴车一路驶过，从机场到下榻的宾馆，每个角落都能看到有中国元素的庆祝方式。不仅如此，春节期间，悉尼歌剧院的屋顶在晚上会变成红色。此前，这里的华侨华人会专门租灯，把悉尼歌剧院映照成红色，而这一抹红色被当地人称之为中国红。后来这个行为受到了悉尼市政府的认可，从前两年开始，悉尼市政府在每年春节期间便主动把歌剧院的顶端点红，叫做亮红。

海外华侨庆祝中国节日

大家可能有些疑惑：海外的华人是不是忘记了我们的语言？是不是不会说家乡话了？在海外出生的小朋友，是不是已经完全融入了那边的生活？就像我每次回国，从小看我长大的长辈们都会问："你还会不会说家乡话？"每次我都很大声地说："我讲得特别特别好！"我们不会忘记家乡的语言，那是我们内心根之所在，我们当然记得。

其实，在海外做节日，不仅仅是一种庆祝方式，还是我们对中国文化的传承。我记得有一次去美国演出，当时有一位竖笛演奏家吹奏了一首《扬鞭催马运粮忙》，然后我就请一个外国小朋友上台，问他说："你知道这个乐器的名字是什么吗？"他说："Flute。"我接着问："你怎么描述它？"小朋友想了一会儿，说："这是中国的一个神奇的棍子，它能演奏出非常棒的音乐。"我想在那一天，这个"土生土长"的外国小朋友，已经深刻地了解到中国文化当中有一个乐器叫做笛子。

如果你要问海外的华裔青少年朋友会不会背中国的古诗？他们会自豪地告诉你，他们会，至少会一首，这首古诗是他们的爸爸妈妈或者在中文学校必须学的一首古诗，它的名字叫做《静夜思》：“床前明月光，疑是地上霜。举头望明月，低头思故乡。”我相信这些小朋友因为没有那么多的人生经历，可能不会感受到这首诗蕴含的情怀，但是他们为什么在开始学习中文时，就先学习这首诗，并且背诵它呢？那是因为这首诗代表且传达了他们的父辈们以及他们的老师想表达的对故乡的深情。

我很喜欢一首歌曲，叫《国家》，其中有一句歌词是这样写的：“家是最小国，国是千万家。”所以对于我来说，如何诠释中国这个“国”的概念，对于在海外生活的我们，或许真的有着不同的理解。我慢慢地理解了为什么我们在海外也要过好中国的节日，那是因为我们需要唤起记忆深处对家的回忆。国是千万家，这“千万家”绝不仅仅是生活在中国版图上的千万家，也包括了此时此刻工作、学习、旅居在海外的华侨华人。所以，只有当中国版图上的千万家，和在海外有着相同血缘的那些“千万家”组合在一起的时候，才能够诠释这个“家”的概念。

最后，我想用一句简单的话来结束我的演讲，这句话也是一首歌的歌词，它说：“离千里万里，心却没有距离，走千年万年，也走不出黄皮肤的记忆，因为我们的爱在这里，我们的情在这里，我们的根在这里，我们的恋在这里，我们的心也都在这里。”

世界听我说 对话

主持人：其实我觉得在海外过节，有一种特别的仪式感，我看到当地的华人都穿着很传统的旗袍。张瑜老师有没有在国外过节的经历呢？

张瑜：我在当学生的时候有过。我记得每次春节的时候，老师都会在黑板上用中文写“春节愉快”，其实我们班里学电影的中国留学生不多，当我看到这几个字的时候，会非常感动，觉得非常温馨。

主持人：我看过一则报道，是说春节其实是最容易被传播出去，而且让外国人一起参与的节日。因为它的内涵非常丰富，它的主题是以团圆为主，可以说春节是一个“放诸四海而皆准”的节日。郦波老师，您赞同这样的观点吗？

郦波：中国人讲“节”，特别有意思，所有的节都有节气，反过来，这个词就叫气节。现在“节”都写作草字头，原来则写作竹字头，《说文解字》说，节者，竹约也，是指竹子上一节一节的部分，又象征一个时间的节点。竹子这种植物很独特，在地上它是一根一根的，但一片竹林里，竹子的根是连在一起的，这多么像我们整个华夏民族，你哪怕走到世界任何一个地方，你有你的独特性、独立性，但是你的根系都是长在一起的。而且古人为什么那么喜欢画竹，像郑板桥就写诗赞竹子：“千磨万击还坚劲，任尔东西南北风。”它象征着一个民族的性格。所以过节就显得很重要了，它既是一个时间节点，又是一种文化寄托。

春节为什么适合全世界的人来参与？这是中国文化的一种包

容性，而且是一种文化纽带，它把全世界的华人联系在一起，然后再推广开来，让所有人融入到节日的氛围中，从而找到一种心灵的归宿。

秦屹: 2016 年 6 月 2 日，加拿大政府通过议案：从 2017 年开始，从正月初一到十五，都是加拿大的春节。这个很值得骄傲。我还想分享一个故事。2017 年，我作为主持人参加了中华人民共和国驻迪拜总领馆的国庆招待晚宴。迪拜的亲王、王子们都来参加了晚宴。我没有想到我们国家自己的生日，在海外庆祝的时候，能够得到如此的重视。所以我站台上时，背挺得特别直，很骄傲地说："谢谢大家和我们一起来庆祝新中国 68 周岁的生日！"那一刻，我真心感到我们身后有一个强大的祖国。

韩冰
Muangphum Harnsiripetch

泰国美食节目主持人

他身上有着八分之一的中国血统，
从小接受着奶奶辈传下来的中国式教育。

他虽然是个不折不扣的“富二代”，
却坚守着“勤俭持家”的传统。
明明可以在家当“少爷”，却坚持远赴中国留学。

他参加了各大综艺节目，
是南京大学国际关系学博士生，
专门研究中泰文化的交流与发展。

现在，他想用自己的经历告诉大家——中泰一家亲，
还想告诉大家他的心中也有一个中国梦，
那就是肩负起增进中泰友谊的重任。

血液里的中华美德

我叫韩冰，今年 32 岁，是一位有着中国血统的泰国人。我能说中文，你们不要觉得奇怪，我可是南京大学的博士生呢！

泰国可以算是世界上华人最多的国家。据学者统计，泰国百分之四十的人都有中国血统。不过，如果你想在泰国找个“华人”，那就难了。为什么呢？其实很简单，因为在泰国人眼里，“中泰一家亲”，中国人来泰国就算是泰国人了，没有什么“华人”与“泰国人”的区别。

来到中国后，我发现两个国家有很多地方是相似的。泰国也过中国的春节，而且很隆重。我家在泰国东北部的猜也奔，每到春节，家家户户都会在凌晨五点起床祭祖祭神，然后出门选购新年礼物，晚上一家人一起看舞狮、舞龙表演。为了过春节，每个人都打扮得非常漂亮，很有仪式感！首都曼谷的春节活动最隆重，也最热闹，泰国国王会亲自参加春节祭祖。其实，这也不奇怪。泰国曼谷王朝的国王都有中国血统，开国大帝拉玛一世的父亲是

韩冰与外婆

泰国人，母亲是中国移民的后代。泰国历代国王的王后、嫔妃，大部分都有中国血统。所以，在泰国，中国的节日才这么精彩，因为大部分的本地人都已经和华人融在一起了。

除了春节，美食也有很好的融合，当然也有差别。比如泰国南部的华人大部分是从福建移民过来的，他们保持了很多福建特色，例如福建炒面。但是他们吃炒面的时候会放很多辣椒粉，这就是泰国风格。他们的服装除了用泰国布料外，依然可以看到马褂和旗袍的影响。此外，泰国人更喜欢鲜艳的东西，他们做的男人的马褂颜色很鲜艳。泰国人穿中山装的时候，还会佩戴黄金胸针、项链和戒指，给人感觉很鲜艳。

如果你们不信，可以来泰国参加普吉岛的峇峇娘惹婚礼，每年普吉岛泰国华人都会举办一次。普吉岛本地人、泰国各地人，以及游客的新娘新郎们都来这里一起举办婚姻。它是用中国式婚礼举办，可是里面也有本地特色。例如新娘的服装是用泰国南方的服装，新郎的服装则是中山装，佩戴着泰国南方星星式的胸针，或者穿颜色很鲜艳的马褂。泰国和中国文化混合可以说是泰国的特色。

我家是有着中国血统的泰国家族。我外公是海南文昌人，移民到泰国，打拼多年，有了自己的生意，是“白手起家”的典范。外婆是当地的望族。他们的结合，就是“中泰一家亲”的典型代表。而我的妈妈在中泰文化的共同影响下长大，她的身上既有勤俭、刻苦、孝顺等中华传统美德，也有泰国传统贵族的风范。我觉得在她身上很能体现中泰文化的精神！

来到中国，我学到很多新词，比如“富二代”。我知道这个词以后，突然发现，原来自己就是个“富二代”啊！你看，我曾经有五个家，分布在泰国的五个城市，每个家的房子都非常大、非常漂亮。

你们可能不相信，这么多的财产，都是我妈妈一个人的功劳。说到这，你们的脑海里是不是浮现出一位女强人的形象呢？可是她不是那种只认工作的狂人，而是一位非常迷人、优雅的女性。

妈妈一直从事房地产行业，从看土地、建楼，到管理售卖，全都是她自己完成。她成功地做了很多项目，积攒起财富。别看我们家这么有钱，但也遭遇过重大打击，我们差点连住的地方都没有了！

那是在 1997 年，当时我 11 岁，亚洲金融风暴席卷泰国，泰铢疯狂贬值，全泰国企业大面积倒闭，很多人失去了工作，很多家庭变卖家产，只为填饱肚子。

妈妈的房地产生意，那时全完了，没盖好的房子，成了废墟，投资真是血本无归。那一年，我们家一分钱收入都没有，还花费了相当于 20 万元人民币的巨款，那可是在 20 年前啊。妈妈用家里最后的一点钱，遣散了所有的工作人员。她说，外公对她说过，中国人做事要正直，就算我们自己再辛苦，也不能对不起别人。这是我从妈妈那里第一次感受到中国的美德。

就在那个时候，外婆被检查出癌症晚期。中国有个成语叫“祸不单行”，这真是我们一家人的写照。我当时吓坏了，不停地大哭，跟妈妈说：“外婆是不是要死掉了！怎么办？”妈妈很严厉地说：“不许哭，儿子，一切都会好起来的！只要我们努力，没有什么事情能难倒我们。”外婆从小到大是被呵护的大小姐，从来没受过罪，做什么事情都很优雅从容。妈妈坚决不告诉外婆家里的困境，她要拼尽所有，给外婆最好的医疗条件。

外婆患癌症后，日渐憔悴，眼睛总是肿肿的，精神也不好。为了让外婆好好养病，我们请了一位专业护士，给外婆包下最好的病房，让她尽量舒服一些。可是，妈妈就惨了——房地产生意

韩冰母亲成为律师后与家人合影

不行了，去哪里挣出这些钱呢？还好妈妈有法律系硕士的学位，于是决定转行做律师。

刚开始，妈妈带着我去法院，让我帮她写写材料，打打字。那段时间，我觉得妈妈的样子都变了，她本来特别美，做事从容有序，可现在却总拧着眉头，好像全身绷着一股劲儿，随时要爆炸一样。更可怕的是，妈妈才三十多岁，我却在她头上发现了不止一根白头发，皱纹也多了一些。

即便如此，她依然有自己的气场。别的律师都穿黑色职业装，她却穿着大红大绿的衣服。她去芭提雅的县城里打官司，都像走秀一样，谁见过这么时尚的律师啊！其实，这全是因为我妈妈很坚定，她不想让人觉得她疲惫或难受，也并不想让人看出我们的困难。

慢慢地，她的律所越来越好，并开始营利。但那时候，我们家已经很困难了，几处房产都已变卖，换来的钱维持着外婆和我的生活。不管妈妈有多忙，我和她每周都要从曼谷坐6个小时的车去老家看外婆，这是一件雷打不动的事。然而，外婆的病情逐渐恶化，治疗费用也不断攀升。一连几个月，妈妈为了筹钱，拼命地工作，但赚钱的速度依然赶不上花钱的速度。

山穷水尽时，我们只好拿出家里的珠宝来卖。当然，为了不让外婆知道，妈妈特意带着珠宝到贵妇的家里，给她们一一介绍，任其选择，然后售卖。她把自己心爱的珠宝都卖了，甚至包括三十克拉的祖母绿，只留下一条细细的项链，因为她怕外婆看出破绽。

即使这样，她也没卖任何一件属于外婆的珠宝。外婆对此毫不知情，只知道我母亲在做新的生意。当时，憋了很久的我就问妈妈：“你真的不心疼你的珠宝吗？”她一开始有点迟疑，但还是坚定地说：“没什么难过的，就像我以前卖房了一样，不伤心。”可我明明看到，她偷偷拿着那条项链在脖子上比划，又对着镜子看了好久。我已经体会到妈妈常说的中国的“孝顺”是什么意思了。

当时的我，也像个“定时炸弹”。刚开始生活拮据时，我向妈妈哭闹：为什么爱吃的餐厅不能去了？喜欢的东西也不能买了？最不能接受的是，当佣人全部离开后，原来连一双袜子都不洗的我，现在竟然要刷马桶。我跟妈妈说，我不想过这样的生活了。那个时候，妈妈对我说：“你知道吗？你外公当时因为战争来到泰国，身上一无所有，他比我们苦得多，在那个艰苦的年代，他却能生存下来。现在我们得条件比他好很多，我们要更努力，更刻苦，我们肯定可以好好地活下去，因为我们有中国血统。”

一年后，外婆还是离开了我们。送走外婆后，妈妈在悲伤之余，把更多的精力投入到工作上。因为名声好、能力强，很多大客户对妈妈十分信任，她的事业也越来越好。直到七八年后，我们家在金融风暴中失去的财产，又慢慢地赚了回来。

我想说，我的妈妈真的非常富有，但富的不是金钱，而是她最高贵、最动人的心灵。妈妈教育我，真正的贵族应该努力、节俭、正直。这些宝贵的品质，正是中华传统美德与泰国贵族精神的结合。所以，我严格要求自己，并努力继承这些美德。11 岁时，我开始在图书馆打工，后来上学时努力读书拿奖学金，并参加课外活动挣零花钱。我从来不背名牌包，直到现在，我还在穿高中时买的衣服。

由于家里跟中国的不解之缘，我特别申请来中国留学，学习中文，进一步研究中泰关系和文化。我来中国的第一年过得很辛苦，吃不惯，穿不暖，还得自己挣学费。好在有很多中国朋友的爱心，帮助我渡过难关。令我最感动是当时有一位南京中医院大学的教授，第一次见面就免费为我针灸，最终治好了我的腰间盘突出。后来我硕士毕业时，母亲和阿姨来中国参加我的毕业典礼。我告诉妈妈我在中国的生活，尤其是中国朋友帮助我的事情。我母亲听到后说这并不意外，她知道中国人非常热情，尤其是对泰国人很热情，她自己也深有体会。

“中泰一家亲”不仅体现在人与人之间的互相帮助上，更体现在国与国之间的相互支持上。2011年，新闻报道了泰国大洪水，我家正是受灾地区。当时在中国的我特别担心妈妈的安全。那一晚，我给妈妈打了数十个电话，但怎么也联系不上。新闻中说我家那片地区，洪水高度已经达到3米以上！我吓坏了，焦急万分，想要坐飞机回家。正当我查看航班时，母亲用一个陌生的号码联系了我，她特别镇定地说：“韩冰，我很好，因为有船过来救被水淹了的家庭。”我提着的心终于放下了。后来妈妈对我说：这些船都是中国政府安排过来帮助泰国人的。她得知这一消息后，就特别镇定，她相信自己一定会得救的。原来，那时候中国是第一个援助泰国的国家，他们提供了大量的船只、人员和资金。身在中国的我，再一次感受到了“中泰一家亲”的情谊。

我觉得自己非常幸运，能够出生在一个中泰文化交融的家庭里，有一位兼具中华传统美德与泰国贵族风范的伟大母亲，又有机会来到中国进行交流学习，并学会了中文，更深刻地理解了中华文化。从我们家族的历史，就能看出“中泰一家亲”的印记，而我作为新一代有中国血统的泰国人，更有责任为中泰两国的友好交流，贡献自己的一份力量。这也是我在中国继续读博士的原因！

张瑜：你为什么会选择去南京学习呢？

韩冰：当时我想来中国读书，就咨询我的老师。老师说，如果我去中国北方的大学，在吃上我肯定不习惯；但是如果我去太南方的大学，肯定会太安逸了。所以他说南京最合适，处于中间，不南不北，适合读书，菜也挺好吃，还可以天天吃米饭。于是我就决定去南京读书了。后来，我发现南京的盐水鸭还有南京烤鸭，真的非常好吃。

主持人：我们在韩冰的讲述中能够感觉到，他的妈妈是一个坚强、有个性的女性，似乎不会被任何事情所打倒，是韩冰一生中特别重要的人。在这个舞台上，你有什么话最想对妈妈说呢？

韩冰：如果说“我爱你”，我感觉太简单了，我感觉应该用一首邓丽君的歌来表达。在东南亚，尤其是泰国，邓丽君的歌非常红。我想送她的歌，大家应该都听过，就是《甜蜜蜜》。我妈妈听不懂中文，但是她开车时整天听的都是邓丽君的歌，包括《甜蜜蜜》。她说她每次听到《甜蜜蜜》，不知道为什么就会想到我。所以我想跟她说，听到《甜蜜蜜》这首歌，我也会想到她。

世界听我说

青春序曲

这是我们可以清楚地触摸到他们的困惑的一代。

他们年轻甚至幼小，成长的烦恼、跨文化的困惑、陌生的眼光、父辈们的期盼、独立的精神……如此矛盾地交织在他们成长和生活中；富强起来的故国、广阔的空间、发展的机遇、密切的联系，也搅动着他们略显陌生的眼睛。于是，无论走向哪里，他们都发现回望中的认同与认可，是那么刻骨铭心。这是困惑，也是激励。

这是我们可以真切地感受到他们的幸福的一代。

他们并不孤单，当民族复兴已经成为主旋律的时候，有多少同龄人与他们一起走向世界各地，求学、成长，家国已经可以成为他们不断回首的支持；他们并不边缘，当古老的东方文明重新焕发出光彩的时候，世界的舞台会给予他们更广阔的空间。

这是我们可以深切地感知到他们的希望的一代。

尽管年轻，他们却有着追求卓越的意志和来自文化深处的自强不息的精神，让我们有理由期待他们会更好地书写自己的人生故事；尽管他们才开始自己的人生选择，甚至还未开始独立的选择，但他们在各自的舞台上的从容自如、真诚善良，让我们有信心相信他们会珍惜时代所带来的机遇，在各自的人生中不忘初心，一点一点描绘出更加美好的未来。

李淳

Mason Lee

影视演员

他有一位声名显赫的父亲——著名导演李安。

他从小在西方长大，

两岁时便参与拍摄了父亲所执导的电影《喜宴》。

作为演员的他，认真而努力，他想摆脱父亲的光环，

靠打拼，去赢得自己的一片天地。

我的“小王子”长袍

我从小被家里人称为“小王子”，这不是在夸我，只是爸爸妈妈想让我知道的一件事情。

家里最辛苦的那几年，我还没有出生，爸爸也还没开始拍电影，妈妈在念博士，同时在养育我的哥哥。我出生的那一年，爸爸已经开始拍电影，开始实现他的梦想了，因此家里的情况也越来越好。在我 4 岁的时候，我第一次坐飞机就是和爸爸坐头等舱。6 岁的时候，我们从小小的公寓搬到郊区的一幢豪华的房子里。因此，他们叫我“小王子”，因为我没有和家人一起吃过苦。

当然，“小王子”这个称呼也不止用在我一个人身上。当妈妈对我们三个男人——爸爸、哥哥和我不耐烦，觉得我们在家里从来没有帮她做家事的时候，她就会说，家里养了三个“小王子”，天天享受着被伺候的生活。

妈妈也会经常提醒我们，他们移民到美国这个陌生的环境，把我们养大是件很不容易的事，因为语言不通加上和家人朋友的

1997 年圣诞节，全家人在美国纽约的家后院合影

距离很远，他们基本上都是靠自己的努力生存的！所以，父母希望我们不要因为现在家里的经济状况不错，就可以偷懒不努力。当然，他们也会说，不管你未来想做什么我们都会支持你，你想在麦当劳打工我们也会支持你，只要你认真不偷懒。想要的东西要靠自己的努力去争取，不要成为一个无能的“小王子”！

我第一次接触表演是在高中的时候，当时演的是《罗密欧与朱丽叶》，此后我就迷上了表演。后来，我申请大学的时候，唯一想报考的就是表演科系。

我第一次有机会证明自己，是在《宿醉 2》的拍摄中。这是好莱坞的一部喜剧片。但对我来说，这是一场大失败。我演得很糟糕，我真的是一个糟糕的演员。表演中很多基本的站位，以及和其他演员的互动，我都反应不过来。我就像一块儿木头一样在

高中时，在学校出演歌舞剧《长发》

演戏。演完那部电影后，我对自己的表演很没有把握。

2013 年，我要离开美国去中国台湾拍我的第一部华语片，叫《对风说爱你》，台词全部是中文。我可以吗？

我从小就有一个遗憾，现在有时候我还会怪爸爸妈妈——虽然不应该怪他们——就是他们没有逼我讲中文。从家里出来，在楼下等计程车的时候，爸爸就陪在我身边，行李箱陪在我的另外一边。也许是他看到了我脸上的忧虑，就对我说：“你去那边会比较辛苦，也会比较吃亏，因为我们从小没有逼你讲中文。但是，你就下这个功夫吧，把中文学好，武术也学一下，还有中国哲学、历史，美国才 200 多年的历史，中国有着 5000 年的历史呢。”他又笑了一下接着说：“这真的够你学的了。你就下这个功夫吧，你肯定会有收获的。”这是爸爸在我离开美国之前，对我的一个祝福。

我第一次遇到把“星二代”这个标签贴在我身上，就是在我拍完《对风说爱你》的宣传活动中。我准备好了和媒体朋友们来分享我的第一次中文表演，和演员、导演的合作经历。但是，他们好像对这些事情都不怎么感兴趣，他们唯一想知道的就是，我和我爸之间的关系。比如说，你作为一个“星二代”，生长在这么伟大的一个导演家庭里，这和我们普通人有什么不同？是不是因为你是李安的儿子，导演才选择和你合作？你作为一个“星二代”，会不会得到特别的待遇？我问我的经纪人“星二代”是什么意思。他说，这不是什么好词，意思就是明星的孩子，从小被爸爸妈妈保护着，然后再靠爸爸妈妈这个资源让自己红起来。

当时我就觉得，这不是我。爸爸妈妈从小就教育我不要成为一个“小王子”，而要靠自己的努力去争取想要拥有的东西。所以，除了对“星二代”这个词有反感之外，我还告诉自己，我是完全没问题的。在我还没有证明自己之前，这一切对我来说都是成长，都是养分，我都愿意接受。

当我再次和爸爸碰面的时候，是他来台湾处理金马奖的事情。他约我去他的房间见面。吃完饭后，我就告诉他我在台湾的生活：太极拳学到了什么程度；讲普通话时，一声和四声还是会分不清楚，这对我来说很痛苦；我和奶奶一起住，相处得还不错，只是她记忆力越来越差，常常会重复自己所说的话。随后，我开始讲自己最近的工作状态。

在我讲的过程中，爸爸就开始皱眉头了。每次看到他皱眉头，我都会很担心，总觉得自己什么事情做错了。他可能在替我着急，觉得我成长不够快，他说：“对不起，你老爸可能把我们李家几辈的好运都用在自己身上了。所以，也许你这辈子会很辛苦，会付出很多。你可能要比我辛苦一倍，但才能获得我一半的成绩。”

我知道爸爸这样说的意思是觉得我成长得不够快，担心我不能养活自己。虽然我对他没有看到我的成长感到不满，但是我还是没有能力来证明他的想法是错的。所以，我只能加倍努力，去做好每一件事情。

李淳和父亲李安

如今，我在亚洲已经生活了 5 年，我很少回纽约，大概一年才回去一次。我每次回去时，虽然感觉是回家了，但我内心却是着急想回到台湾继续努力追求我的梦想。我也很开心能看到我的家人，现在我都是用中文和爸爸妈妈沟通。他们会开玩笑说，好像得到了一个新儿子。这几年，我觉得自己虽然离生长的地方越来越远，从小小的郊区到曼哈顿，到台湾，再到大陆，但离父母却越来越近了，我越来越了解他们了。

我所经历的一切考验，包括别人对我的评价，我都会接受。我要脱掉“小王子”这件长袍，所有事情都是成长，都是必须要经历的。

我是李淳，我是一位很努力的演员。

陈愉：你现在来中国发展，会碰到一些什么挑战？

李淳：我觉得中文是一个很大的阻碍。有时候，剧组会临时发你一大堆台词，要求你很快地背下来，这对我来说是一个很大的挑战，有很多基本功我都要去学习。但对我来说，在我年轻的时候，就要去磨炼自己，多演戏，多接触其他人。

观众：如果可以重新选择，您会选择生活在一个普通的家庭吗？

李淳：家庭以及成长背景与我们人生中需要完成的事情有着很密切的关系。其实，我觉得家庭是一种平衡，不论是好的还是坏的，都是在帮助你，是一种推动，直到你最终成为你自己。所以，我不会重新选择。

观众：您有没有信心在未来超越您的父亲？

李淳：压力好大。其实，我在准备这个故事的过程中也常常会想这个问题。我觉得，作为一个伟大的、很有成绩的人的后代，这既是一种鼓励，也是一个“陷阱”。因为，我爸爸当时也不是想成为一个伟大的人，他是跟着热情走，于是有了今天的自己。他也有他要做的事，那就是推翻他爸爸给他的一些压力。我觉得，你要努力、要付出，但这个过程不是要证明给别人看我是一个伟大的人，而是要找寻你自己对于“伟大”的定义，寻找一种自己的信念。

张希

Orestis Tsangk

创业青年、网络红人

他出生在希腊，也成长在希腊。

虽然从小生活的环境中华人很少，但他黄皮肤、黑头发的样子，

注定了他骨血中的那份传统与坚持。

在希腊现象级节目《幸存者》中，他是唯一一位华裔参与者。

他用自己的勇敢、善良、真诚、努力，打动了希腊社会，

成为红遍希腊的全民偶像，

让希腊人对中国和华人群体有了新的认识。

我是谁——成长的烦恼

我是张希，也是 Orestis Tsangk，1989 年出生，差一点点就是“九零后”了。我在希腊出生，在希腊长大，是希腊籍华人。我喜欢体育，曾经获得过希腊帆船赛冠军、巴尔干地区帆船赛冠军。

我的父母来自中国温州，从小接受中国传统文化教育。哪怕移居到希腊，他们也坚定地认为，我们家永永远远都要保持华人的传统。

小时候，我很清楚我和别的小朋友是不一样的。比如，在家我要学习中文，我爸说这是我的母语；在学校我要学习希腊文，老师说这是母语课。一个人是可以有两种母语的吗？我也不知道。

不怪我混乱。大家可以想象一下，本来小孩子的脑容量就小，我爸还非要给我装双语种系统。

其他的小朋友睡前听的都是传统的希腊神话，比如天神宙斯、女神赫拉、盗火种的普罗米修斯、驾着太阳车的阿波罗……而我听的则是传统的中国故事，比如司马光砸缸、孔融让梨、愚公移

1999 年，开始接触帆船运动的张希

山、孟母三迁等等。其他小朋友，第二天可以在学校里交流自己听到的新故事，我却没办法参与，也没有小朋友听过我讲的故事。他们可以在一起玩，我却只有我自己，我感到很失落。

我不明白，我究竟是张希，还是 Orestis Tsangk 呢？小朋友们都只有一个名字，为什么我有两个？为什么我和他们都不一样？

我的叛逆期来得很早，与其说是叛逆，现在想来，其实是对自己身份的迷茫，大概也跟小时候的不明白有关。这种情绪让我感到害怕，少年人的骄傲让我无法接受，我已经陷入了迷茫。

说得通俗点，我钻牛角尖了，而且越钻越窄。我不知道大家能否理解我的这种情绪。我没有去过中国，一直都在希腊长大，我接受的是希腊的教育。我对“华人”身份没有任何归属感或者说认同感，我认为自己是希腊人，“华人”是父母强加给我的标签。

我找不到合适的同伴倾诉苦恼，我拒绝和华人孩子一起玩，我害怕无法很好地融入希腊小伙伴当中。我抗拒中文，讨厌我的黄皮肤、黑头发，我埋怨父母为什么不能让我像个纯粹的希腊孩

2008 年，获得巴尔干地区青年组和成年组帆船双冠军

子一样长大，为什么一定要说我是华人。我讨厌我的一切。

那段时间，我很感谢父母没有粗暴地逼迫我，他们似乎察觉到了我的苦闷，很体贴地没有直白地问出来，而是采取了一种比较温和的方式，解答着我的疑惑，让我自己慢慢去领会。

我们家的邻居是一位长期患病的希腊老太太，丈夫已经去世了，她没有兄弟姐妹，也没有子女，没有房子，靠着比较低廉的退休金生活。每周我的父母都会去她家，父亲会很温柔地给她做免费治疗，叮嘱她好好吃药，怕她记不住，便一遍又一遍地嘱咐，非常有耐心；母亲会替她整理家务，打扫房子，清洗衣物，把老太太全身打理得干净体面。不知内情的人，都夸老太太有福气，有一对这么孝顺的养子和儿媳。老太太去世后，还是我父亲出钱安葬了她。

父亲说，在我们中国，有一句古话是“远亲不如近邻”，与

1993 年，张希一家人与邻居老太太合影

人为善是做人的根本。那个时候，我隐约觉得，我的血液里是认同父亲的话的。但是我仍然很固执地对外强调，我的名字叫 Orestis Tsangk，我是个希腊人。

2017 年，我参加了希腊一个电视台的综艺节目，这是一档持续几个月时间的野外求生类真人秀。模式很像大家熟悉的《荒野求生》《跟着贝尔去冒险》之类。具体来说，就是把 20 多个互相不认识的人分成相互对抗的红、蓝两队，放在一个完全与外界隔绝的原始海滩上，天气和环境极端恶劣，食物也很少，节目组 24 小时全面跟拍，这很考验人，也很锻炼人。

首集播出后，第二天全希腊的媒体都在讨论这档节目，除了讨论对节目的总体观感外，更多的是讨论节目中出现的亚裔面孔——“华人张”。因为在一群西方面孔里，我实在太显眼了。叛逆时期拼命想摘掉的标签，现在又贴回到我的身上。我没有很抗拒，反而觉得我应该做得更好，我要靠自己征服观众。

在节目的对抗环节，我挑选了一个很强劲的对手。他曾经是一名奥运水球选手，就像《掷铁饼者》那个雕塑一样健美，大块的肌肉，肱二头肌发达。我很兴奋，跃跃欲试，没有什么畏难情绪，反而觉得有这样一位对手是非常值得期待的。最后我赢了，带着全队开心地唱起了一首军队号子，在镜头前，我认真地感谢了我的队员和“掷铁饼的对手”。

节目播出后，讨论热度很高。对希腊人来说，我非常中国，面孔非常有辨识度。在西方人眼里，在挑选对手的时候，就应该挑选最弱的那个，因为赢很重要；赢了之后，应该独自站在镜头前成为唯一的英雄，享受英雄般的荣耀。但我不是这样，我下意识的反应是：我享受比赛的过程，和一个优秀对手过招而带来的经验远比输赢更重要；没有人是孤胆英雄，谦逊待人、团队的凝聚力才是生存战的核心。

那位“掷铁饼的对手”，在节目上还对着镜头说了一段话：“人们常问，中国为什么可以发展得这么快。Orestis Tsangk 就是实例，他有很多知识，动手能力强，最重要的是他懂得团结身边的伙伴，共同去完成目标。这是我从华人身上感受到的最大的能量。”

听到这个话，我很高兴，也很自豪。虽然他们觉得我是华人，我跟他们不一样，但我依然很出色。而且正是靠着我的华人品质——谦和包容、不贪功冒进，才赢得了团队的胜利，赢得了对手的尊重，赢得了观众的喜欢。

我的身体里流着华人的血液，外貌特征让人一眼就能辨识出这是华人的孩子。我的一言一行，都与中国绑在了一起，这是无法分割的天然联系。我的名字叫张希，希腊全民偶像“华人张”。

节目播出后，我收到了很多邀约。民众看到你的中国面孔，根本不管你是什么国籍，统统都是华人。我很谨慎地挑选，凡是可能损害华人、亚洲人形象的，我都不接；可能误导民众的，我不接；模仿日本超夸张的滑稽舞蹈的，我不接。我更愿意多参与一些公益社工活动，比如和志愿者一起去给小城市医院送病床，和身体有残疾的朋友一起坐在轮椅上打篮球，等等。我希望向希腊人传达积极向上正面的华人形象，如果一旦让人产生了一些误解，那是很难澄清的。

“造谣一张嘴，辟谣跑断腿”，作为公众人物，就应该时刻注意自己的社会形象。

后来我接了份工作，去电台做直播主持人。节目是开放型的制作模式，有兴趣的听众可以直接到演播间看实况，每周六一期，直接面向听众。我主要负责时事点评模块。

之所以接这份工作，是因为电台是比较直接的观点输出平台。我希望利用这个平台传播中华文化，让希腊人民能够听到华人青年对时事的见解，让希腊人民了解另一种与他们完全不同的古老文明。

说来也巧，首播的时候，刚好是农历正月十五——中国的元宵节。因为第一次正式亮相，我特意在西装里穿了件红色的衣服，介绍了中国的春节、元宵节，解释了为什么中国人喜欢在隆重的节日里穿红色。结果反响很热烈。

有一次我去别的城市跟粉丝们联欢，一下车我就看到他们在一个很大的娱乐场门口挂了一面中国国旗。为什么要挂中国国旗呢？因为我是华人。我感觉自己全身的血液都在沸腾，胸中有着一股豪气，那是一种找到归属、得到认同的民族自豪感。

真人秀和电台工作，让我获得了很多关注。按照社交网络比较时髦的说法，我现在大小也能算个 V 了，有自己的粉丝，也有黑子。有些希腊家庭甚至把我树立成孩子的榜样，鼓励孩子们成为一位善良勇敢的男子汉。父亲担心我的心态，委婉地提醒我，无论外界怎么说，你都要记住两句话：“胜不骄，败不馁。”“走自己的路，让别人说去吧！”。

这个时候的我，已经通过自己的行动找到了身份归属感，还能兴致勃勃地跟父亲开玩笑。正是因为我体内有两股完全不同的文化力量在碰撞融合，一东一西，才让我变得优秀，变得坚定，变成比过去更好的自己。

我既是张希，也是 Orestis Tsangk。

世界听我说 对话

主持人：可以给我们具体讲一讲你在希腊参加的真人秀是什么样子吗？

张希：就是我们到一个岛上，那里什么都没有，是完全野生的环境。食物不多，我们就饿着肚子睡觉，甚至半夜还淋着雨睡觉。我们只能穿一件衣服，我在岛上 93 天没有换衣服。虽然很痛苦，但是也有幸福的时候，就是躺在岛上的沙滩上看着天空中的星星。

张瑜：这种幸福感是什么呢？它的实在的内容是什么？

张希：真正到了“野人”的状态，我才知道幸福其实很简单。吃饱饭，有衣穿，可以躺在沙滩上看星星，这种简单纯粹的幸福感是日常生活中难以获得的。我们没有灯，只是看火，却感觉这也是一件幸福的事情。我们在岛上，脱离了各自的日常生活，有时间去真正地了解一个人，真正地安静下来聊天，而不是每天去哪里聚会，去哪个酒吧。我觉得现在的年轻人必须有这个时间让自己感受这种幸福。

张瑜：这一点非常重要，不仅年轻人，我们所有的人都需要给自己一段时间，让自己沉淀下来。

郦波：康德说，“生命的奇迹只有两个，一是我们头顶的璀璨星空，二是我们内心的道德标准”。现在物质极大丰富，科技迅速发展，我们仿佛拥有了天下，却变得越来越迷茫，越来越碎片化。什么都有了，我们发现没有了时间，最后发现没有了自己，没有了灵魂。很多人被网络绑架了，被手机绑架了，被急于求成的功利心绑架了。

主持人：你在《真人秀》中表现出了什么，能让你的粉丝这么喜欢你，也喜欢上了中国呢？

张希：我在不比赛的时候，就用我的心、我的双手来让我们每天过得好一点，做了很多不同的家务。比如做一个扫把，就是把椰子树叶捆起来，这看似很简单，但必须要先动脑，再动手去做。我最喜欢粉丝给我的留言是：“我们就对儿子说，必须要像你这样，要动手做事情，未来给自己最好的生活。”

郦波：张希做的这把扫把其实体现了他的善良和真诚。因为他处于大家共享的一个环境里，要有人付出汗水，大家才能收获。没有人想到主动去付出，但张希愿意去做，且默默地去做一些事。我们为什么特别喜欢那种默默去做一些事的人？因为我们发现那些虽然不吭声，但在为我们默默付出的人其实特别动人、特别伟大。因为他做的那些事里蕴含着善良和真诚，甚至是不求回报。在时间的长河里，善良和真诚是最有韧性的一种力量，这种力量是最感人的。

高瞰

Gao Kan

独立游戏设计师

他来自加拿大，

经历过初到海外，因为文化差异被排挤和孤立的他，

把自己的孤独与自卑写进了游戏剧情中，

但恰恰是游戏成为了他与海外文化沟通的桥梁。

他创作的剧情游戏《去月球》，震撼人心，

感动了千万玩家。

在 2011 年 GameSpot 年度最佳游戏评选中获得最佳剧本奖。

他想告诉海外年轻一代，

要通过自己的努力获得认可，而不是自我封闭。

游戏对我的意义是“沟通”

我叫高瞰，来自加拿大，是一名游戏设计师。

大部分人认识我，可能是通过我制作的游戏《去月球》；可能也有人会想，作为一个年轻的设计师，我为什么会选择做一款讲述临终老人回顾一生的游戏？今天我准备和大家讲一讲《去月球》背后的我的故事。

虽然我今天可以站在这里，面对大家侃侃而谈，但对于当年上高中和大学的我来说，这是一个难以想象的画面。那段时光对我来说是一段空白，甚至曾经有一个学期，我都没有跟同学讲过一句话，那时的我一直生活在自己的幻想中。

小时候，我在中国长大。当时，我并非这么自我封闭。但当我还在上小学的时候，我们全家移民到了加拿大。那时候条件艰苦，父母为了支撑这个家庭，辛勤地工作。但因为他们实在太忙，分身不暇，所以常常不能在家。

我每天放学回家就是个挂着钥匙的小管家。一个人在空荡荡

父母参加高瞰西安大略大学毕业典礼

的房间里，悄悄玩着小时候在国内玩的那些电脑游戏。不知道大家有没有看过斯皮尔伯格的电影《头号玩家》，那时的我就有点像电影里童年的游戏设计师，每天关在房间里和游戏在一起，封闭、孤独。

我还常常回忆出国前和小伙伴们一起玩耍的时光：家门前的篮球框，隔壁总是追着我跑的小黄狗，繁忙热闹的大街小巷……这些和加拿大的冷清陌生形成了鲜明的对比，让我难以适应。

好不容易稍微适应了初中的生活环境，上高中的时候我们又搬家了，我也跳出了语言班，和本地学生相处在一起。但是因为文化的差异、陌生的环境和各种心理压力，我变得越来越内向。不管是在家里还是在学校，我很少开口说话。颇具幽默意味的是，在十和十一年级的时候，我不说话的这个特点在学校甚至有了些小名气。就这样，慢慢地，同学们把我当成了哑巴。记得是高中的历史课，一个学期我都一言不发，直到最后一堂课，我只不过简短地回答了一个小问题，结果老师竟然带着全班同学为我鼓掌。对我而言，那尴尬的掌声漫长得就像持续了一节课之久。

这就是我人生的一段比较特殊的时期。我把自己关在了一栋房子里，锁上了门，甚至也关上了窗。

但是，在这期间，我其实并不感到孤独。因为在封闭的房子里还有我自己的秘密空间，一个我自己编织出来的“白日梦”世界。

在那个世界里，我幻想出了很多人物，编织出了许多故事场景和情节。这些人物各种各样，他们之间的关系也很复杂，每个人物都带有我内心性格的一部分。当然，我还是分辨得出现实与幻想，而这只是防御机制而已。在幻想这些不存在的人物互相交流的情节之时，我自己也感受到了一些交流的满足。

就这样，我迷恋上了这个我自己的幻想世界。我经常利用午饭时间找一个安静的角落，慢慢地思考着，幻想着一个像连续剧一样的剧情。后来，我发现学校的钢琴琴房是一个最佳的场地。我没有学过钢琴，只是看中了那里的安静和隐蔽，很适合我一个人待着做“白日梦”，没人找得到我！不用去社交，感觉特别棒。

每天在那里面对着那架钢琴，我慢慢开始产生好奇。直到有一天，我用一根手指在键盘上敲出了一个陌生的音符，然后再用几个手指同时按了下去，听到了美妙的和弦。从此，一个新的世界向我打开了。从那以后，每个午休，我都会把自己锁在那间琴房里，在琴上乱弹。虽然没有老师正规地教我，但我慢慢地摸索出了一些音乐的规律，也慢慢有了一点自己的弹琴方式。不过，直到今天，我的指法还是随心所欲乱来的。

想跟大家解释的是，我把自己关在琴房弹钢琴，并不是想要达到一个多么专业的高度。而是我突然发现自己并没有完全地封闭，我还有和这个世界交流的欲望。我开始有了一种矛盾的心情，到琴房是为了躲避与人接触，但当我在钢琴上乱弹的时候，我竟然悄悄地期望隔壁能有一个人在静静地听我弹琴。当时我心底还是有很多想说的话的。

这就是我做游戏的真实初衷——不是为了取悦任何一个人，而是为了和这个世界说话，希望有人能听到。

要和世界对话，我必须创作出作品。

我一开始尝试着写作，但这远远不够，似乎文字还不是表达我想法的最好载体。最后，经过一些研究，我发现了一款制作游戏的软件——《RPG制作大师》，它可以做出一些真正有视觉和声音效果的游戏。

虽然用现在的眼光来看，这引擎的功能还是比较有限的，但它已经具备了足够的功能去好好地讲一个故事。当时的我非常激动，因为我找到了最适合表达自己想法和感受的工具。

但不管使用什么样的引擎，制作一个完整的游戏可不是那么简单的事情。游戏是一个多媒体化的东西，需要有动画，有音乐，有写作，有编程，而这一切的基础我都没有，所以一切要从头开始学。而且游戏人物是玩家操控的，每个玩家有不同的行为，仅仅一个小情节就可能发生上百种情况，所以我需要从玩家的角度把每一种可能性都仔细考虑清楚。学习的过程需要花费大量的时间，但毕竟我有一个优势，就是当时的我空闲时间比大部分人多，因为我没什么社交生活。

就这样，我开始慢慢地做，做出一点成果之后，就想听到更多人的意见。于是，每当我做完一小段，我就把它发在业余做游戏者的论坛上。幸运的时候，每个月会有两三个人尝试我做的东西，也会给我一些反馈，虽然反馈经常是负面的。我还记得经常有人说，“这是什么破游戏啊，从头到尾都没操作感，就是一个

高瞰和爷爷在一起

故事而已”，或者说我不是做游戏的材料，让我滚回家去，等等。网上嘛，多难听的话都有。

听到这些话，说自己不难受是假的，毕竟以前没有被人这样指责过。但是做游戏对我来说不是玩一玩，它是我找到的与世界沟通的桥梁，我是不会放弃的。于是我开始认真思考大家给予我的反馈意见，反思我的作品中存在的不足，慢慢地进行改进，但有些私人风格我还是固执地保持了下去。有了进步之后，我才渐渐地被认可，在那些游戏社区有了一点小名气。

就这样，为了跟外面的世界交流，我选择了学习做游戏，还慢慢学会了怎样谱曲、写音乐。在这段孤独的岁月里，我有幸找到了表达情感的方式。这一切也为我之后创作《去月球》打下了基础。

还在上大学的时候，有一天，我在中国的爷爷发出了病危通知，需要马上做手术。但家人知道那时我正在考试期间，所以直到爷爷手术完成后才告诉我。当我听到这个消息后，世界在我眼前好像突然静止了，我回想起小时候和爷爷一起钓鱼，他用略微颤抖的大手握着我的小手，教我如何甩杆，爷爷还给我讲他当年参军的故事……太多往事像潮水一般涌来，而这一切的主角——爷爷，似乎就要消失，就要无法再见了。我不知道他是否能挺过难关，我十分着急，却又束手无策，我心疼爷爷，却又无力改变。

那段时间，我更把自己锁在小小的房间里，忍不住反复思考关于人生和时间的问题。那些昨天还在打电话问候的亲友，一夜之间就没了声音，像秋天的树叶一般飘落；有时候，我还会看到身边谈笑风生的同学，突然因为一场车祸，便与大家阴阳两隔。

这些事让我意识到，人的一生真的充满了各种变数，我们都无法预估明天会发生的事情。所以我在想，当我们面对死亡的时候，该如何看待自己所经历的一生，是否会有一些遗憾，是否有哪些事情想要改变。于是我写下了《去月球》，一个关于人生和梦想的游戏。

游戏的故事其实是一个临终老人约翰的记忆，他的临终梦想是“去月球”，但却不知道为何有这样的执念。两个博士通过机器去追寻老人的记忆，从老到小，最终揭开了他希望去月球的秘密。

《去月球》获得 2011 年 GameSpot 评选的“最佳故事奖”

《去月球》主题的结婚蛋糕

从准备到完成，《去月球》用了两年多的时间。我很幸运，当游戏发行后，网友的口碑在网上传播很快，《去月球》也获了不少奖项。我被邀请去参加很多线下活动，第一次与合作过的伙伴们见了面，甚至遇到了去年刚和我完婚的爱人。

这些年的积累，我成立了独立游戏工作室“自由鸟”，发行了很多其他游戏，也做出了《去月球》的续集——《寻找天堂》。

这一切对我的一生的改变是很难形容的。因为我突然发现，我不再自闭了。世界的声音通过游戏，像电波一样从四面八方传来，汇聚到这里。那间封闭我的房子不断地后退，再后退……我走了出来。

这些年来，我有幸看到了世界各地玩家们体验我的游戏，也让我意识到了人与人之间其实有多么的相似。

《去月球》《寻找天堂》的故事能引起玩家的共鸣，可能也是因为很多人都有相似的体验和欲望吧。

有的人害怕和人交往，害怕说话；有的人即使表面外向，内心却和我当时一样孤单；有的人渴望获得友谊和关爱，但却不知如何表达。

我想对大家说，孤独和自闭并不可怕。因为我们每个人都有能力搭建一座桥，以某种方式把自己和这个世界连接起来。当我们找到它，迈出这一步时，就会感受到人情温暖，从此变得不再孤独。

直到今天，做游戏对我的意义仍是“沟通”。想和人说说话，这个对很多人来说可能简单得像呼吸一样的事，我用了十年的时间才做到。

不过，我还是幸运的。现在，我有时候感觉自己依旧像高中时期那个把自己锁在琴房里乱弹琴的男孩，尝试着表达自己。只不过现在我知道了，在隔壁的房间里的确有人，能听到我毫无章法的琴声。

郦波：在电子游戏出现之前，人类所有游戏都在理性控制范围之内。但是电子游戏会让人成瘾，很容易让人沉溺其中，甚至有的游戏还会让玩家分不清现实和虚拟。你作为一个游戏开发者，作为这个行业内的人，如果面对这个问题，面对整个社会和年轻人的心灵健康问题，你会怎么思考呢？

高瞰：我非常认同这是一个应该讨论的问题，这也是一个必须讨论的问题。开发电子游戏是不可避免的，所以我们只能考虑如何对待它，怎么让大家用一个好的方式接受它，或者尽量避免负面作用，尽量有一些正能量的东西。

主持人：你的婚姻也是由于游戏而改变的，可以跟我们说一说吗？

高瞰：我和我爱人相识，最初是因为游戏发行后的一些运营上的问题。她也是一个艺术家，是中国美术学院毕业的。其实和她在一起之后我产生了很大变化。做游戏产业的大部分人都难以避免的一件事，就是每次在最终期的时候，会有一个"赶工作"的时间段，大家都熬夜、加班。我记得是在做《寻找天堂》的时候，有一天晚上，我工作到了深更半夜，我太太也在旁边，帮我做一些东西。我当时快要崩溃了，因为有太多的压抑在心里，我就往旁边看了一眼，看到她，她也看到了我，我们一句话没说，但我心里突然就平静下来了，当时我心里想的就是还好有你。

主持人：对于一些不愿意说话、比较自闭的孩子，你会给他们什么建议呢？

高瞰：我想先解释一下，自我封闭和自闭症其实是不一样的。自闭症，是要找专家来帮忙的。但如果是自我封闭，我们想要去改变一个人，就要先到他同样的频率里去，让他感觉到我们理解他，因为理解是所有人都渴望得到的。当我们找到一个频率的时候，就可以慢慢地、一步一步地把他带出来。

主持人：高瞰在讲述中提到，要找到一个自己与世界沟通交流的方式，你找到的方式是制作游戏。其他自我封闭的孩子也能够找到适合自己的方式，可能是写作，可能是歌唱，希望这些孩子都能够走出这段比较阴霾的日子。

苏雪蓉
Su Xuerong

中文老师

她来自缅甸，却对汉语有着别样的情怀。

她 17 岁才开始自学汉语，
不过几年的时间，汉语讲的几乎和中国人一样好。
如今，她继续在中国深造，还在缅甸教授中文，
被称为缅甸最美的中文教师。

在她的背后，有着怎样的动人故事呢？

“中文是最美的语言，它让我有了很多的收获。
我愿意走进中文的世界，用自己的努力，
用语言架起中国和缅甸最美的沟通桥梁。”

我的汉语自学路

我是苏雪蓉，今年 26 岁，来自缅甸仰光，现在还是广东暨南大学汉语国际教育专业的研究生。今天我来到这里想跟大家分享我的汉语学习故事。

我出生在缅甸最大的城市仰光，是第四代华人，我父亲和两个兄弟都不会说汉语。我成长的过程中，偶尔在唐人街能听到老年人说汉语，由于仰光的大部分华人都是福建人的后代，他们说的是闽南语，我基本也听不懂。所以，在决定学汉语之前，我一点也听不懂中文。

读十年级的时候，我跟一个朋友出去玩，路上遇到中国人向我们问路。我的朋友能用汉语跟他们交流，说了很长一段话，当时，我站在旁边，一句话都听不懂，更是一句话也说不出。随后，那个中国人还和我的朋友握手，双方非常友好热情。我特别羡慕我这个朋友能如此流利地说汉语，因为在仰光，能够说汉语是很有面子，也很好找到工作的。经历了这件事以后，我决定要学汉语。

苏雪蓉学习中国画

缅甸的教育制度是读完十年级后，有不到一年的时间等成绩，我也不知道自己是否可以考上大学。所以十年级毕业后，我就去找工作。一位消息灵通的朋友告诉我，有一家中国人开的诊所在招聘，要招汉语和缅语的翻译。但我不会汉语，朋友就告诉我说：没关系啊，做不了翻译，还可以到诊所做其他的事情。

到了诊所，年龄最大的一位医生走过来招呼我，用我完全听不懂的中文跟我交流。我先用缅语，后来用英语回答他，但他也听不懂。我有点慌张，而医生也用莫名其妙的眼神看着我。等翻译过来之后，我跟他说我是来应聘翻译的，医生完全被搞糊涂了，用极为惊讶的眼神看着我，问道：你不懂中文，怎么来应聘翻译？我跟医生说：我可以学习，我可以帮忙，请先试用我一个月，我可以不要工资；如果一个月之后，您觉得我不行，可以辞退我。这位医生转过头跟其他医生商量了大概五分钟，便走过来告诉我：那你就留下来，试用一个月。

我开始在诊所上班了。对于几乎听不懂汉语的我，那时该有多么窘迫。医生安排我跟着一名负责翻译的姐姐，听她说什么。翻译姐姐说到针灸的时候，我就记下“针灸”的读音；她说到创口贴，我就记下“创口贴”的发音；每一个汉语的词汇，我都用缅甸语记下来。就这样，我从一个一个医疗词汇，开始了学习汉语的过程。我在这家诊所工作了大概 1 年的时间，我的汉语进步了不少。

在诊所工作期间，我知道了自己的十年级成绩可以考上工程师专业，但我不想放弃诊所的工作，于是放弃了工程师专业，改读了可以半工半读的英语专业。

后来，诊所的老板要回中国，诊所也不得不关门歇业，于是我就去了一家矿业公司做中国老师的助理。这时候，我的汉语比以前有了长足的进步，所以比较顺利地应聘成功了。公司给我每月 15 万缅币，大约是 700 多人民币。对于一个刚刚 20 岁的仰光女孩，每月 15 万缅币的收入是很多的。在缅甸刚开始工作的人，工资基本只有 10 万缅币，而我的很多同学甚至还没有工作。我真的很为自己学习了汉语而自豪。

在矿业公司，除了日常交流所用的汉语之外，我的中国老师跟我说的最多的就是各种矿物的名称。当时的我对这些矿物很不了解，要用汉语来认识这些矿物的名称，着实很困难。有一次，由于不熟悉“硫酸”的汉语，也不熟悉硫酸的性质，我在帮老师拿硫酸的时候，没有严格按照操作要求，不小心把放硫酸的杯子弄破了，很多硫酸撒在我的腿上。我的腿顿时就像火烧一样，牛仔裤也破掉了，大腿也脱皮了。经过了整整一个月的时间，我的腿才康复，幸好没有留疤。这次的惨痛教训，让我严重警告自己，不能再犯同样低级的错误了。所以，在接下来的日子里，别人都下班了，我还自己听录音、看书，遇到不懂的词汇，我马上问老师，很快我的汉语有了非常大的进步，在矿业公司也没再犯错。

我在矿业公司工作的同时，还利用下班时间免费教隔壁华人邻居的孩子汉语。后来，有三四个小孩跟着我学汉语，慢慢地，我发现自己爱上了老师这个职业。

2012 年，我参加了中国孔子学院举办的“汉语桥”比赛，获得了缅甸赛区第一名。这之后，我受聘于仰光的孔子课堂，来找我做家教的人也多了起来。教汉语后，我每月的收入增加到 100 万缅币，也就是 5000 多人民币。当时我爸妈的月收入加起来才 40 万左右缅币，我的收入相当于我爸妈的两倍多。在仰光的那些高级经理，月收入也就是 50 万缅币左右。父母为我自豪，我自己更是庆幸，因为学习了汉语，我才有了今天的成绩。

与此同时，我还参加了缅甸的一些公益活动。仰光公益项目卓越语言教育中心，聘请我去尼姑庵教授来自边远地区的孤儿。我根据自己学习汉语的经验，专门制订了教学方案。我经常鼓励她们要珍惜这次难得的学习机会，要求她们努力掌握汉语这门语

苏雪蓉给孩子们上中文课

教缅甸孩子学习汉语

言，希望她们将来能够走出寺庙，自力更生。学生中有一位叫Naw Aye Chan May的女孩，现在已经读大一了，但这两年的寺庙中文课堂她都会参加。她希望不断地丰富自己的知识，不仅为自己的发展提供保障，还要用知识感恩寺院，把爱传递下去。我也希望这些女孩将来可以更好地成长，希望她们可以跟我一样来到中国，开拓视野。

会说汉语真的很好，我真的很喜欢中文。因为会说汉语，使我有机会来到中国，在中国留学。我也希望把汉语教给更多想要学习的缅甸人，以及我的下一代，我要让他们知道，我们是有中国血统的华人，我们不能忘掉自己的语言，同时为华文教育贡献自己的力量。

郦波：我特别钦佩雪蓉的勇气。为什么一般人的普通话没有她讲得这么好？因为一般人绝对不会像她这样，连中文都不会的时候，就要去当中文翻译。她内在的意志和决心告诉我们，学习和成长没有做不到的，只有想不到的，归根结底就是看你的意志和决心。

王伟华
Wang Weihua

德国施韦青根市市议员、
莱茵内卡地区中国文化中心协会副主席

2014 年，年仅 20 岁的她就当选为施韦青根市的市议员，
也成为德国最年轻的华裔议员之一。

她参与了很多当地政府和党内的一些重大活动和社会公益活动，
主持了很多大型的中德文化会议。

她特别希望能利用自己在德国长大和从政的经历，
以及从小接受的中国传统文化教育，
为中德两国间的文化、经济交流做出贡献。

最年轻的德国华裔女议员

我是王伟华，来自德国的施韦青根市。20 岁时，我成功地竞选为我们城市最年轻的市议员，也是德国最年轻的华裔议员，并被评为年度欧洲华裔十大新闻人物之一。因此，很多人都误以为从政是我的主业。可事实上我还是一名大学生，在曼海姆大学读企业经济管理硕士。很多人都会好奇，我，一个华裔小女孩，究竟是怎样在德国走上参政之路的呢？

在我 4 岁的时候，父母就去了德国留学，把我寄养在了亲戚家。5 岁时，我开始上小学，因为成绩比较优秀，再加上父母在国外留学，使我得到了身边很多朋友的关注和宠爱。所以，在不知不觉中，我慢慢地形成了一个傲慢小公主的性格。

直到 8 岁那年，母亲在把我接到德国，我的生活可以说从天堂一下子掉进了地狱：从一个被大家宠爱的小公主变成了一个被大家排斥的外国小丫头。

还记得我刚到德国学校时，我的德文水平还不能和其他小朋友沟通。我就带了一些小礼物送给同学，他们很喜欢，很想和我做朋友。当时我特别开心，仿佛找到了一个新的朋友圈，有了归属感。可没想到，第二天再去学校时，小朋友们好像都不认识我了。因为我没有带礼物，他们就完全把我排斥在外了。我相信大家都知道，能被同龄人认可对于一个小孩子的成长是多么重要。所以，当时我的心灵所受到的创伤，直到今天我都很难忘掉。

到了初中，我仍然很难融入到德国小朋友们的圈子里。很多学生在学校里最煎熬的时间或许是上无聊的历史课，又或许是上难以学懂的物理课。而我最难熬的时间却是课堂休息的15分钟。一眼望向校园，所有的小朋友们都成群结队地一起玩耍，有说有笑；唯独我一个人站在角落里，与他们格格不入。为了打发时间，我甚至有的时候会把自己锁在厕所里。那段时间受到的委屈，不知让我流了多少眼泪。

尽管如此，回到家里，妈妈总是安慰我说：没关系的，这些苦难和磨练以后都会成为你最大的财富！我当时每次听到这句话都会非常反感，心想，这算是什么财富，我可不可以不要啊？！可是无论妈妈说的是对还是错，生活总是要继续。在妈妈每天耐心的陪伴和鼓励下，尽管经历了很多挫折，我还是逐渐形成了比较开朗向上的性格。

现在回过头来再看以前的经历，其实我觉得：有时候，我们很容易把自己受到的不好待遇过度放大。如果站在德国小朋友的角度去审视，我觉得自己也是有问题的。因为文化差异的缘故，接纳我这件事对于德国小朋友也是一个全新的挑战，他们也许根本不知道如何和当时的我相处。还有，就是一些事件也许跟民族背景根本没有关系，可我们一旦受到挫折，就很容易把原因归咎于自己是外国人。我自己也有这样的经历，就连超市售货员对我的态度不是很友好，我都会生气一整天，总觉得这一定跟我亚洲人的长相有关，却从没有考虑过，也许售货员是有心事或心情不好。

直到上了大学以后，我才慢慢发现，小时候的这些经历真的把我磨练成了一个比较开朗包容、不带民族偏见的年轻人。所以在大学里，我有来自世界各地的朋友，这是我的一笔很大的财富，这也让我的世界变得更加多姿多彩。

从小妈妈就鼓励我去参加各种社会公益活动。就这样，一环扣一环地，年轻的我走进了德国政界。

那是 2013 年年末，我在一次活动中和一位绿党州议员讨论德国的政治经济文化问题，我们的观点分歧很大，当时谁也不愿意让步，差点儿吵起来，气氛非常尴尬。我当时只有 19 岁，气性很大，心想，我今后再也不参加他的活动了，他思想那么老派，不了解年轻人的想法，真是无法沟通。

万万没想到的是，2014 年年初，市里准备市议会大选的时候，我突然接到了他的电话，他说虽然我们有些观点不一致，但是他很欣赏我这么年轻就有自己的想法，有坚持的性格，所以积极鼓励我去参加竞选。

当时的我对政治一无所知。可是在这位州议员的启发下，我倒觉得自己有义务去参与和了解有关政治的一些问题。所以我就以一个重在参与的心态参加了竞选，从未有过成功获选的念头。

选举当天，我的手机里突然收到很多人的贺信，这让我非常惊讶，我第一时间还以为是朋友记错了我的生日。仔细一看，才发现自己以高票成功当选最年轻的市议员。接着，就有很多中德媒体来采访我，这让我感觉自己好像一夜之间变成了大明星。

可没过几天，市长召开第一次议会会议时，我才发现当市议员并不是一件容易的事。明明说市议员是兼职的，可第一次会议

2014 年，成为施韦青根市最年轻的市议员

前就收到市长寄来的一大摞资料，我都不知道该从何看起，里面的内容对我来说更像是天书。这让我非常沮丧，心想，还是放弃吧，我这么年轻又没有经历，当什么议员呀，还是别让自己出丑，更别让旁人看笑话了。可是，当时中德媒体都已经对我进行了大篇幅的报道。我思考了很久，还是决定不能轻言放弃，而要振作起来。不能在没有努力的情况下，就辜负选民们对我的信任。

于是，我放下当时手里所有的任务，连夜去研究和了解所有的资料。仔细读完所有的资料，我慢慢地找回了一点自信。可是，没想到第二天绿党内部会议上，有一位绿党党友对我的观点非常不满，他的潜台词是想告诉我：你没有当议员的能力，你还是让位吧。我当时又生气又委屈，回到家里，大哭了一场。

可是这一次，我越哭越不服气。我决定，一定要证明给这些不了解我的人看，我是可以的。于是，我开始努力地补习有关政治和城市的所有知识。读报纸，参加市里大大小小的活动，去企业、

2018 年，作为德国唯一的青年代表参加欧洲委员会

社团、学校、街头、网上和选民们沟通，了解他们的需求和问题。就这样，我慢慢地得到了党友和议会里别的党派同事们的认可。

22 岁时，我通过竞选成为德国绿党首位华裔县级组织主席，创办了绿党地区的青年团。23 岁时，我通过竞选成为德国绿党国家委员会委员。

今年，24 岁的我成为由 47 个欧洲国家组成的欧洲委员会德国的唯一青年代表。今年年初，我在法国参加会议时，大家用略带质疑的惊讶表情看着我，仿佛在说，德国怎么派了一个中国小孩儿来做代表？

可是这一次我没有害怕。因为我知道，在这个新的环境里，需要给大家一点时间，我会用自己的行动让大家看到我的实力。

以此身份，我启动了“全德互助难民融入”项目。目前，德国的难民问题仍然是很激烈的政治话题。虽然方式不同，但移民和难民的本质相似。所以，我觉得我以一个移民的视角反而能够更好地了解双方的需求重点。接纳难民，意味着文化相融，资源

2018 年，王伟华与项目小组成员开展难民互助调研活动

共享，我知道这是很难的事情，排斥是天性，偏见是常态。但是，我始终认为相互交融才应该是社会的主流，是不可避免的大趋势。把这个看似天方夜谭的“我认为”实现，就是我现在正在做的工作。

最后，我想告诉所有的朋友们：在人生的道路上总会遇到挫折、委屈，只要我们的善意不变，勇于承担责任，勇敢地努力前进，就一定能把困难化为财富。我希望我们可以一起努力，打破民族偏见，共同创造一个更美好、和平的世界。

张瑜：我觉得你讲得很对，人的一生就是一个磨炼的过程。对于年轻人来说，在你们风华正茂的时候，不要放弃任何机会，要多去探索，多去寻找一些自己喜欢的事情，等你的目标定下来以后，就坚定不移地走下去。

郦波：古人有一句话，叫作“成如容易却艰辛”。是什么因素使得你从原来的自闭转变为放开心胸，去拥抱所有的挫折和困难的呢？

王伟华：其实这不是一件什么事情所导致的，这是一个慢慢发展的过程。我在中国的时候，是很骄傲的。但到了德国，我变得对自己很不自信，因为很难融入进去。其实我在学习上从来都没有问题，可是在德国，这反而更加遭到同学们的排斥。我在学习钢琴的过程中得到一些正能量，我还参加了一些当地中国人举办的活动，我经常去唱歌或者担任主持人。特别是妈妈的陪伴和鼓励，使我感觉即使天塌下来了，还有妈妈撑着。妈妈真的是每天都愿意花三四个小时来安慰我、聆听我的声音。再加上后来自己从政的经历，我就这样慢慢地走过来了。

文茜：在政治上你必须了解非常多而且复杂的公共政策的议题，我很佩服你选择了绿党这个政党，还愿意这么认真地努力做功课，这些功课你做了多久呢？

王伟华：从当选为市议员之后，我其实一直在做功课。我觉得自己不能辜负选民们的期望和信任。我现在也涉足一些不同的行业，也经常做一些大型会议的主持人。另外，我很喜欢音乐，在我特别沮丧的时候，我也会创作 一些歌曲。我自己创作的 一首歌，它的歌词所要表达的意思就是：在沮丧的时候，特别希望有一个人能来安慰，这就会很满足了。因为人经常要面对一些挫折，所以很需要别人的安慰。

盛国恩

Brian Sheng

风投基金执行合伙人

他是一个 90 后，别看他年轻，

却是华人在海外创业中的佼佼者。

他是一个对世界万物充满好奇心的人，

一个追求极致人生的人。

他在大学期间创立了风险投资基金，

专门投资前沿领域，

至今已领投多个价值十亿美金以上的创业项目。

他会带来哪些新鲜有趣的观点呢？

什么是起点思维

我叫盛国恩，来自美国纽约，毕业于美国普林斯顿大学，现在是美国风险投资基金 Arcview Ventures 的执行合伙人。我今天想跟大家分享一个叫起点思维的思考方式。当你用这种思维来思考问题和做决定时，你会发现无论在事业，还是在生活当中，都能让你更有效地做出判断。在事业中，你会发现其他人发现不到的机会；在生活中，你会更加理智地处理问题。同时，这种思维能让你自信地做出与众不同的决定，得到意想不到的收获。

我从小就有非常强的好奇心。对于任何问题，我都想寻找一个能让我满意的答案。在中西结合的教育方式下，我形成了自己的起点思维的思考方式。正是依靠这种思维，我找到了自己的路，在 20 岁之前成立了自己的创投基金，也成为行业里最年轻的执行合伙人。简单来说，起点思维是一个建立逻辑的方式。这种思维把一个复杂的问题分解为最基本的因素，并找到一个起点，然后以这个起点作为基础，一步一步向后推理，从而建立逻辑。起点思维强调事实，追求根本。与之相反的思维，就是运用所谓的常识和经验来做判断。比如当我们感冒发烧的时候，经常会认为应该吃消炎药。这种治疗感冒的方式已经成为我们生活中的常识。但这种常识会推理出一个错误的结论。因为感冒是由病毒引发的，而市场上并没有针对感冒病毒的药。只是这种思维方式对于大脑来说是个更容易的运行模式，所以大部分人都这样思考问题。我们把别人的观点当成事实，就会用有错误逻辑的观点来做出判断。

起点思维的推理则要求我们去质问所有的信息：是观点，还是事实。只有依据事实，我们才能做出正确的判断。我们周围最伟大的一创新者大多是用起点思维来实现一些不可能的成就。比如马斯克，当他第一次为了太空探索技术公司（Spacex）去火箭工厂购买火箭的时候，他发现市场上的火箭价格高达六千五百万美金。这个价格对于一个创业公司来说完全没办法接受。于是马斯克就把这个复杂的问题分解开来，找到起点。一个火箭其实就是不同金属的组装品，从伦敦金属交易所购买火箭所需要的金属的费用，只是完整火箭的百分之二。如果把六千五百万这个价格作为起点，得出的结论就是创立火箭公司太贵。但是，马斯克找到了正确的起点，因此在几年内 Spacex 就成功地制造出了自己的火箭，并大大降低了发射火箭的价格。马斯克自己也提倡类似的思考方式，他自称为第一原则思维。

从中学开始我就初步形成了自己的起点思维。作为一个在美国长大的华人，我发现美国教育和中国教育在某些方面是有冲突的。因为我热爱竞争，热爱运动，于是在中学期间我选择加入了美式橄榄球校队。我认为美式橄榄球是一个能多方面锻炼自己的运动。但是，周围的人都劝我不要打橄榄球。大家都说中国人的体质不适合这种粗暴的运动，中国人的体质没办法和外国人去竞争。大家还说，跟运动员在一起会影响我学业的发展，只有好好学习，才是进入常青藤学校的途径。

听到这样的声音，我心里是不服的。凭什么说中国人不能打橄榄球？为什么这么多人认为中国人的体质比不上外国人？周围没有人能给出令我满意的答案，所以我自己去做了调查。我用奥运会的成绩作为判断标准，发现中国人的体质不如外国人这个观点是不成立的。我发现历届奥运会举重、跆拳道和柔道的奖项都被亚洲人获得了，甚至跆拳道和柔道的前五名长期被中国、日本、韩国霸占。对我来说，这证明亚洲人在力量和速度上不比外国人差。所以我并不觉得自己去打橄榄球会有任何体质上的先天劣势。

初中、高中的六年时间，我证明了我的观点是对的。通过坚持高难度的训练和专业运动员的饮食计划，我达到了大学一线橄榄球运动员的标准，也成为了纽约州明星队的唯一亚裔队员。这期间，我也并没有耽误学业的发展。我的变化也得到了常青藤大学教练的重视。2011 年，我作为普林斯顿大学有史以来最高成绩的运动员被提前录取。就是因为起点思维，让我能坚持自己的决定。

但当我到了普林斯顿大学以后，我发现自己梦寐以求的常青藤大学并不是我想象的那样。大部分学生对自己想去做什么并没有任何概念。普林斯顿大学没能让我满足好奇心，没能让我感到自己在一个特殊的环境里快速成长。于是，在上完一年大学之后，我决定辍学建立自己的风投基金 Fresh VC。我认为创立一个基金，可以让我接触到最天才的创业者，可以与他们一起学习。

我的亲朋好友们再一次无法理解我为什么要从世界上最好的大学辍学来创业。对于他们来说，我是放弃了一个通往社会顶峰的路，却走了一条充满风险的路。尤其在中国人的圈子里，放弃在普林斯顿大学学习的机会，更是无法理解的事情。可是，如果从起点思维来思考这个决定的“风险”，我认为这只是一个与众不同，但并非具有很大风险的决定。

什么是风险？我辍学创业失败了，我会饿死吗？不会。在几百年前的生活里，一个错误的决定真的可能决定生死。可是在当前的社会中，这种失败应该不是一个生死的决定。既然不会被饿死，那么所谓的风险来自于哪里呢？这所谓的风险无非是社会的压力，是失败本身带来的讽刺和嘲笑，以及天生对未知的恐惧。抛开这些，即使我创业失败了，我照样可以回到学校读书。用掉的时间也换回了宝贵的创业经验。事实上，我并没有损失什么，反而得到了更多。

于是，我在创立了 Fresh VC 基金以后，通过普林斯顿的校友网开始寻找投资人，寻找有经验的风投来指导我。在一开始的 6 个月时间里，我找了 5 个国家、12 个城市，向上百个普林斯顿大学校友说出了我的想法。为了寻找到某些人的联系方式，我想出了一种根据他们的名字和公司来猜测其电子邮件地址的方法。举个例子，比如我要找比尔 · 盖茨，他的公司是微软，我就会猜 bill.gates@, bgates@, billg@ 等等各种组合方式。以至于我用这种方式联系到的很多人，见到我之后问的第一句话都是：“你是怎么找到我的？”虽然绝大数人都拒绝了投资，但我的行动能力和思考方式还是让我成功拿到了第一笔钱。在这个过程中认识的人，包括各个行业的普林斯顿大学校友，也变成了我的资源。后来，我在创业的同时，还完成了普林斯顿大学的学业。可以说，用起点思维做出的决定再一次让我得到了回报。

在我投资的领域当中，我非常关注的一个行业就是水技术。这源于我回到中国老家的体验。我的老家在山东。从美国回到老

2018 年，参加普林斯顿大学毕业典礼

家，我的亲戚们的生活环境让我感到非常惊讶。我的爷爷很早就因为癌症过世了，我的奶奶后来也因为胃癌过世。我小时候是爷爷奶奶带大的，所以爷爷奶奶的早逝对我的打击非常大。后来我才知道，他们都是因为长期居住在严重污染的环境下才患上癌症的。缺水和水污染是长期存在的问题，而引水工程和水净化都有各自的缺陷，所以我一直在水行业里寻找新的解决水危机的技术。2015 年，我在中国找到了一种叫空气制水的新技术。这个公司叫作福能达，它创造了一种能从空气里提炼出干净饮用水的科技。当我彻底研究这种技术之后，我做出了到目前为止最大的一笔早期投资。

可是，当我兴奋地跟其他人说起空气制水的时候，我发现大部分人无法理解这项技术的创新点。有些人说："这不就是个抽湿机吗？"也有人说："空气这么脏，制造出的水怎么能喝？"更有人说："空气里一共就那么点水，怎么够人们喝呢？"这就

2018 年 2 月，盛国恩与空气制水团队参加尼泊尔能源投资峰会

是典型的用已有的知识来判断一项新的技术。他们用没有深度研究的假设提出问题，而没有用起点思维去探索这项技术到底创新在哪里，而是凭借经验就否定了一个新的机会。

通过阅读大量的研究报告以及收集环境数据，我认为这是一个革命性的技术。空气中的水分是人类从来没有主动提取过的可再生水资源。空气中的水分足够多，也补充得足够快，通过大自然的循环，每 9 天，就会重新补充一次。空气制水创造了一个全新的解决水危机的方法。很多严重缺水的地区，比如迪拜和南非，其空气中却拥有非常高的水分。南非的开普敦在 2018 年上半年因为缺乏地下水宣布了“水末日”，可是开普敦常年的平均湿度接近 80%。有了空气制水，这些地区就能直接从空气中取水，来解决人们的饮水需求。

很多人问我是如何在 23 岁就成为一个风险投资基金的合伙人的。我的回答是：能力从来不会因年龄而被限制。我的自信来自于我的思考方式。正是因为我深度挖掘每一个问题，通过数据来寻找世界的真相，并支撑我的起点原则，所以我才能自信地做出每一个决定。通过与众不同的思考方式，我走出了自己独特的路。当你接受起点思维时，你就能找到隐藏的机会。我鼓励大家，一定要追求真相，保持好奇心，大胆地思考，大胆地梦想，大胆地行动。

世界听我说 对话

张瑜：你提出的这个理论，除了你自己在运用，有没有推广给你的同龄人或者附近的社区呢？

盛国恩：我觉得这种思维在某些行业会得到许多人的认可，比如一些在对冲基金的人会比较喜欢用这种思维来思考问题。我在跟大家讨论问题的时候，也会提出这种思考方式，建议大家去读这方面的材料。

张瑜：你才 23 岁，为什么却给我一种少年老成的感觉？

盛国恩：可能因为我创业的时候非常年轻，我创立自己的基金的时候才 18 岁。当时我就意识到我的年龄会是一个非常大的障碍，所以我就一直想如何用我的知识和我的表达方式来让自己显得成熟一些。

陈文茜：从你的演讲里，我听到了一句很棒的话。就是说，即使那时候辍学去创业，也可以学到很多东西，这是学校里学不到的。你可以建立很多的网络，建立很多跟各种部门的关系。这种不怕挫折、勇于承担失败的态度值得许多年轻人借鉴。

郦波：这其实是咱们中国人的一个很好的思维方式，就是王阳明的心学。他的心学讲究心外无物，概括为“心上学、事上练”。人在红尘中一定会面临几大根本性的困扰，比如欲望、情绪、习性，这都是根本性的困扰。我们一旦陷入这个困扰里，就会被难以自拔。王阳明的智慧是什么？他创造一种叫心学的思维方式，就是心外无物，守住那个原点，把其他的都当作“事上练”。心是一把刀，所有的事情都是在磨我的这把刀而已。不是每件事都能练成功，我的前一百里可能成功了，但后面两百里我觉得自己不太适合，便抽身而退，换一个场所重新去练。这就是王阳明的大智慧。

郑凯成

Victor Zheng

留学生机构中介

他是在美国出生、在美国长大的年轻人；

他与来自美国的 Dylan 组建了

“一堆老外”乐队（Dylan and Vic），翻唱中国流行歌曲；

他参加了学校的橄榄球队、田径队和合唱团，

被人夸赞是成龙、李小龙；

非洲酋长想让他留下来做自己的儿子；

他寻根，寻找他的家乡与根源；

他要撕掉身上的标签，只想做好自己。

我就是我，我只要做好自己

我是郑凯成。我来自美国东海岸的弗吉尼亚州，毕业于弗吉尼亚大学，学了历史和中文两个双学位。

到目前为止，我在中国断断续续已有大概五年了。我在中国的经历应该算是比较丰富：在中国不同的大学做过交换生，包括大连理工大学、上海华东师范大学、清华大学；在北京和上海不同的机构做过全职和兼职工作。我现在定居于上海，在一家游学机构担任外籍导师，帮助中国同事申请国外的学校。我还做自媒体，开了一个微博和哔哩哔哩账号，大家感兴趣的话可以关注我。

我比较幸运地生活在弗吉尼亚州北部，这个地方比较国际化，附近的人都是相当包容的。而美国其他地方就不一定是这样了。

当然，我的华人身份也在一定程度上影响了我。高中的时候，我开始做一些很激烈的运动训练，参加了学校的橄榄球队和田径队。你知道美国人有多重视运动吗？你看一看美国大学的橄榄球队、篮球队能赚多少钱，你就知道美国人有多重视运动了。这真

高中时，加入学校田径队

的很不可思议。在美国的高中和大学会有这种情况，至少在社交方面，最受欢迎的同学是做运动的。而我正是因为当一个优秀的运动员，才脱颖而出，赢得了很多老师和同学的尊重。我还参加了合唱团，作为一名男低音，经常出现在学校的演唱会中。

我不知道这算不算是一个优势，就是能在高中的运动队里当队长或者能在高中的合唱团里唱男低音，还能获得男低音奖的亚洲同学并不多。所以很多老师和同学都会夸赞我，说能看到一个亚洲脸的同学做这些事情，真的很酷。之前，我的教练、教授，甚至我的对手也曾夸过我：你真的很壮！他们还喜欢用比较有趣的方式来夸我：你就是李小龙啊！你就是成龙啊！

其实我也偶尔会被同学调侃。美国同学认为我们亚洲脸的人数学一定很好，学习也会很好。但是我要告诉你，我学理科时感到特别别扭，我是偏向学文科的。

说到我在别的国家的感受，以及那些地方的人对我的反应，也是一种很有趣的经历。

之前，我在欧洲做过一个学期的交换生，欧洲人对我的反应很有趣。他们对我有点儿困惑，他们会问我来自哪里，我会回答：“我是一名 ABC, Chinese-American, 美籍华裔。”他们的反应是“从来没有遇到过这么有礼貌的美国人”，或者说“天呐，我没想到中国人会长成这样子！”

我再分享一个比较难以描述的经历。有一次，我在葡萄牙旅游，在火车上遇到一个土耳其女孩儿，她好像对我有点儿一见钟情，不停地夸我，还问了我很多问题。她还说中国男孩子很弱小，但是你不一样。她说话的那个口气和表情，让我有点紧张，不知应该怎么回答她。

我在喀麦隆也做过交换生，西非的兄弟姐妹对我的反应令我永远不会忘记。

我和我的同学们去访问当地的一个部落，我们在这个部落做一些关于濒临灭绝动物的教育活动，就是号召大家不要吃珍稀动物。部落酋长非常热情，也非常好客。在教育活动做完之后，他很好地招待了我们。然后他开始和我聊天，说我真的很有趣，他

2013 年，在西非喀麦隆做交换生

郑凯成与部落里的平民们

们都很喜欢我，又问了我很多问题。我也感谢他给了我们访问他的部落的机会。然后他就问我："你要当我的儿子吗？你现在就是我的儿子。"一开始我以为自己听错了，当时我的教授也在旁边，他也惊呆了。酋长解释说："我很喜欢你，我的人民也很喜欢你。我可以给你一片土地，建一座房子，帮你找老婆。几个老婆都可以。"我的反应是，这个邀请确实很特殊，很与众不同，这样做我的确可以在西非安居乐业，有土地，有房子，还能有几个老婆，但是我的教授肯定是不接受的，而且对于我来说，我有祖国的女朋友就足够了。总之，我非常喜欢喀麦隆，希望以后有机会能带我的女朋友一起再去那里。

其实，我不知道酋长是不是因为我是华裔才对我这么友好，或者他只是很好客、很大方。

正如在国外，不同的人对我的反应会有差别一样，作为一名华裔，我在中国也会受到不同的待遇。一种是，有的人完全将我看作一个中国人，虽然我有美国国籍，虽然我的普通话带有口音。他们不能接受我的“双重身份”，他们会强调我是华人，有华人血统，觉得我应该了解中国的一切，他们会问我一些关于中国历史和中国文化的问题，他们也会问我背过什么文言文，是否背过《出师表》《爱莲说》。甚至于他们还会调侃我的发音、我的用词不准。另外一种态度是，有的人以为我对中国一无所知，他们会问我，你用过筷子吗？你知道中国的首都是哪儿吗？

我经常遇到的一种情况是，我新认识的中国同学、中国朋友会说：我来自上海，我来自北京，我来自哈尔滨，等等。然后，他们总会先入为主地认为我从来没有听说过这些地方，于是对我说“你应该不知道我的老家，我来自哈尔滨”，“我来自武汉，你应该没有听说过”。当我的中国朋友看到我用微信、支付宝时，就会说：你真接地气！你真的很入乡随俗！

我想说的是，我知道中国很大，我也知道我对中国的很多情况都不是很了解，但是我也在这个地方生活 5 年了，我的父母也是中国人，我对这片土地是非常感兴趣的。你们说的这些大城市我都知道，大部分地方我都去过的。像微信、支付宝这些很基础、使用很广泛的软件，我当然会用，不然，我怎么在中国生活呢？

还记得有一次一个中国同学问我现在是几点钟，我回答说，两点一刻。然后他就开始滔滔不绝地夸我的中文有多好，比大部分本地人说的都要好。天呐！我只是告诉了你几点钟而已，你是有多低估我的中文水平啊。

最后，如果挖掘一下我演讲的意义，我想再一次强调的是，这个世界上确实有很多像我这样的人，血统上是华人，但是我们的身份认同、文化背景可能有点复杂。在欧洲、美国、东南亚、澳洲，甚至在南美洲、非洲，都有很多华裔。我们的普通话水平、对中国的了解和热爱程度是不同的。今天我分享的故事都是比较有趣的，我不想对自己感到困惑。我们的身份相对来说比较特殊，所以国内外的朋友或者同胞都会对我们有一些期待和好奇，这是很正常的。毕竟我们有机会可以融入两种不同的社会，了解不同的、有趣的文化。然而，我们的身份虽然有点特殊，但请不要忘记，我们的血统、文化背景或是国籍决定不了我们是谁，只有我们自己才能决定我们是谁。

别人问你问题或采访你的时候，不管是否出于礼貌，我们都要学会接受、包容他们的疑问，并尽力去解释——“我就是我自己”。身份认同最终是我们自己的选择。我是不是一个美国人？我是不是一个中国人？我是不是一个有外国国籍的中国人？

其实我就是我，我只要做好自己，仅此而已。

我希望，能反映我身份的是我的文化背景和我的兴趣爱好，而不仅仅是一个简单的标签。标签是一面镜子，但仅仅是一面镜子。镜子可以照见表象，却无法照见内心。

所以无论你是谁，我想祝愿你们都能够达成自己的心愿，去做最真实的自己。

郦波：凯成属于拥抱生活型的人，而且没有什么太大的负担。你看他最大的特点，就是投入激情，能够摆脱束缚。他刚才介绍的这点非常重要：去掉我们身上的束缚、我们的标签。我觉得这对中国年轻人特别有启迪意义。

我们现在要融入到世界发展中，当然我们有自己的特点，但也要有世界的眼光。现在有一个很好的现象，就是中国每年到海外留学的学生特别多。年轻人就是要走出去，你要知道世界，你要有世界的眼光，才谈得上世界听我说。同样，我们也敞开怀抱，欢迎凯成他们回来，在中国学习、工作、生活、恋爱、成家。我们常说，中国人追求的是人类命运共同体的未来，这就要先有世界的眼光、世界的胸怀和世界的足迹。要能走出去、走回来。

杨燕子：有的中国孩子很早就到了国外，他们的父母因为工作忙又不能前来照顾。这些孩子根本不学英文，所上的学校里大部分也是中国人，所以就变成了另外一个小中国社会。

张瑜：这样孩子会有缺憾。他们是以西方文化为主，还是以东方文化为主呢？他们自己都讲不清楚，对东西方文化的理解更不会透彻。

主持人：凯成会有这样的感受吗，尤其在回到中国以后？

郑凯成：我觉得一开始是有一点儿，但是我不怕尴尬，我尽量去拥抱人生。不管我在哪里，我都尽量地入乡随俗，尽量去跟当地人交流。虽然我不一定能完全理解他们的经历，但是去尝试是很重要的，这也是一种非常宝贵的经历。

对华侨来说，身份认同的问题确实是存在的，而且不一定每个人都能很好地解决。我觉得要想解决好，就要多走出去，多包容，对别人包容，对自己也要包容。因为我们毕竟是人，我们不是完美的。

我们不能对所有的事情都了解，我也不能说我完全了解美国或者中国，但是这两个国家对我来说都是我的家。对于这两个国家，我也很愿意去继续学习、继续体验。毕竟人生就是学海无涯，我们总是处在一个学习的过程中。

郦波：凯成讲了一个很深刻的问题：扯掉身上的标签，要在内在烙印上文化的根脉。你一旦有了这个，就会像大树有了根一样，哪怕把你放在一块贫瘠的土地上，你都会去努力生长。中国人最大的特性是什么？是适应能力。只要给一点点机会，中国人一定能成长起来，这就是生生不息呀。但这个生生不息是有根、有源头的。一旦有了根脉，就会有生机。有了灵魂上的文化烙印，我们中国文化在人类文明的发展进程中，就能真正担负起为人类文明贡献力量的重任。

赵梅笛

Melodie Zhao

钢琴演奏家

她来自瑞士，是一位钢琴家。

她的人生轨迹似乎比同龄人都要早一步：

两岁半开始学习钢琴，13 岁考入日内瓦音乐学院，

14 岁拿到了学士学位，16 岁取得了独奏专业硕士学位，

这是欧洲音乐演奏专业的最高学历，

同时签约了瑞士最大的演出公司——西利亚公司，

成为了最年轻的签约人，

17 岁时获得了瑞士的最高荣誉——文化艺术大奖。

她的名字叫赵梅笛。

回顾赵梅笛的成功轨迹，她是如何获得这么多的荣誉？

在她成功的背后，又有着怎样的故事和经历呢？

找到自己的声音，找到自己的路

我是 Melodie Zhao，中文名字叫赵梅笛。我是一名钢琴家和作曲家。

可能大家在想，为什么我一上来就弹奏这么激烈的曲子，好像在和暴风雨搏斗一样。其实这首作品是我自己改编的，是根据冼星海先生于 1939 年创作的《黄河大合唱》改编的，它代表了意志和力量。这也正是我今天想要跟大家一起分享的主题。

在媒体的文章里，我是“天才”“神童”，是一个“奇迹”。我出生在瑞士的音乐世家，两岁半就开始学习钢琴；10 岁时，我在日内瓦举办了第一场独奏音乐会；13 岁时，我考入了日内瓦音乐学院，仅用了 3 天时间就录制完成了《肖邦练习曲》全集唱片；14 岁时，我在日内瓦维多利亚大厅举办了第一场大型个人音乐会；16 岁时，我拿到了演奏大师硕士学位。

有家庭的支持，有才华，也有名气，我好像什么都有了，还需要什么意志或力量呢？我想要告诉大家，“天才”的背后究竟

两岁半开始学习钢琴的赵梅笛

是什么，在我的生活中经历了怎样的难题和挑战。

首先，是校园霸凌。8 岁之前，我往返于北京的爷爷奶奶家和瑞士的爸爸妈妈家。8 岁之后，我就彻底回到了瑞士的爸爸妈妈家，和爸爸、妈妈还有我的妹妹一起生活。

在学校里，同学们很快就发现了我在音乐方面的特长。但在他们看来，作为一个亚洲人，作为一个华裔，我所掌握的欧洲古典音乐技能居然比他们强很多，这引发了他们的嫉妒。于是，很快地，他们就开始用一些嘲笑、挖苦的行为来欺负我，甚至还会用带有强烈的种族歧视的语言和动作来对待我。他们会跟我要钱，或者逼我替他们写作业，交换的条件是不再和其他的小朋友一起欺负我了，然而他们并没有说到做到。每一天我都会遇到类似的情况，那时的我感到非常、非常低落，我去告诉老师这些情况，

十岁时，举办第一场独奏音乐会

老师也没有办法，或者是不想帮助我吧。在这种情况下，我变得越来越内向。我本来是一个非常开朗、活泼的小孩，但这些事甚至让我变得有一些自卑了。

后来，随着我钢琴事业的发展，父母经过再三考虑，就以我在音乐方面的特长为由向我们所居住的瑞士沃州州教育部提出特殊申请。在获得批准后，我就停学在家专心致志地练琴，同时接受函授文化教育。我的中学就是这样度过的。当时沃州有十几个像我这样在体育、音乐或是舞蹈等方面有特殊才华的小孩子，都得到了这样的批准。我回到了家，没有人再欺负我了，我终于告别了让我害怕的那个集体。

到了家里，不会再有人欺负我了，的确是安全了，但我又开始了一个类似禁锢的生活。11 岁后，我每天都要用 6 到 8 个小时来练琴。当然，我并不觉得辛苦，因为我从小就热爱音乐，我喜欢琢磨钢琴，就算没人逼着我、没人看着我，我自己也会好好练琴。

在我的学习道路上，有很长一段时间里，我都对爸爸的那种严厉存在很多不理解。爸爸是一位小提琴教育家，他很少当面表扬我。那时，他给我订立了很多条条框框，比如我不能随便出门，不能随便交朋友，甚至在我 15 岁开始作曲的时候，要是不按照爸爸说的去做也是不行的。我知道，我是爸爸心中的完美作品，但其实，我最需要的是找到我自己的生命和轨道。

现在回想起来，爸爸也不完全是错的。当时他就是觉得我有特殊的音乐才华，所以认为只有用这种非常严厉的方式，才可以让我达到一定成果。我所获得的每一点成绩，都是当时爸爸教给我的。我会永远感激他们，感激我的爸爸、我的妈妈。

18 岁那年，我录制了贝多芬的钢琴作品全集，以最年轻录制者的身份，创下了一个新的世界记录。然而，在我录制这个完美的音乐的同时，我的内心深处充满了矛盾，我也真切地体会到了这种矛盾。

我感受着贝多芬与命运抗争的旋律，这是一个多么强大的灵魂啊！命运给了贝多芬难以想象的压抑，而他用巨大的毅力进行

录制的《贝多芬 32 部钢琴奏鸣曲全集》专辑封面

录制的《李斯特 12 部超级练习曲全集》专辑封面

顽强的反抗。曾经，我因为胆小，不敢与欺负我的人搏斗；但 18 岁的我，必须要为掌握自己的命运而付出行动。

记得那天，我喝了很多很多的酒，终于鼓起勇气，哭着对爸爸说出了很多心里话。爸爸都听进去了。我觉得从那一刻起，爸爸好像重新认识了我，我的生活也翻开了新的一页。

后来，我跟随我的教授帕斯卡尔·德瓦永（Pascal Devoyon）先生到了柏林。在这座大城市里，我学到了很多新东西，开始了新的独立生活。正是这种很充实的生活，让我真正长大了。

我一直在问自己一个问题：我到底要做一个什么样的人和艺术家呢？我到底要给这个世界带来什么呢？作为一名艺术家，这个问题肯定要伴随我的一生，在不同阶段，我的答案也会不一样。

现在，我的回答是：我要用我年轻的生命去理解、去表达古典音乐，把古典音乐带给年轻人，让更多的年轻人理解它、喜欢它；我要用一种全新的、非常真实的、能打动人心的方式去表达我对艺术的理解。这种理解是什么呢？我认为最重要的就是回到艺术的根本，也就是非常自然、打动人心。

作曲家创作出作品来，作为演奏者是要用自己的生命和体验将它表达出来。每个人都有不同的表达方式，这就是演奏者的价值。

2019 年，我要录一盘新的专辑唱片。在这张专辑里，我会给大家呈现我的很多新作品，大家会听到一个和以前完全不一样的赵梅笛。敬请期待。

我现在也在尝试一些新的事物，比如我正在和妹妹一起制作我的第一部音乐电影，我的妹妹是一位电影导演。电影艺术融合了各个艺术的长处，是一个和年轻人交流的最好的桥梁。和很多女孩子一样，我也非常喜欢美，喜欢时装和时装设计，从这个季

在新 MV 中使用自己设计的服装

度开始，我也会给我自己设计舞台服装，风格可能会比较大胆时尚。我就是想探索一些更独特的方式，把古典音乐送给年轻人，告诉年轻人古典音乐也可以很时尚！

不过，这么多年一路走来，我还是能感受到“神童”这个标签给我带来的一些压力。人们会很自然地用“神童”这个尺度去衡量你，让你不能放开去做一些事情。

作为一名华裔钢琴家，我在欧洲同样会遇到偏见，这种偏见和我小时候遇到的校园霸凌在本质上是一样的。比如，当他们还没有听到你的弹奏时，就会认为“你是一个亚洲人，又这么年轻，你演奏的音乐肯定会有问题”。当然，在我充分展现自己的实力后，这些人也会说出高度赞赏的话。

现在，我最清醒的一点就是，作为一名艺术家，就要做一个有价值的人，就必须要找到自己的声音，找到自己的路。

现在你可能想问我，有没有遇到一些新的挑战、新的难题呢？肯定是有的。在我们的社会里，尤其是在演奏艺术、表演艺术这个领域里，一个有事业心的女人其实特别容易被人报以偏见。人们尤其不愿意相信一名女艺术家也可以有她自己在艺术上的表达。看一个女人，人们通常会先去衡量她的外表、她的长相，而不是去了解她真实的本领。

作为一名女艺术家，我知道在这方面会遇到很多相似的挑战和困难。对此，我的回答其实很简单，那就是勤奋、创新、实力。与我对自己所从事的艺术的热爱相比，空谈和吹嘘没有任何意义。

我想让大家看看“天才”的后面到底是什么样子，看看我生活当中曾经有过的伤疤。我今天向大家讲述我的经历，是期望我的故事可以带给你力量，帮助你找到属于你自己的声音。

世界听我说 对话

主持人：演讲中我听到你的一句话，给我的印象很深刻。你说你是父亲的作品。其实从这句话中我可以感觉到你对于父亲的态度，以及对他严格管理的一种抗争心理。你说你长大之后学会了与父母进行沟通，那你觉得父亲有没有敞开心扉，跟你谈一些他对你的感受或者感情呢？

赵梅笛：我 20 岁左右之后，我们有过好几次这种交流，他也跟我说过很多，其实那个时候我才明白，他是非常自豪的。他一直在别人面前夸奖我，却从来没有在我面前夸奖过我，这只是他的教育方式，其实我那个时候就明白，父母对我的所有刻板的要求，都是来自于爱和亲情，他们就是想让我好。

郦波：中国人的情感比较内敛。中国家庭很难把“爱”字说出口，但其实我们知道，把“爱”说出口其实很重要，因为不光世界在听你说，你身边的人、跟你关系亲密的人最希望听到的就是这种爱。所以有时候我们要勇敢地迈出生活的局限，对身边的人说出爱。

梅笛的讲述给了我们很大的启发。她一开始说她是爸爸的作品，后来她说要做她自己，最后她说要把古典音乐带给所有的年轻人，带给全世界的人。从爸爸的作品到自我的觉醒，然后投入到一个更大的事业，我觉得这就是人生的一个成长过程，发现自我、成就自我的过程，我们要向你学习。

赵力昆

Keith Zhao

贸易公司 CEO、新西兰 NCTV 主持人

刚出国的他是被欺负、被辱骂的校园霸凌受害者，
但他没有一蹶不振，而是用自己的能力去证明、去改变。

在课堂上，他努力提高自己的英语水平，
进入了奥克兰文法学院的剑桥水平班；
在课余时间，他重新拾起自己最喜爱和擅长的体育运动——篮球，
成为学校最受欢迎的篮球明星。

经历过校园霸凌的痛苦，
他决定帮助更多仍在遭受校园欺凌的青少年，让他们勇敢反抗。

改变的意义

我叫赵力昆，来自新西兰的奥克兰。大家看我的外表，可能会觉得我自信阳光，但是你们一定想象不到我曾有过一段不堪回首的往事，那就是校园霸凌。很多家长觉得，学校里真的会发生这么可怕、暴力的事情吗？今天，我想和大家分享我的故事，告诉大家任何人都有可能被排斥、被欺负；我们只有积极面对，才能走出困境。

一说到新西兰，大家会想到什么？是蔚蓝的大海、壮丽的山川，还是《指环王》里引人入胜的电影画面？然而，你一定不会想到，美景如画的新西兰竟是全世界校园霸凌第二严重的国家！

15 岁时，我来到新西兰的奥克兰，就读于奥克兰文法学校，这是一所拥有 140 年历史的公立男子中学，被认为是新西兰最好的中学之一。当我顺利地被学校录取后，我发现自己的英语对话能力不够好，很难自如地和老师、同学交流，再加上年龄小，独自在异乡，周围的环境开始让我烦恼，甚至有些惧怕。

慢慢地，我和别人之间的阻隔越来越大，大家觉得我不和人说话，有些古怪，我甚至听见几个男生私下里叫我“哑巴”。我是又气又怕，拳头攥得紧紧的，可又不敢表现出来，除了微笑，就是傻笑。

一段时间后，大家看我的眼光，就像在看怪物一样，那是一种特别鄙视的目光，甚至有些敌意。我不敢抬头和他们对视。事实证明，微笑和沉默换不来安稳的日子，不详的预感随后变成了真实的霸凌。

有次上课时，一个水瓶重重地砸在我的脑袋上！有几秒钟，我的眼前是一片漆黑，剧烈的疼痛让我不停喊叫。同学们开始此起彼伏地学我的叫声，但听起来更像是模仿猴子。那一刻，我捂着自己剧痛的脑袋，屈辱的眼泪在眼眶里打转。但我不敢哭出来，我怕引来他们更加肆意的嘲笑。

老师愤怒地制止了打我的“恶霸”，并且按照校规处罚了他。可是，我更加害怕了，我觉得自己连“小透明”都做不了，我成了“受气包”，成了大家踢来打去的“沙袋”。

学校走廊成了极度危险的地带，每当我走过时，很多外国学生挤作一团，坏笑着来回推搡我，我不敢有任何反抗，生怕他们做出更可怕的举动。我身高有一米八，却像风中的枯草，来回摇晃。到后来，我的胳膊和腿上常常全是淤青。

我害怕向亲人诉说，也不知道如何说。你能想象吗？当时的我有多无助，我觉得全世界都抛弃了我。每次和父母通话，我都要调整好情绪，编好在学校里的趣事，可其实我的内心全是心酸和委屈。

这所有着至高荣誉的学校，对我来说，成了一座炼狱。没有经历过校园霸凌的人，永远无法想象那种绝望。但我不想因为遭到冷眼和嘲笑就逃回中国。

西方的中学很看重体育，文法中学的篮球水平在新西兰数一数二。在中国时，我是一个技术高超的篮球爱好者，当时因备受欺凌，就想通过运动发泄一下，让自己忘记生活的重压。

我特别积极地参加训练，篮球成为我在这里的唯一寄托。随着时间的推移，我和队友开始有所交流，英语会话能力也不断提高。那些平常霸凌我的人，竟然减少了他们的恶行，不过还是没什么人和我说话。

一个周末，篮球队举行了最终的选拔赛，篮球馆里座无虚席。

2015 年，获得新西兰兖州北 AKBK 联赛总冠军

我一步步迈向场地中央，听见了看台上传来的嘘声，前来参加选拔的球员也在窃窃私语，他们的脸上都不约而同地带着不屑的神情。我什么都没有说，只希望用我的实力证明自己！

争球时，对方队员比我高了整整半头，但我奋力一跃，抢到了进攻球权。全场都呆了！谁都没想到我有那么强的弹跳力！对方发现我非等闲之辈，便对我进行严防，这刺激了我的斗志。比赛临近结束，双方比分打平，我的队友传出一个完美的高抛物线，篮球旋转着向篮筐飞去，我瞬间起跳，单手接过球，狠狠地扣进篮筐！我好像把一直以来受到的屈辱，都化成这次扣篮的力量。落地的瞬间，我发出呐喊，那种长期的压抑，随着我的怒吼，被释放出来。

比赛结束了，凭借我的绝杀，球队赢得了比赛！队友全都向我跑来，紧紧抱住我，全场观众发疯一般地欢呼着！这一切发生在电光火石之间，真像一场梦啊！凭借精彩的表现，我成为学校球队建校 140 年以来的第一个华人首发球员。学校颁发给我们每人一套夹克校服，这是球员身份的象征。当我穿上帅气的校服走在校园里，忽然发现，那些窃窃私语的讨论不再冷漠，那些鄙夷的眼神也不再冰冷，那些欺凌我的人不再对我呼来喝去，那条噩梦般的走廊也开始变得和平。更没想到的是，开始有人主动和我打招呼，我微笑回应，尝试和他们进行交流。可以说，篮球给了我很大的自信，我觉得自己和其他同学没有什么区别，谁天生就挨欺负呢？

一次，我在食堂吃饭，一个高大的男生突然向我走来，我认出了他，他就是当初那个用水瓶砸我头的人。我瞬间警觉，感觉自己的汗毛都竖了起来。没想到，他向我伸出手，真诚地说："I'm sorry, can we be friends?"当时，我一度以为自己出现了幻觉，看着眼前曾经霸凌我的人，有点不知所措，只是下意识地与他握了握手。后来，我们成了好朋友，每天一起打球。午休的时候，我甚至教他说中国话。我发现他并不是一个所谓的恶人，他只是有些叛逆，他讨厌那些格格不入的“怪人”。

回首高中的经历，我清楚地发现，校园霸凌的原因很多是源于不自信和自我封闭。尤其像我这样一个中国人，在进入西方的环境后，会习惯性地自怨自艾，束手束脚，生怕犯错或得罪别人。其实，那样只会让别人更看不起你，看不惯你，进而成为他们眼中的“怪咖”。

恐惧和逃避解决不了任何问题，只有改变自己，敞开心扉，主动交流，向大家展示自我，才可能避免歧视与霸凌。千万别觉得自己很差，你一定有独特的闪光之处。我特别庆幸在我最难的日子里，是篮球拯救了我。我认为，改变自己的态度，真诚地展现自我，就一定能赢得他人的尊重！

现在，越来越多的中国学生来到海外求学。融入国外的环境，

举办“对欺凌说不”公益主题活动

受邀参加新西兰中华教育基金会慈善晚宴，
开展募捐活动

避免校园霸凌，成为家长乃至社会都很关注的话题。当我顺利进入奥克兰大学后，我常常想起自己的经历。于是，我问自己：我能做些什么？

作为大学社团的部长，我发现华人喜欢凑在一起玩儿，而不愿意和本地人交流。我特别理解他们，这就像高中时的我一样：刚刚进入一个陌生的国家，英语没那么流利，害怕与人沟通，更不敢展现自己，于是就窝在自我设定的保护圈里。我很好奇新西兰朋友怎么看待留学的华人，他们的回答让我很意外："Keith，中国人从来不会主动与我们沟通，好像我们会吃人一样，我们真的那么可怕吗？"

我明白，所有的隔膜、误解，以及由此带来的歧视、霸凌，都源于双方没有进行沟通。于是，我决定改变这个现状。我组织华人新生了解奥克兰，带大家品尝当地的美食，鼓励大家参加篮球、网球、橄榄球等体育活动。在运动中，新西兰学生逐渐和华人学生打成一片，华人学生的语言能力也得到提升。为了帮助更多的留学华人，我尝试到各个地方拉赞助。幸运的是，我最终筹措到五万纽币。这笔宝贵的资金，将继续用于举办活动，以促进华人的融入与交流。

现在，我会对每一位华人学弟学妹说：不要害怕沟通。这个世界上的暴行，多半是互不理睬的恶果，大家同处一个屋檐下，你却封闭自我，隔开别人，当地人当然会感到奇怪，甚至做出一些过激的举动。改变并不可怕，或许当你鼓起勇气迈出第一步时，你就会发现，那些欺辱和霸凌，更多地来自于我们自己的退却与封闭。当你推开一扇新的大门，你会发现你的世界正以超乎想象的速度变得宽广。当你真正走进并拥抱这个世界时，你将拥有全世界。

世界听我说 对话

张瑜：力昆的演讲很励志，让我想起我在国外读书时的感受。那时，为了融入集体，我经常带一些中国的食物去学校，和大家一起分享。尽管那时候我的英文也不太好，但通过这种食物的分享，我渐渐地融入了进去。所以我觉得自己确实要敢于迈出去，先打开自己。如果你自己先把门关上了，那别人怎么走进你的内心呢？

郦波：其实不管国内国外，到了一个陌生的环境，也许或多或少都会遇到这种情况。谈到解决这个问题的智慧，第一个就是改变自己，把一种受不了的压力，变成一种了不起的动力。但是，当我们把它视作一种社会现象的时候，这还不是彻底解决所有霸凌问题的根本。力昆后来说，他加入了华人留学生联合会，去帮助那些受到霸凌的同学，对欺凌说“不”，我觉得这一点很重要。改变自己是一步，第二步就要改变他人，改变土壤，改变那个环境。

有的孩子，像力昆这样，有能力改变自己。但像天生内敛的孩子，他们不太容易改变自我，难道我们就放弃他们，任由他们被欺凌吗？不是的，我们要去改变土壤，改变环境，以这种方式去帮助他。这样我们的文明才有希望。

主持人：力昆，看来你接下来要做的事情还有很多，还要身体力行地去改变整个土壤，改变周围的环境，相信一定会有效果的。

除了校园霸凌，我觉得留学生在国外还有很多时候是迷茫的，毕竟到了一个新的环境里。面对迷茫，你会给出什么样的建议呢？

赵力昆：任何一个留学生，在海外面临的问题其实都一样：第一是语言问题，第二就是身边的琐碎小事。如果在国内，我们有不懂的问题，直接问亲人朋友就可以了；但是刚到国外，身边还没有朋友，有些事情就变得困难多了。如果想尽快避免这些问题，那么首先就要尽快地过语言关。而且你要经常走到外面去，去跟别人多沟通、多交流，多交一些朋友。随着朋友越来越多，你的很多问题就迎刃而解了。

张瑜：那么是不是也需要一个桥梁，像你说的那种联谊会？

赵力昆：我觉得确实是这样。目前，为了帮助新来的留学生，我们专门建立了一个组织，希望给他们提供良好的平台。

康荣雅
Gronya Somerville

羽毛球运动员

她是澳大利亚羽毛球国家队运动员，

也是清末维新派代表人物康有为的第五代玄孙。

作为康有为的后人，她将会给我们带来怎样的故事?

我的家族基因

我叫康荣雅，来自澳大利亚，是澳大利亚国家队的羽毛球女双运动员。

我的父亲是中国人，母亲是爱尔兰人，所以我是中爱混血儿。我的父亲在我3岁的时候就去世了，我对自己的家族背景并不了解。长大一点儿后，妈妈跟我提起家族的事情，我才对自己的家世有了一些简单的了解。原来我是中国历史上著名的政治家、思想家、教育家康有为的玄外孙女。

我是康有为的第五代后裔，是他和第一任妻子张云珠的第一个女儿康同薇的后代。康同薇是一位受过良好教育的作家和女权主义者。她年轻的时候就受到了父亲改良主义思想的影响，没有裹脚和穿耳，为其他女孩子树立了榜样，这也是她母亲所支持的。她能说流利的日语和英语等几种外语。15岁时，她协助康有为考证《春秋》，自己也写了书。她曾在《知新报》担任翻译，成为首批从事报纸工作的中国女性。她还在上海帮助建立了一所女子

康有为（1858—1927），广东南海人

学校，这是中国女性发起的第一所女子学校。像她的父亲一样，也像我母亲教给我的一样，她关注女性的教育，倡导女性自立。在康有为的晚年，她陪伴父亲去旅行并照顾他。

我的祖父麦俨曾是康同薇的儿子。他是一名工程师，也是居住在中国香港的著名建筑师。他设计了中国银行外面的石狮子，以及许多其他香港的建筑物。我父亲麦继辉 1947 年出生于广州，他在 2 岁到 6 岁时住在香港，然后就搬到了澳大利亚的墨尔本。他在墨尔本大学学习，并在成为数学和科学教师之前担任工程师。他的生活方式很积极，喜欢骑自行车、打网球、游泳和打羽毛球。

我为自己的血统感到自豪，我越了解自己的家族故事，就越能看到几代人精神的传承。康有为对教育和学术的热情，为我们家族的精神奠定了基础。我们的家族成员有百分之八十都成为了

康荣雅（左下）全家合影

老师，我的母亲和父亲也都是老师，他们从小就让我懂得教育的价值和意义。我喜欢学习，目前正在攻读运动科学学位。在羽毛球训练之余，我还在线学习中文课程。在空闲时间，我喜欢听有关商业或自我发展的播客。

学习是一件永无止境的事情，质疑诚可贵。在羽毛球上，我总是在问问题。我在世界各地，包括马来西亚、丹麦、中国香港、印度尼西亚和泰国等多个国家和地区的国家队和俱乐部参加过训练。我总是向教练提出尽可能多的问题，比如，我会质疑为什么印度尼西亚和泰国会做长时间的训练，而丹麦却做这么短的快速训练；为什么他们的技术会有所不同，哪种是最好的方式。我也向其他运动员提出很多问题，并尽可能学习他们的经验，通过观看比赛、尝试模仿他们的打法来了解他们的战术。目前，我的学习重点是羽毛球和大学课程，但我希望将来可以花更多的时间了解中国，了解中国文化和我的家族史，并且能像康有为一样坚持教育改革。

就像康有为是一位伟大的书法家和艺术家一样，我觉得羽毛球是我的艺术形式。他通过漂亮的笔触表达自己，而我则通过羽毛球拍的舞动表现自己。作为一名职业运动员，需要有很强的适应能力、自律能力和决心。我相信这些特质是我的家人也拥有的，并且遗传给了我，帮助我渡过难关。

2017 年，我和我的双打搭档在世界排名第 18 位。我们赢得了荷兰公开赛、加拿大公开赛，并进入了中国超级系列赛 1/4 决赛。2018 年四月，我们参加了在澳大利亚举行的英联邦运动会，这是一项类似于亚运会的活动，是专门给英联邦国家举办的运动会。这对我们来说是一个很大的考验。作为头号种子，我们感到很大的压力。在比赛进行到一半时，我的搭档腿骨发生严重的应力性

在赛场上的康荣雅

骨折，但我们还是坚持打完比赛，最终在半决赛中输给了英格兰队，然后又在铜牌赛中输给了印度。

我们很失望，为自己，为我们的团队，也为我们的国家流下了伤心的泪水。我们离奖牌那么近，由于准备不充分和环境等原因，我们没有达到最好的竞技状态。之后，我的搭档需要手术，我的教练失去了工作，一切都变得有点混乱。但是，我从之前的训练和生活中学到了很多东西，并积累了很多经验，我相信我为自己创造了另一个职业生涯的转折点。

我到马来西亚进行了为期 8 周的训练。每天早上，我都会参加一个俱乐部的训练，然后与教练一起进行至少 1 小时的一对一训练。我知道我的防守需要改进，我找到了合适的教练来帮助我。所以，在马来西亚的每一天，提高自己的防守技术都成为我的目标。在马来西亚的训练时间比我之前训练的时间要长很多，加之天气十分炎热，闷热的天气和艰苦的训练，使得我的手和脚都长满了水泡。但在我适应之后，我可以感受到每一份耕耘所带来的收获，我从这次的经历中学到了很多。这是我第一次独自在国外生活，我真的很享受这次经历，并与所有的马来西亚球员成为了朋友。我相信这次的经历可以让我的羽毛球生涯更上一层楼，我相信如果没有我的毅力和独特的思维方式，我不可能有这样的训练之旅，更不可能有球技上的改进。

作为一名职业运动员，有太多身体和精神上的挣扎，我需要不断克服这些困难。我为自己的内在力量和毅力感到自豪，并认为我的家人也会为我感到骄傲。

我的目标是尽我所能成为最优秀的球员。就像我在马来西亚所取得的进步带给了我动力一样，每天早上睁开眼睛，即使我感到肌肉酸痛和疲惫，也阻止不了我从床上爬起来去训练的决心。

2018 年，获得大洋洲羽毛球锦标赛女双冠军

因为我知道还有很多东西需要学习和实践，而且我相信一切付出都会有收获。像康有为一样，我敢于创造历史，敢于超越常规，我希望自己能获得世界冠军、奥运会冠军，或成为世界第一的澳大利亚羽毛球运动员。

当然，我也会自我怀疑和缺乏信心。澳大利亚如何与强大的亚洲国家竞争？如果我的身体如此容易受伤，我如何与其他全天都在训练的球员竞争？我怎样才能赶上遥遥领先的那些球员？如果我没有一个好的教练或搭档，该怎么办？如果我没有一个好的资金保障，我该怎么处理这些关系？困难重重，问题不断，这就是许多优秀的澳大利亚球员选择放弃并退役的原因。因此，有时当这些想法出现在我的脑海里时，我会思考究竟是什么给了我坚持下去的决心，为何我能有这般毅力。我认为，自己骨子里这股不服输的劲儿是遗传自康有为和康同薇的，像康有为和康同薇这样伟大的人物，一定拥有着能够实现梦想的决心，并为他们的信仰坚持和奋斗，即使在危险时刻，他们也没有放弃。因此，每当我想放弃或偷懒时，我会觉得这有悖于我自己和我的家族精神。

我希望我的羽毛球生涯，可以对整个体育界产生更大的影响。我很想看到在澳大利亚、美国等西方国家，有越来越多的人尊重并参与到羽毛球这项运动中来。我希望自己可以成为榜样，激励年轻人为自己的梦想而战，并坚持自己的信仰。我还希望我能帮助羽毛球女运动员成长起来。目前，对男性羽毛球运动员的关注仍然比女性多。他们更多地出现在电视直播上，印度和马来西亚两个最大的羽毛球联赛目前还没有女子双打项目。这是我的运动生涯中所面临的问题，和康有为、康同薇一样，我对男女平等充满热情，相信女性的能力不亚于男性，甚至在某些方面高于男性。

世界听我说 对话

杨燕子：你是怎么开始打羽毛球的呢？

康荣雅：我是从一个全国天才选拔活动中了解羽毛球的，他们要寻找不了解羽毛球运动的年轻女孩，我就去参加了选拔，做了体能测试。结果一下子爱上了这项运动，所以就有了今天的我。

杨燕子：似乎你父亲和爷爷对你影响也非常大？

康荣雅：嗯，我相信是他们的精神激励着我不断进取，继续追寻梦想，通过艰难困苦与诸多挑战的考验。因为我了解他们的成就，越感到备受鼓舞，也变得越来越优秀。

郦波：她刚刚说，每次想放弃或偷懒时，就会觉得这有悖于自己的家族精神。我听了以后特别感慨。我觉得每一个人都应该像康荣雅一样，记住祖先的荣耀，觉醒这样的血脉，决心自己要成为他那样的人，甚至要超过他那样的人。这才是我们华夏文明源远流长的秘密和精神动力所在。

刘少林
Liu Shaolin Sándor

刘少昂
Liu Shao’ang

短道速滑运动员

他们是奥运赛场两道炫目的闪电，

他们凭实力夺冠，以颜值夺目，

又靠着地道的东北方言圈粉无数。

匈牙利哥俩儿，

号称有着“匈牙利的身体，中国的速度”。

与中国这份难以割舍的情缘，

让他们拥有了成倍的快乐与记忆。

匈牙利的身体，中国的速度

刘少林：我是刘少林，23 岁，冬奥会冠军。

刘少昂：我是刘少昂，20 岁，也是冬奥会冠军。

刘少林：我们是匈牙利国家短道速滑队的运动员。我们的爸爸是中国人，妈妈是匈牙利人。今天来到这里演讲，我在上台之前真是有点紧张。

刘少昂：没关系，哥哥，我们长得那么帅，说啥都没问题！

刘少林：就说一说咱们兄弟俩的故事吧。听得出来，我们俩说话都带点东北味儿吧？其实，我们虽然是土生土长的匈牙利人，但也算是半个长春人。我们俩经常在中国的长春进行训练，跟韩天宇、周洋姐都特别铁。不过，别看我们现在东北话说得那么溜，刚来中国的时候，真是吃了不少苦头。

刘少昂：我们第一次到长春，待了一年半的时间。那个时候我 8 岁，哥哥 11 岁。我小时候性格比较内向，比较害羞，不爱说话，突然被带到一群陌生的外国人中间，完全适应不了。

刘少林：对，那个时候，别人一听说开饭了都赶紧冲到桌子旁边，而他却是满屋子乱跑，非得张晶教练逮着他，“押送”到桌子旁边才行。我倒还好，中国菜跟匈牙利菜口味很相近，而且我们是来学习训练的嘛，周围都是年龄差不多的小伙伴。我们不仅跟他们一起进行训练，还会一起上课。我们到平泉小学当了插班生，学了汉语拼音和简单的汉字，当然还有一口流利的东北普通话。现在回想起来，我真是特别庆幸自己选择了短道速滑这项运动。因为滑冰，我们兄弟俩能一起并肩作战，能取得这么好的成绩，还跟中国有了更深的缘分。而我们 13 岁的妹妹，原来她练习手球，现在也选择了冰上项目。

刘少昂：不过如果让我再选一次的话，我应该会选择当模特吧！毕竟我长得这么帅是不是？而且我会说中文，一定能成为国际范儿的明星！

刘少林：哈哈，我们家除了有滑冰的基因，确实还有点儿艺术天分。我们的爸爸是个画家，最开始的时候，他是想培养我们学习绘画的。可是，画画一坐就要好长时间，我们俩哪是能坐得住的人啊！爸爸妈妈看我们根本静不下来，干脆就让我们练体育去了，至少能锻炼身体。一开始，爸爸让我们练游泳，特别清凉的一项运动。但是有一次差点出事儿。

刘少昂：而且我们还总是生病，可能跟水没有什么缘分吧！

刘少林：所以游泳计划又失败了。不过没关系，2006 年，是一个神奇的年份，我们的人生在这一年发生了巨大的变化。

刘少昂：冬天来了，妈妈无意间在网上看到一家滑冰俱乐部的招生告示，就说带我们过去看看。

刘少林：一到冰场，我就兴奋起来！看着那些在场上快速滑行的人，我觉得那就是我想要的，飞一般的感觉！回到家，我跟

日常训练

妈妈说，这项运动太好玩了，我明天还要去上课！妈妈吓了一跳，这完全不像以前那个吵着不去上课的孩子。

刘少昂：从此以后，爸爸每周都带我们去训练。我那时候才7岁，学得比较慢，哥哥有时候就给我开小灶。我们晚上睡觉前都会聊训练的事儿，聊着聊着就睡着了，因为太累了。

刘少林：那一年，短道速滑世锦赛在布达佩斯举行。爸爸说，你们既然喜欢滑冰，就去现场看看顶尖选手是什么样子吧。我们特别兴奋地去了，爸爸是华侨代表，所以我们坐在了很好的位置上。现场看世锦赛，真的是非常刺激，我还没看清，选手们就“唰唰”地冲过了终点线。那个时候，我就想，我以后一定也要滑得这么快。

刘少昂：也就是在看比赛的那天，爸爸认识了中国队的领队。她建议我们去中国训练，这样才能真正提高水平。

刘少林：爸爸一拍脑门就同意了。然后我们全家就来到长春，我们俩留在吉林省冰上运动中心训练。当时，就是张晶教练负责我们的全部训练。爸爸回匈牙利前，跟张教练说："少林同年龄段的匈牙利冠军 500 米滑 52 秒，您能不能让少林也滑进 52 秒？"张晶教练笑了笑说："你放心回匈牙利吧！"这个要求根本就不算难题。一年后，我的成绩就达到了 47 秒，在欧洲青少年比赛中甚至能领先对手半圈儿。弟弟更厉害，在回去后的第一场比赛——欧洲青少年联赛 500 米上超了第二名一圈，拿了第一。我们现在的领队就是那时候俱乐部的教练，他在场边一直说"这是不可能的，这是不可能的"。爸爸妈妈走后，由于我们年纪小，不会照顾自己，张晶教练就变成了我们的"干妈"，我们在张老师家还住了很长一段时间。我们和张老师的女儿年龄差不多，直到现在大家都是非常好的朋友。

刘少昂：还好我们长得比较可爱，不然张教练每天训练时看着我们，回家还得看见我们，应该会觉得很烦吧！

刘少林：张晶教练经验丰富，而且很严格，每一个细节都抓得很紧。她总说，别看短道项目是速度型比赛，其实技术非常关键。匈牙利运动员的身体素质非常好，需要加强的就是技术训练。所以我们经常是一个动作要反复练习很多遍，成效非常显著。在训练的间隙，我也会看录像，研究技术细节，张教练为此经常表扬我，说我像个中国孩子。2008 年以后，我们每年都要回长春训练三个月，基本上的节奏就是"在匈牙利比赛，在长春提高成绩"。而且，在中国训练还有一个好处，就是能跟顶尖选手一起训练，互相学习。有时候练得累了，我就有不想再练的想法，但看到周围的小伙伴仍在咬牙坚持，我就觉得一定要坚持下去。一股子劲儿就这么冲了上来，可能因为我也是半个中国人吧！2012 年，匈牙利滑冰协会决定为国家队聘请外教，我明确提出想让张老师当我的教练，因为我们俩只信任她。于是，张教练就被我们“拐”到了匈牙利国家队。可以说，如果没有张教练一路上的陪伴与指导，我们就不会有今天的成绩，而且我们的东北话可能也会退化。平昌奥运会 5000 米接力赛夺冠后，我太兴奋了，在冲过终点时，我一直在尖叫，然后马上冲过去拥抱了我的中国教练和匈牙利教练。就像弟弟说的，匈牙利赋予了我们良好的身体素质，而中国则给了我们绝对的速度！

刘少昂：那场比赛，我是倒数第二棒，哥哥是最后一棒。轮到哥哥的时候，加拿大队吉拉德排在第一位。我的任务已经完成了，就看哥哥的了。我相信他一定可以，我相信，只要是我们一起参加的比赛，我们就会赢。

刘少林：当时我什么都没想，就想往前冲。场上的对手都很强，中国队、加拿大队都是夺冠热门，在奥运会 500 米的比赛中，我就输给了武大靖。但那个时候，我就想奥运会四年才有一次啊，

帮助匈牙利队夺得 2018 年平昌奥运会短道速滑男子 5000 米接力冠军

夺冠后与张晶教练合影

于是我就拼命地往前滑，最终超过了吉拉德。冲刺的时候，我有一种疯了的感觉，甚至不敢相信这是真的，恨不得有人过来掐我一下。那天比赛结束后，我还跑去跟我的老朋友们一起拍照。我们俩和中国选手一起训练，又跟他们同场比赛，我们之间既是竞争对手，更是共同奋战的伙伴。其实我们俩从小开始练速滑，就是尽我们最大的努力，享受自我，这是我们的主要目的。我们没有安排什么战术去打败谁，我们跟中国队队员就像一家人，我们只是享受过程。

刘少昂：其实在匈牙利，有很多人都认为自己的祖先来自东方，大概就是中国的游牧民族吧。而且，匈牙利是唯一一个姓氏在前、名字在后的欧洲国家。作为匈牙利华人，我觉得这种关系很有意思。

刘少林：是的，你看我们跟中国人长得很像吧，这当然是因为我们有一半的中国血统，但其实，在我们国家，黑眼睛、黑头发是很常见的。我们出生在匈牙利，有一个中国爸爸，然后又因为短道速滑，在中国训练比赛，有了像妈妈一样的中国教练，认识了非常优秀的中国伙伴。而且，我跟弟弟始终在一起生活、训练、比赛，并一起取得了冬奥会金牌。我今年 23 岁，已经有了这么多宝贵的经历，这都要感谢我的家庭，感谢短道速滑项目，更要感谢我的匈牙利朋友与中国朋友。

刘少昂：2022 年，北京将举办下一届冬季奥运会，我们将携手在北京展现“匈牙利的身体，中国的速度”，希望大家为我们加油啊！

主持人：从他们讲的故事里能感觉到他们心里对于中国血统和中国精神的认可。

郦波：他们的国籍是匈牙利，但是他们的教练却是中国人，中国教练培养出了匈牙利的世界冠军，中国人就是这种“四海之内皆兄弟也”。体育的原点、初心是什么？是为了友爱，是为了共赢，是为了在相互促进中获得人性方面的升华，这才是奥林匹克的精神。在他们兄弟俩身上体现出来的，既有体育精神，也有我们华夏文明的精神。

现场观众提问：我也非常喜欢滑冰，也喜欢体育运动。想问一下你们是如何成为冠军的？

刘少林：现在回想起来，我们一开始滑冰的时候也会有“还是别滑了”的念头，因为我们当时滑得不是特别出彩，而且在冰上总是摔跤，但我们坚持了下来，我们的水平是一天天练起来的。所以，如果你开始学习一项运动或其他东西，你得慢慢地一步一步地来。我想表达的就是这种坚持的精神，尤其最开始学习的时候可能会很艰难，但你一定要学会坚持，不要轻言放弃。

郑天豪
Alex Zheng

学生

他是一名开朗帅气的高中生。

他出生于意大利，15 岁时回到中国。

他会意大利文、中文、英文、法文四门语言；
他爱好广泛：美术、滑雪、骑马、游泳，样样精通；
他还特别喜欢街舞，
曾获得北京中学街舞团队比赛一等奖。

这样一个阳光、积极向上的少年，却有着自己的烦恼……

少年天豪之烦恼

我叫郑天豪，17 岁，出生在意大利的布雷西亚，我的爸爸妈妈都是温州人，所以我也是个温州人。15 岁的时候，我回到中国读书，今年又将回到意大利。

我是一个普通的高中生，唯一的特长就是街舞，拿到的最高名次是北京高中街舞团队比赛一等奖，好像也没有什么了不起吧。你们一定在想，这个小孩要抖出什么精彩的故事？让大家失望了，其实并没有。

我遇到了人生的困惑，很大的困惑！

我想很多朋友都不会在 17 岁时，遇到这么大的人生选择。

我即将面临国籍的选择！

像我这样出生成长在意大利的孩子，到了 18 岁就必须选择国籍，如果我选择了意大利国籍，以后回中国就要办签证，很不方便；如果我选择了中国国籍，那么在意大利生活，华人是很少能获得选举权的。我常常在想，为什么我不可以有双重国籍？我

2018 年，在北京王府学校街舞社表演

不想有一天我回到中国的时候，你们会说：看，这个意大利老外！而我在意大利的时候，他们又说：Hey，cinese con gli occhi mandorle！意思就是有杏仁一样眼睛的中国人！

坦白地说，我不知道我最后的选择是什么。在中国生活了两年，我感受到很多。妈妈常常告诉我，我在中国的这段经历，将会影响我的一生！而我，也想让它们永远保存下来，不光是留在我自己的心里，也可以留在中国，留给我的中国朋友们。

先说说我为什么回到中国读书吧。

我爸爸妈妈常说，中国的经济腾飞是全世界都知道的，身为华人，学好中文很重要。说到让我回国读书，爷爷奶奶就乐开了花，因为这样我就能经常陪伴在他们身边了。

再说我自己。我知道中国学生的数学很厉害，中国学生都可以口算，我也想变成一个如此厉害的人，也想体验一下妈妈口中严格的中国校园生活，因为我在意大利学习时是很懒散的，那里

在北京王府学校与同学合影

上午八点上课，到下午一点半就结束了。

然而现实告诉我，是我想得太简单了。

我在意大利读到高一。回到中国才发现，那里的高一，只相当于中国初一的水平！所以我刚到温州的时候，就只能在绣山中学读初一。还记得第一次拿到老师布置的作业的时候，我还以为是一个学期的作业！可周围的同学都很淡定，我突然觉得自己是不是到了外星球！

而且我的同学都超级厉害，竟然还在不多的业余时间里，报了各种兴趣班，游泳、画画、唱歌、弹琴，一样没落下！我终于明白什么叫"德智体美劳"全面发展！大家都是现实版的超人吧！只能说，中国的教育，太强大！

可我真的遇到麻烦了。毕竟我是以意大利语为主，到了中国，突然接触文言文、古诗什么的，一开始完全听不懂。语文老师特别体谅我，每次要背的东西都可以延迟几天。老师，谢谢您，我一定让您感到很头痛吧！但是现在我能背出很多古诗，我最喜欢的一首就是：白日依山尽，黄河入海流。欲穷千里目，更上一层楼！

最可怕的还是我一开始向往的数学。简直太难了！不论是教学的速度，还是作业的数量，都使我完全不能承受，直接崩溃！

我决定今年回意大利，很大的原因是如果在中国，以我的能力，根本不可能考上好的大学，中国教学的进度太快了，我跟不上！我很佩服在中国能够考上大学的那些年轻人，你们太厉害了！

可就是这段经历，让我知道了一个道理：想要变得更优秀，只有勤奋、勤奋、再勤奋！当我回到意大利，我要告诉意大利的同学：你们根本无法想象中国的学生有多努力，多勤奋，中国出“学霸”是有原因的！

虽然中国学生学习的努力和刻苦“吓”到了我，但是在做中国学生的时光里，我也有很快乐和很重要的经历和收获，最让我难忘的是第一次住宿的人生体验！

我在温州读的是住宿学校，这是我的第一次住宿体验。原来我以为自己很善于交朋友，但是刚去住宿的时候，我完全懵了，发现自己跟几个完全不认识的人住在一起，很尴尬，也不知道跟他们说些什么。但是大家对我很友善，他们知道我中文不好，于是都来教我，每天还辅导我写作业，去食堂吃饭也拉着我一起，课余时间，甚至会叫我一起打篮球。他们说，不能让我觉得自己是在外国，而要让我觉得在这里就像在家一样。

在中国收获到的友谊，是我最大的财富，我觉得中国人对待友谊和意大利人是不一样的。在意大利，虽然我也有很多朋友，但是大家可以“相忘于江湖”，心里也不会有特别的感觉。但是在中国，大家很看重友谊，认为交朋友就是要一辈子！这种感觉，让我第一次觉得友谊是一件有责任、有分量的事情。

我想和我的中国朋友说，我快要离开中国了，但是我永远都不会忘记你们，我们可以通过微信、电子邮件聊天，你们永远都是我最好的兄弟！

在中国，我还有一段难忘的回忆。

刚回中国的时候，妈妈就告诉我，中国很大，虽然我过着很幸福的生活，但是有很多困难的小孩子需要人们的帮助。有一次，妈妈带着我，跟着温州仁爱义工协会到了苍南县的下应村。我记得那天车子开到了一座山里，在经历近一个小时的盘山小路之后，司机告诉我们车子开不进去了，只能步行。当时我就想，这么偏远的地方，那些小孩要怎么读书呢？他们有没有见过高楼大厦？会不会和我一样去旅游滑雪？一进村子，我呆住了，那里都是很破的房子，都是土路，村子里都是老人和孩子。妈妈说这些孩子有的一年才能见到爸爸妈妈一次。我遇到两个小孩，我把衣服和书包给了他们，他们拉着我进了家，从烧火的灶台的灰里面，扒出一个黑乎乎的东西，塞到我手里，跟我说，哥哥，这个给你吃，很好吃的。我扒开那个全是灰的东西，咬了一口，是没有任何味道的烤土豆。但他们吃得很香，一边吃一边笑嘻嘻地看着我。我当时很想哭，这个食物对城里的孩子来说，根本不想吃，但对这里的孩子来说，已经是最好吃的东西了，而他们把这个给了我。

那天离开村子后，妈妈告诉我，在中国，大家都是要互相帮助的，每个人都可以这样做，没有门槛，没有规定，只是大家自发地去做。当时我就觉得，中国是个特别温暖的国家。

就像我，一个在意大利生活长大的孩子，中文也不好，却从来没有感到任何融入的困难。每个了解我情况的人，都会对我格外的照顾和体谅，这真的让我觉得是一件很温暖的事。这可能就是妈妈常说的中国人心中有大爱。

我快要离开中国了，我还有一些话想对下应村的弟弟妹妹们说：以后哥哥可能很难经常来看你们了，希望你们可以快乐健康地成长！即使我回到意大利，也会给你们写信、寄礼物，希望你们可以记住我！

在中国，很多人都会问我，意大利和中国有什么不同？

中国现在的移动支付、打车软件、共享单车等等都是世界任何一个国家所无法比拟的，真是太方便了，我身边的朋友出门都不需要带钱包，一部手机就能搞定一切，这种感觉超级爽！这让我觉得中国人更容易接受新的事物。相比于中国，国外似乎停滞不前。当然，我并不是说意大利什么都不好，那里全民环境保护意识很强，意大利的蓝天白云几乎每天都有，如果有几天检测到空气不好，就会全民禁车，市民免费坐公车。如果谁从车上丢垃圾，后面的车子就会按喇叭抗议，包括路上的行人都会指责他。意大利人的这种意识，我觉得是值得我们学习和借鉴的地方。

今天，我把自己重要的感受和故事，都讲给大家听。我的老师会看到，我的朋友会看到，我自己也会一直记住。虽然一开始说的那个困惑还存在于我的心中，但是我想，无论我如何选择都不重要，重要的是我在中国收获了什么，我将把这一切带回意大利，告诉我在意大利的朋友，在中国，努力是什么样，友谊是什么样，包容是什么样，大爱是什么样。我希望通过我的分享，能够让更多的意大利人了解中国和中国人，那样，我的这些珍贵记忆就成为了真正有价值、有意义的存在。

那时候，我也不会再被我的身份而困扰。因为无论我在哪里，中国都是我的故乡。

对话

郦波：天豪的演讲特别棒，你的老师肯定非常高兴。我经常会建议海外华人朋友们，他们的孩子在像天豪这个成长阶段，应该回来体验一下，环境会刺激体内文化的遗传基因觉醒。而这种天生的遗传性的亲近，对成长是非常重要的。就像天豪现在这样，要来回走动，然后去体验。

同时天豪还带来了另外一个问题，就是中国孩子的教育问题。中国有首古诗叫《村居》："儿童散学归来早，忙趁东风放纸鸢。"现在很少有孩子放风筝了，为什么呢？就像你说的，一放学还要上很多的补习班，学习压力很重。我觉得这有点拔苗助长了。我们的孩子在中学阶段很厉害，但是一进了大学，或者到研究生阶段，创新能力跟国外的孩子相比就差了一些。

赵月枝：郦波教授讲到创新能力，其实国外的大学给学生布置的作业非常多，有很多的阅读和研究，所以根本不像国内父母想象的那样，觉得孩子在国内苦，到了国外就不苦，实际上不吃苦，你不可能有收获。而且我觉得，你在国内先学会了吃苦，有这个习惯了，你再出去。为什么很多国内出去留学的，尤其是读博士、硕士的人，这么优秀？就是因为他们在国内打下了很好的基础。没有人能随随便便地成功。

郦波：赵教授说得特别对，就是我们的中学生很苦。但是中学阶段的这种苦，往往是被老师和家长逼出来的，是一种逼迫状态下的拔苗助长。到了大学阶段，应该有一种成人之后的自我要求，在自我理性的驱使下开始发力。这种发力对人生特别关键，对科研、对学术也很关键。中国的孩子在中小学阶段好像被榨干了，等上了大学，就觉得总算没人管了，于是开始“放鸭子”了；或者就像钱理群先生讲的，走上一条精致的利己主义道路，这是非常值得我们反思的问题。

黄天戈

Huang Tiange

钢琴家、作曲家

他被称为“少年莫扎特”。

他四岁弹钢琴，五岁作曲，

六岁创作的交响乐作品获得了美国作曲大奖，

是音乐史上最小年龄创作交响乐的作曲家。

他的才华和自信令人赞叹。

有人说，他代表着古典音乐的美好未来。

“很多人说我是音乐天才，

其实我觉得自己跟其他人没有不同。

只要热爱、努力、坚持，天才是可以培养出来的！”

天才的发现与培养

我是天戈的父亲黄秋远，今天我代表我们夫妇俩，来讲述天戈的成长故事，与大家分享我们在发现和培养孩子的兴趣的过程中的想法和观点。

首先，我们认为自己花了很多心血去发现孩子的天赋和兴趣。很多时候，孩子的兴趣和天赋是在同一个方向的。举一个例子，在天戈六七岁的时候，他已经梦想着有一天要学习一首曲子，因为他太喜欢那个作品了。但要练出难度如此之高的曲子，需要很多年的努力。这么多年过去了，他一直保持着他的兴趣和追求。当他掌握那首曲子的时候，他说“我又实现了一个梦想”。他的生活，其实一直与兴趣相伴。

他是比较幸运的。在他妈妈怀孕的时候，我们除了精心呵护，几乎没做其他的事情。我们每天定时播放古典音乐，所以他很早就有胎动，每天晚上在固定的时间，他就会隔着肚皮踢一踢，我们随时等待着他，和他互动。

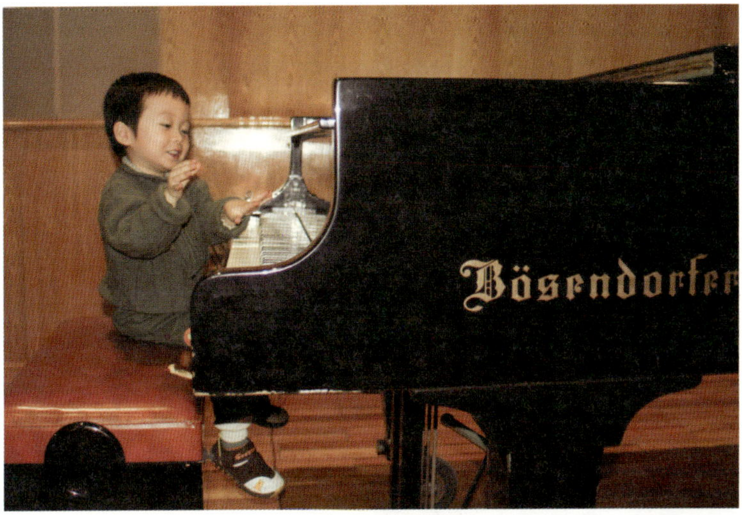

三岁时的黄天戈

当我们播放一些超乎他平常所听的音乐时，他就会有不同的表现。但因为在他妈妈怀孕的时候，我们希望将来把孩子培养成画家，所以并没有特别注意他在音乐方面的反应。直到他出生九个月后，我们通过一段时间的观察，才发现他对音乐的敏感度远远高于其他方面。尤其是他经常会把别人倒放的乐谱扶正。小孩子会有一些直觉，如果对这件事情非常着迷，他的记忆就会非常深刻，就知道哪一种是正确的，所以他会扶正乐谱。而他在出生的九个月内，其实接触了很多内容，但他对别的事情没有这么仔细，唯独对钢琴上的乐谱感觉不一样。

有一次，一个研究生来我家里上课。我们在书房里上作曲课，弹了一个音，天戈就“啊”地把这个音唱了出来；我们再弹一个音，他又“啊”地唱了出来。要知道，天戈当时刚刚学会扶着床站起来。

通过这样的事情，我们发现他最关注音乐，尤其喜欢古典音乐。他在两岁的时候，就很主动地要求：“爸爸妈妈，你们什么

练习作曲时的黄天戈

时候开始给我上钢琴课？”我们就跟他讲：“等到你的手指可以立起来，你也可以像别人那样开始学钢琴。”结果等到三岁半的时候，虽然他的手指还有点软，但他很着急了，天天在钢琴上拍。我们就说先给你练练耳朵，唱唱音。所以他从三岁半开始接受音乐训练。

根据我们的经验，觉得他到四岁的时候，应该可以学钢琴了。我们就对他许诺说：“当你四岁生日的那一天，第一节课就可以开始了。”那一天他穿得整整齐齐，吃完早餐后就等着九点钟开始上他人生的第一堂钢琴课。

上钢琴课也很有意思。因为他之前已经听过很多大师的名作。第一堂钢琴课只能学很简单的音乐，但是他当时弹完了总是要“嗷”，因为他还不会弹低音，他想模仿这个声音。于是我们就对他说：“这样是不可以的，这个曲子没有这个音，你破坏了它。”然后他说：“我这个是要有交响乐，我要有定音鼓。”因为那个时候，他一直在听贝多芬的第九交响曲。经过几次这样的事情后，我们发现他不是故意捣乱，因为喜欢，他就有一种要去延伸的欲望，他想去创造一些东西。从那时开始，我们就给他制定了后来的培养计划。我们不仅在他演奏的作品里精选了有益于创作思维发展的音乐，而且教他记谱。这是他很早就能够去创作的原因。

天赋是一方面，后天的训练也非常重要。每个孩子至少在一个方向上有惊人的天赋，但很多时候被父母忽视掉了。也许是因为父母太忙，或者可能不太相信，然后就忽视掉了。其实每个孩子都有天赋。我们在家里几乎从来没用过“神童”“天才”这些词。因为我们认为每一个孩子都可以是这样的，天戈只不过是很多幸运的孩子中的一个。他出生在我们这样的家庭，我们有心、有精力去培养他。他自己在回答媒体提问的时候也经常说：“因为我很幸运地出生在这样的一个家庭。”

我们的心态非常平和，经常跟很多人分享教育孩子的经验，但是话说回来，我们为什么很重视一些专业人士或者媒体对天戈的肯定和评价呢？不是出于虚荣，虚荣没有价值。我们重视是因为这些评价很好地总结了他的付出。因为他从四岁开始练琴，四岁时练四个小时，五岁时练五个小时，六岁时练六个小时，七岁时练七个小时。从八岁开始一直到现在，每天练琴是八个小时。他付出了很多，他取得了成果，他受到了肯定，这是非常好的。

他在八岁时就获得了在美国最具权威、规格最高的美国作曲家、作家及出版家协会青年作曲家大奖。他当时获奖的作品是他六岁时创作的交响乐队作品《唐诗四首》。十岁时，美国福克斯电视台播报他将在纽约举办首场音乐会时，用了“世界优秀的古典钢琴家之一”这样的称号。我们很认真地对待这些话，因为这些话总结了他前面的付出，也使他更加自信地继续往前走。所以我们很珍惜这些东西，也希望能够有更多的机会去分享。

家长真的需要花费很多的精力和心血去观察孩子，因为孩子一定在某一方面非常有天赋。我们要根据、追随、迎合孩子的爱好来制定教学方案。

天戈去年还学了另外一首非常著名的钢琴协奏曲。那一天给他布置这首曲子的时候，他又说“我又实现了一个梦想”。因为

获得青年作曲家奖

在他三岁半还没学琴的时候，每天晚上吃完饭，他坐在我的大腿上看视频，看的就是这首曲子。他当时就讲，长大了一定要弹这首曲子，这首曲子太过瘾了，太激动人心了。十年之后，他学会了这首曲子。所以如果孩子能够有一个兴趣或者梦想，坚持十年后，他仍觉得自己非常荣幸地能够实现这个梦想，我们觉得这就是非常积极的能量。

很多人会产生误会，经常提一些问题："天戈，你天天这么练琴，是不是很苦？"我们不是这种观点。比如，天戈星期天也要准时练琴，早上九点开始，中午休息一个小时，然后一直练到六点，这样就是八个小时。可是星期天，很多邻居的小孩子都在院子里玩，也会玩一天。我觉得他们是一样的，只是用不同的方式去打发时间而已。天戈每天练琴八个小时，听上去很苦。我们想一想，小时候上小学也是这么多个小时，也是坐在学校里。所以不存在辛苦的问题。

另外，对天戈来讲，音乐就是一份工作。父母都希望孩子从事的工作是有意义的，是孩子喜欢的。对天戈来讲，音乐就是他所喜欢的。所以我们觉得给天戈做的规划和细心的照顾是很有价值的。

刚才举的例子是想说，“发现”的过程更多地需要父母去付出。那么“培养”具体要怎么进行呢？这对父母而言也是一个很大的考验。

我从事音乐这么多年，见过无数令我们惊叹的小孩子，他们小时候琴弹得很好，但后来慢慢地他们就失去了以前精彩的表现。其实原因很简单，孩子们一开始表现得那么好，是因为老师和家长制定的方案非常好。但是后来，老师或者家长没有根据孩子的表现去更新方案，错过了孩子攀上更高峰的时机。所以我一直在思考，培养的关键在于我们大人要不断地学习，不断地更新我们对孩子的学习成果和学习能力的认识。

在天戈的成长过程中，我们每天都在学习，先保证自己学好，然后才有可能针对他的现状把他教好。所以在教育上，我们总结起来就是遵循了中国古代的传统教育思想——因材施教。

我对因材施教的理解就是，要非常仔细地观察和判断每个学生在每个阶段的表现，然后更新我们的教学方案，并在实践中对其进行检验。我觉得在这个框架下，多数人会迅速地取得良好的效果。

同时，要有效地培养孩子，还必须做一个横向的类比。比如，哪些东西需要暂时放慢？哪些东西是横向可以联系的？在西方出现了非常了不起的音乐家，他们既是伟大的作曲家，又是非常活跃的钢琴家，还是非常出色的指挥家。他们是怎么学出来的？这三个专业在音乐学院是三个领域，是完全不同的。当我们了解这些大师的成长过程，我们就敢于放弃现有的一些条条框框，大胆制订一些有效的计划。天戈每天花在作曲这件事上的时间，最多有两个小时，但是其中一个小时是学习作曲理论。因为要成为成功的艺术家，必须有坚实的基础。所以要用一个小时学理论，用另外一个小时来作曲，写作品。就凭着每天的这一小时，这么多年来，他写出了很多大型的作品，这些都是在他六到八岁这个阶段创作的。

所以，在培养方面，我的观点是，要大胆而又实事求是地去分析，去做类比，然后调整我们的思维，并大胆实施。

最后，我祝愿所有有心的家长和孩子们，你们的付出一定会有非常好的回报，希望你们在出征之时，便成功在望。

世界听我说 对话

主持人：听了你的讲述之后，我心里一直在想，如果让我对自己的孩子打破常规进行这种因材施教，我可能没有那么大的勇气。因为它是一条好像必须一走到头的路。当初你有没有经历一番思想波动？

黄秋远：我觉得还好，可能这跟我的职业有关系。所以我们老重复一句话：他是得益于我们这样的家庭。他的情况很像莫扎特，莫扎特的父亲是职业音乐家，又能教学，又有演出经验，所以很多东西都可以在家里做。我们的时间非常自由，随时可以陪着他去演出，可以天天在家里看他练琴，可以教他，还可以带着他一起参加很多艺术方面的活动。

郦波：是的，天戈的成才之路，一般的家庭很难复制。当年有人问米开朗基罗："你是怎么从一堆大理石里头雕出一个伟大的大卫来的？"米开朗基罗愣了一下，回答说："它本来就在里头，我只是把它释放出来。"所以我觉得教育的本质就是找到孩子身体里的天赋，帮助孩子释放出来，这是教育的规律，也就是儒家讲的"因材施教"。

主持人：天戈，你几岁去的美国？

黄天戈：八岁。

主持人：你当时去美国的时候，在融入当地小伙伴时感觉有困难吗？

黄天戈：因为语言不通，所以我在学校读了两年。有些同学会传播小道消息，给老师打小报告，让我有很多麻烦。但是也有很多友好的同学。以前我在北京认识了一位美国奶奶，我们搬到纽约的时候，她碰巧也搬到了纽约。她家有一个女孩，对我很好，我在他们家骑自行车玩的时候，她还会让我注意安全。

郦波：作为父亲，您对天戈的未来有什么期望吗？

黄秋远：我对每一个学生都是这样的心愿，学专业的时候一定要学到最专。你一定要这样有一份心：我付出了这么多，一定要争取做到世界最好。这也是对自己、父母和社会的负责。但也要顺其自然，不要有压力。最重要的就是你努力了，你付出了。

王泓翔

Wang Hong Xiang

学生

他是自学成才的"00后"京剧神童。

他曾凭借一曲《梨花颂》，

以空灵纯净的嗓音，征服了无数听众。

他曾经与著名梅派青衣李胜素先生同台合唱名篇佳作《咏梅》，

京腔京韵的演绎惊艳全场!

这位"00后"的华裔小朋友，生长在国外，

却为何对京剧情有独钟呢?

京剧好美，我最喜欢

今天，我想和大家分享我的京剧梦。

我记得五岁时和爸爸妈妈一起回国跟亲戚聚会，叔叔提议让我们小朋友唱歌助兴，我第一个跳出来唱了首《梨花颂》。听妈妈说，我在很小的时候就会唱《梨花颂》这首歌了。每次家庭聚会，我都会给大家唱这首我喜欢的《梨花颂》。我想我小时候还真是个特例啊。我觉得大家小时候应该都是唱《数星星》之类的儿歌吧？

我感觉我和大部分人都不一样，因为我有个京剧迷老爸，他是个京剧票友，非常喜欢京剧。每天我都能听到他在我耳边练嗓，天天唱《梨花颂》。有时候，我玩着玩着就会听到“梨花开，春带雨”，“不对，再来一遍”，“梨花开，春带雨”。就这样，每天无限循环，我想不会都很难呐。

你问我生活在温哥华，为什么中文说得这么好？这真的是说来话长。我出生在中国香港，但两岁的时候就和爸爸妈妈一起去

2017 年，与温哥华爱乐交响乐团合唱团共同表演《梨花颂》

了加拿大。在那里，我见到了很多小朋友，可能你们会觉得我见到的都是黑皮肤、白皮肤的同学，其实不是的，我班里面有 30 个同学，一半是华人，但他们中有些人中文说得并不是很好。因为在那里，英文是我们的母语。但我是个特例，因为我有一个非常传统的老爸。他生怕我忘记中文，所以当他在家的时候，我就只能说中文、看中文电视，只能用中文和他们交流。那段日子，伴随我的就是三样宝：CCTV-4、老爸喜欢的京剧，还有我的老爸老妈。

爸爸为了让我更深入地了解京剧，把我带到了他的艺术团——阳光爱心艺术团。这个艺术团会表演很多京剧，有很多和他一样会唱京剧的票友，我想爸爸是想让我耳濡目染地学习吧。可是，有时候我并不是很想去学，就会产生抵触情绪。这个时候，他就会跟我说："泓翔，我们是中国人，必须要学习和了解咱们中国的艺术和文化。"

王泓翔与父亲在加拿大家中练习京剧

在这里，我想感谢我的爸爸。虽然他总是对我比较严肃、比较凶，但是我能感到他做的这些都是对的。他让我每天在家只能讲中文，只能看中文电视，只能看中文书，这样整整坚持了十年。刚开始，我并不理解，甚至会反抗，还会叫来妈妈当援兵。但每次，我的抗议都以失败而告终。现在，随着年龄的增长，我慢慢地理解了爸爸为什么要这么做。他是让我不要忘记中国的文字、中国的文化。用爸爸的话来说就是，我们是中国人，不能忘记自己的根。

我真正喜欢上京剧也是因为爸爸。但这并不是什么潜移默化，而是爸爸的刻意栽培。

我印象最深的一次，是我第一次上台的经历。有一天，爸爸突然问我："儿子，你想不想和我一起上台唱《梨花颂》啊？"我当时很随意地说了一句："随便。"我真的只是顺口一说，他经常问我类似的问题，我都以这种态度回答。可是这次我发现事情很不一样，他表情比以前要严肃很多，狠狠地训斥我："你天天唱这唱那的，现在让你上台你就上不了席了，就你这种态度，根本上不了台面！”哇，我当时真的被爸爸震住了。我想了想，有点不服气，为了证明我能上得了席，我就答应了。

我记得那是 2014 年 8 月 31 日，我跟着爸爸妈妈来到了剧院，参加中秋晚会的演出。当我站在舞台上开始表演的时候，一看到台下乌压压一片观众，就紧张得说不出话来，全身直发抖。然后我开始唱了，唱着唱着，我感觉到爸爸温暖的手臂摸着我的后背，我慢慢放松下来，最终我第一次在舞台上唱完了这首《梨花颂》。

这次表演让我发现上台并不是件容易的事，也就是在那时我才知道，爸爸并不是不想教我唱京剧，而是怕把我教得不正宗。他一直想在国内给我找位专业老师，因为在我们那里没有京剧学校，只有一些华人合唱团。爸爸给我报名，让我去了爱乐合唱团。老师听到我的声音，非常喜欢，就让我当了领唱。说实话，我当时特别开心，心想我要先把歌唱好，再把京剧唱好。当时我们经常唱的一首歌是国外比较流行的《斯卡堡集市（Scarborough Fair）》：

Are you going to Scarborough Fair
Parsley sage rosemary and thyme
Remember me to one who lives there
She once was a true love of mine

本来是和爸爸的一场暗中较劲，我从来没有想过，有一天我可以自己站在一个非常大的舞台上演唱。那是 2016 年底，当时国内有一档少儿励志音乐类节目正在全球招募选手，爸爸的一个朋友就向导演推荐了我。节目需要发一段视频，我简单地拍了一段，发给了导演，此后就杳无音讯了。爸爸说，你看，平时不认真，结果显现了吧。我当时有点不服气，也有点小失落。后来节目的另一位导演找到了我的合唱团老师，老师也推荐了我，于是我就把上次拍的那段视频又发了一遍。没想到，这位导演非常喜欢我的演唱风格，让我通过了初选考核。

虽然导演这关过了，可是爸爸这关却没那么容易过，他很严肃地对我说："泓翔，你这次只是运气好，平时你在家怎么玩都可以，我不管你，但是这次你上这个大舞台，必须要努力，必须要认真，能不能做到？"我坚定地回了一句："我可以做到。"妈妈又让我写了份《保证书》，爸爸这才同意我去参加节目。

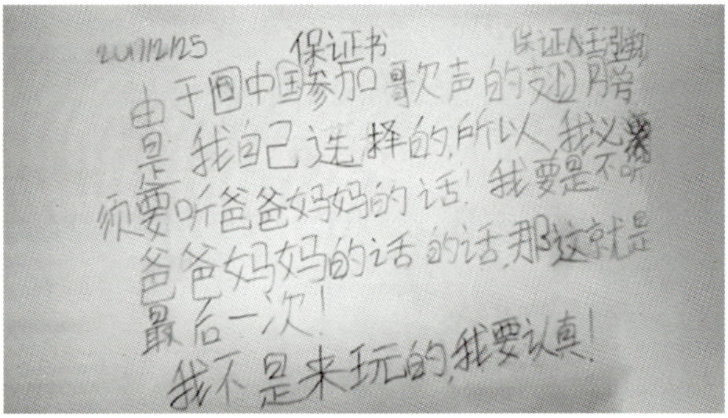
2017/12/25 保证书 保证人王泓翔
由于回中国参加歌声的翅膀
是我自己选择的，所以我必
须要听爸爸妈妈的话！我要是不听
爸爸妈妈的话的话，那这就是
最后一次！
我不是来玩的，我要认真！

王泓翔保证书

我一定要让爸爸另眼相看，不能让他失望。我一上台，什么都没想，只想着把我的《梨花颂》唱好。当我很轻松地唱完这首《梨花颂》时，台下的观众给予了我热烈的掌声。我当时特别高兴，第一个想法就是：王泓翔，你做到了！然后，阎维文老师告诉我，他可以帮我推荐老师。我当时真的不敢相信，问道：真的吗？他说，我可以给你推荐国内最好的李胜素老师。我当时高兴坏了，连忙说谢谢，谢谢。

后来，爸爸告诉我，阎维文老师老爷还是他的偶像呢！阎维文老师兑现了他的诺言，带我去见了李胜素老师。在见到李胜素老师的那一刻，我就感觉非常亲切。她夸我嗓音干净，然后开始教我一些吐字的技巧。欣赏了李胜素老师的歌声之后，我越来越喜欢京剧了。

我就想，京剧有这么多美妙的腔调，每个吐字归音都这么好听，我真的想把《梨花颂》，不，把京剧唱给所有人听，让他们都了解京剧。

最近让我感到惊喜的是，我在微博上收到了一个人的留言，他说："泓翔，不知道是不是我自己老了，自从听了你的《梨花颂》以后，我越来越喜欢京剧了。"我虽然不知道他的年龄有多大，但是他能喜欢京剧，我真的挺开心的。

这也让我意识到，其实京剧并不老气，它是我们中国的国粹，应该让我们这些小朋友也去了解它、传播它。如果我们这些小孩子都不喜欢，那以后谁还能听到这么美妙的曲调呢？

我现在只有12岁，但也已经有了自己的目标。我的目标就是让更多的小朋友能了解京剧，把京剧变成一件很酷的事。我想以后站在舞台上唱京剧的，不只有我们华人孩子，还会有各个国家、不同肤色的孩子，我相信这一天一定不会远。

对话 世界听我说

郦波：母语是一个民族的文化基因，具有传承民族文化的重要作用。学习母语文化，要找到进入的捷径，比如说京剧、书法、诗词、中医、武术，这些都是进入汉语文化，也就是我们华人母语文化的一个重要捷径。所以为什么一定要让孩子学这些，哪怕是其中的一项？因为它是进入母语世界的一座桥梁，这一点很关键。

王东（王泓翔父亲）：我是学工科的，学的是基础材料。但是我一直喜欢京剧，京剧已经进入我的骨子里了，只要一听京剧，马上就来精神。所以在孩子小的时候，应该说在他还在娘胎里的时候，我就通过胎教去教育他，我天天给他唱，我就不相信他不爱听。

我记得有导演问我，你是怎么逼孩子学京剧的？我说根本不用逼，我天天对着你唱，你不喜欢才怪。所以我可以给家长们提一个好的建议：如果你想让你的孩子喜欢中国的民歌、喜欢中国的京剧，你就天天放这类音乐给他听。他将来即便不能成为演唱家，也一定会成为爱好者，因为这已经潜移默化地渗入他的骨子里了。

我去加拿大十多年了，一直在做中华文化的推广工作。在国外这么多年，我也一直唱京剧、唱民歌，无非是想让更多的人喜欢。加拿大是个多元化的国家，各个社区的人都在想办法弘扬自己的文化，政府也鼓励多元文化。那么，对我们来说，一定要在这个多元的社会里，想办法让更多的人了解中华文化，弘扬中华文化，让更多的孩子知道中华文化。慢慢地，就感觉这是一种责任了。

我们的演出很多。实际上现在有越来越多的人喜欢京剧了，我们会去各个社区演出，我们发现外国人都喜欢京剧的扮装。唱腔慢慢地也不是那种传统的唱法了，会借助一些美声唱法，外国人也特别喜欢。每次演出结束后，他们都争着和我们合影。所以，我觉得中国京剧有很多东西是西方歌剧所不具备的，我深深体会到为什么说民族的就是世界的。出了国才知道，我们老祖宗留下的五千年灿烂文化，是西方没有的。物以稀为贵，正因为他们没有，所以才崇拜。因此大家一定要学好我们自己的语言和自己的文化。

王帅文

Ryan Wang

学生

他是参加《艾伦秀》一炮而红的华人小钢琴师。

他 5 岁的时候，

就凭借精湛的钢琴技艺和极强的感染力红遍整个加拿大，

并拥有了众多粉丝。

他曾受邀与加拿大前总理哈勃夫妇同行前往中国，

参加全球亚太经济合作组织（APEC）会议的演出。

他为什么会有如此大的独特魅力呢？

他又将带来哪些与粉丝互动的感人故事呢？

我和我的粉丝

我叫王帅文，英文名字叫 Ryan，出生在加拿大的温哥华。

我喜欢钢琴，感谢我的爸爸、妈妈和弟弟对我的支持，感谢我的老师，另外，特别感谢我的粉丝们，感谢他们对我的支持和鼓励。接下来我就跟大家分享我和粉丝们的故事。

2013 年 6 月，我在温哥华凯米克剧院举办了我的第一场音乐会。演出前，我每天都要练习一个半小时。我喜欢弹钢琴，所以没有觉得辛苦。音乐会当天，我非常兴奋，不停地叫妈妈带我去前台看来了多少观众。我一看，哇！怎么有那么多观众呀！有我的同学、老师，还有我们学校的校长。我非常兴奋。

上台之前，我有一点紧张，但更多的是兴奋。上台以后，我听到那么热烈的掌声，就更加专心地弹琴了。我的老师瑞贝特说，我在舞台上弹琴的时候，会给他很多惊喜。那天的音乐会非常成功，观众掌声不断。后来，我又加演了一场返场曲目，观众还是不停地鼓掌。我又和老师一起鞠躬，掌声才渐渐停下来。

为老奶奶弹钢琴

这是我的第一场音乐会，也是我最难忘的一场音乐会。

音乐会结束后，妈妈接到一个电话，是一位老奶奶的儿子打过来的。他说老奶奶非常喜欢我的音乐，她早就买好了演出票。老奶奶已经101岁了，她是坐着轮椅来听我弹钢琴的，因为坐在最后面的残疾人位置，所以听不清楚琴声。他想问问可不可以单独给老奶奶弹一次。妈妈同意了。

正好那两天加拿大电视台邀请我去录音，妈妈就跟电视台讲了这位老奶奶的故事，又问老奶奶可不可以去录音棚听我弹钢琴。

这样她就可以近距离听到我的琴声了。当天在录音棚，老奶奶就坐在我的钢琴旁边，她一直笑眯眯的，我弹什么曲目，她都说好听。那天，我给老奶奶弹了很多曲目，还给她弹了中国的民歌《内蒙民歌主题变奏曲》。

我弹奏完，老奶奶非常高兴，说很喜欢我的音乐。她说，接到我的邀请之后，她一晚上都没睡着。她在年轻的时候非常喜欢音乐，每天早晨睁眼后的第一件事就是打开收音机听音乐。她还说，如果我回中国了，她会很想我的，让我回到温哥华后一定去看她。她一说完，我就哭了。因为我怕万一老奶奶在我回国的时候生病了怎么办，我有可能再也见不到她了。

一个月后，我从中国回到温哥华。一下飞机，我就去看望老奶奶。她看到我，就一直抱着我。我非常开心。

后来我把家里的电子钢琴搬到了老奶奶家，还给老奶奶买了一本中国的钢琴书。我告诉老奶奶，现在我不仅要给您弹西方音乐，还要给您弹中国曲目。老奶奶非常开心。

每隔两周，我就去老奶奶家看望，给她弹钢琴。从 2013 年一直弹到 2018 年的 3 月，老奶奶去世为止。老奶奶去世时是 105 岁，我正好在厦门演出，我没能见到她最后一面。

这几年，老奶奶就像我的家人一样，就像我自己的奶奶或是姥姥。我知道她去世的事情之后，非常难过，演出的时候，我一弹到伤心的曲目就忍不住掉眼泪。

我从厦门回到温哥华，一下飞机就去老奶奶家，见她的儿子。她的儿子跟我说：谢谢你，Ryan，谢谢你这么多年都给我妈妈弹钢琴，你要不要把你的电子钢琴搬回家？我满脑子里都是老奶奶的样子——听我弹钢琴、抱着我的样子。我说，不要了，让琴留在这儿吧，我以后还会来给老奶奶弹的。

现在我还总想起老奶奶，她是我的粉丝，是我年龄最大的粉丝，她一直都很支持我，喜欢我的音乐。谢谢您，老奶奶，我永远都会记得您。

在我小的时候，我的钢琴老师把我弹钢琴的视频放到了网上。有一天晚上，有一个视频的点击量达到20多万。很多人都看到了我弹钢琴，艾伦也看到了。他打电话给我的妈妈，说他觉得我弹琴时特别可爱，想邀请我去他的节目《艾伦秀》。

当时，我并不知道艾伦是谁。妈妈告诉我，艾伦是个很有名的主持人，他也很有爱心，对小孩子特别好。当时我还小，才5岁，我就想，一个有名的主持人都喜欢我弹钢琴，那我还挺厉害呢！

参加了《艾伦秀》这个节目后，我身边的同学、老师，认识的、不认识的人，都会主动跟我打招呼。有的时候在街上或者图书馆里，别人会认出来我，然后要求跟我一起合影，还要我的签名。

后来，世界各地的粉丝给我妈妈发邮件，邀请我去他们的国家演出，这其中就有加拿大前总理史蒂芬·哈珀。他办公室的工作人员给我妈妈打电话，说哈珀总理很喜欢音乐，喜欢弹钢琴，总理和他的太太以前没有见过这么小的孩子可以把钢琴弹得这么好，想邀请我到他家里弹琴。

当天，总理的家里有好多客人。他的家人、朋友，还有他的小猫咪也来听我弹钢琴了。我给他们弹了很多曲目，还弹了中国民歌《小小竹排》。弹完后，大家都说我弹得非常棒。大家喜欢我的音乐，我也非常开心。在那之后，我还去了加拿大的总统府，为加拿大的领导们弹钢琴。

后来，哈珀总理还邀请我和他一起来中国参加APEC会议。作为中国和加拿大的文化交流使者，当天我弹了东西方两首曲子——莫扎特的奏鸣曲和谭盾的《八幅水彩画的回忆》。大家都

在加拿大前总理斯蒂芬·哈珀家中演出

向我竖起了大拇指，还给我鼓掌。我知道大家都很喜欢我的音乐，所以我非常高兴。

现在我长大了。想起当年七岁的我可以代表加拿大回到中国，给中国和加拿大的领导们弹钢琴，为中国和加拿大的文化交流做一点儿事，我好自豪呀！

在国外，学音乐的费用很高，不是每个家庭都能负担得起，因此不是每个家庭都能送他们的孩了去学音乐。我有一个同学叫塔莎，她的妈妈是加拿大著名歌唱家莎拉·麦克拉克兰。塔莎经常听我弹钢琴，她说我弹得非常棒，她也是我的粉丝。妈妈告诉我，塔莎的妈妈莎拉不仅歌唱得好，还很有爱心。她在温哥华开办了一个音乐学校，专门帮助那些喜欢音乐但家庭承担不起学费的孩子们。当时，妈妈就和我商量，要不要把我的音乐会的门票收入捐给这些孩子们。

当时我太小了，才五岁。我想帮助这些孩子，但又觉着我不

莎拉·麦克拉克兰学校学生照片

认识这些孩子呀，为什么要捐钱给他们呢？我也想买我自己喜欢的玩具呀。妈妈看出了我的不高兴，就带我去莎拉的学校。我到学校一看，有很多喜欢音乐的孩子，他们有的唱歌，有的弹琴拉琴，还有的吹乐器。他们都很有天分，可是他们只能几个人共用一本书，他们的家庭付不起那么高的费用。

我突然觉得我好幸运，我有自己的钢琴，还有自己的乐谱。我告诉妈妈，我不买玩具了，我想帮助这些孩子们。

那天晚上音乐会的门票收入是三万元人民币，我全部捐给了莎拉的学校，给学生买新的乐器和乐谱。看到他们高兴感激的样子，我也非常开心。

这件事上让我懂得了帮助别人，自己会得到更多的道理。现在莎拉学校的老师和学生都成了我的粉丝，我非常开心。

2018 年温哥华大都会交响乐团音乐会

2016 年，我八岁，又举办了一场音乐会。这次我主动跟妈妈说，要把门票收入捐给列治文医院。为什么捐给列治文医院呢？因为妈妈怀弟弟的时候，列治文医院救了妈妈和弟弟的命。

在妈妈怀弟弟八个月的时候，我们在朋友家玩。突然，妈妈喘不上气了，她说自己的心跳很快。爸爸很着急，赶快把妈妈送到医院。医生一检查，发现妈妈的心跳是每分钟 185 次，而正常人的心跳是每分钟 60—100 次，这种情况非常危险。医生查不出来是什么原因，就建议给妈妈注射一种药，这种药会让妈妈的心跳暂停三至五秒，然后再慢慢恢复正常的心跳。妈妈告诉我，她打了药之后，心跳停的时候非常难受，她想摸我却无能为力。

从那以后，妈妈经常给我讲这个故事。她说，做人要善良，要懂得感恩，帮助别人就是帮助自己。

那天晚上音乐会的门票收入是38000元人民币，我全部捐给了列治文医院。医院的院长、医生，还有护士，当天都去音乐会上听我弹钢琴，他们说我弹得非常棒，还把我举了起来。我非常开心。

很多人问我，你这么小的年纪就已经捐了30多万元，你为什么要这样做呢？其实我也讲不出大道理来，在帮助别人之后，看到他们高兴的样子，我也会非常开心。我以后会继续这样做，我想帮助更多的人，还要给他们带来更多好听的音乐。我想和我的朋友们说，我们虽然年龄小，但一样可以帮助身边需要帮助的人。

世界听我说 对话

主持人： 你在生活中，除了音乐，还有什么其他的业余爱好吗？

王帅文： 我还喜欢读书、上学，跟我的朋友一起玩，还有各种的运动。

主持人： 你会不会觉得弹琴占用了你过多的时间？

王帅文： 我觉得没有。如果我有其他安排的话，我都会提早练琴，这样下午就有时间做别的事情了。

主持人： 别人对你的定义都是“钢琴天才”，你怎么看待这个身份？

王帅文： 我觉得“钢琴天才”是形容特别小的小朋友的。我现在已经长大了，不喜欢用这个词来称呼自己。我希望自己未来能够达到“艺术家”的高度。

主持人： 您作为帅文的妈妈，在未来对帅文的培养有什么打算呢？

王帅文妈妈： 帅文学钢琴，是他自己要求的，他喜欢钢琴。当时我们家里没有钢琴，是他非要学，我们就买了一架钢琴给他。所以他喜欢做的事情，就会做好，他也比较有天分。刚开始让他学的时候，只是想培养一下他的专注力，还有对学习、生活等各方面的毅力，并没有想让他成为一个艺术家。我觉得现在孩子喜欢音乐，喜欢弹钢琴，我们做家长的就要支持他。如果他长大后不喜欢了，不想弹了，那他喜欢做什么，我们也都会支持他的。

主持人： 您会不会担心帅文因为弹钢琴而过早接触媒体、舞台，会给他带来一些没有看起来那么光鲜亮丽的影响呢？

王帅文妈妈： 他五岁的时候就被《艾伦秀》邀请做嘉宾，我们觉得特别幸运，让世界各地的人都知道他弹琴弹得好。作为父母，我们还是觉得要让他踏踏实实地去学知识、学音乐、学艺术，而不是去追求一种功利心。他的音乐会都是在音乐厅里举办，音乐会的收入会捐给需要帮助的人。他能去帮助他人，回馈社会，我们觉得特别开心。

主持人： 帅文拥有的光彩会不会影响到您对他弟弟的教育？

王帅文妈妈： 我始终觉得每个孩子都有自己的特点，我们要看他的长处和特点，然后让他们自己去发挥。他的弟弟也有很多优点，我们平时都会鼓励他，在他做得好的时候称赞他。两个孩子都是一样的。

后　记

聆听“她”的声音，诉说“根”的依恋

借助中文国际频道的国际化视野，我在多年的工作中接触到了很多不同领域的传奇华人和他们的传奇故事。

这也引发了我的思考：100 多年来，分布在全球 198 个国家和地区、超过 6000 万的海外华人群体有着怎样的经历？有着怎样的故事？我时常感叹，“如果能将他们的故事介绍给国内的观众就好了。”中文国际频道总监李欣雁也曾指出，目前针对海外华人的二代、三代、四代有针对性的传播较为缺乏。

正因如此，我和团队最终将这一想法嫁接到了《世界听我说》第三季的节目制作中。

我们尝试着用《世界听我说》第三季的舞台，致力于搭建文化交流、文明互鉴、文脉同存的世界桥梁，让华人后代感受中华文化，感受中国发展，展示全球华人风采。

节目筹备之初，节日海选组在全球范围内共搜集到上千位海外华人的优秀故事，并与其中 700 余位华人取得联络。经过多轮筛选，最终选定来自全球五大洲 20 多个国家、不同代际、不同领域的 60 位海外华人杰出代表，通过历史传承、个人奋斗、寻根问祖等话题全方位展现中国传统文化的影响力。

他们中有早年劳工移民的后代，有改革开放之初奔赴海外创业留学的中坚力量，有新世纪以来留学投资移民潮中移居海外的新一代华人……从 12 岁的京剧神童王泓翔，到年过九旬的奥斯卡终身评委卢燕，他们向我们展示了世界华人的成长史和奋斗史，也使我们了解到海外华人身份、地位的百年变迁，感受到中华文明、中国精神在世界范围的传播与传承。

“节目中的嘉宾是近百年华人历史变迁的亲历者、记录者、见证者与参与者，他们有很多独家的一手故事和传奇经历。”这是一场有温度的视觉盛宴，这是一场追逐乡音的情感共鸣，这是一场多元文化的交流碰撞。

创作之初，为了挖掘到第一手的故事，我们团队与每位嘉宾的沟通邮件数量常常有数十封之多。很多嘉宾只能通过侨办和当地的华文媒体联络，过程异常艰难。他们分布在世界各地，与北京所在时区也不同，很多情况下的沟通只能以邮件为主，更难的还有语言关……

但所有努力终有回报，所有美好都如期而至。舞台上的他们带给大家的有感动，有思考，更有对中华优秀传统文化的自信与敬仰。当我静静地聆听他们的故事，也仿佛听到了有一个“她”在静静诉说。

她余音仍缭绕。

她每期邀请 3 至 4 位优秀的华人代表，用“脱口秀”的讲演方式呈现他们的人生经历和态度。他们中有破解困惑人类多年的数学难题的“服务生”，有以传播亚洲文化为己任的美国博物馆馆长，有遭遇抑郁症仍自我绽放的芭蕾舞演员，有不断突破自我最终在逆境中成长为最年轻议员的小女生……也许他们的表达不太流畅，但丝毫不掩其赤诚火热。他们用精神的卓越对标着成就的伟岸，身上印刻着中华优秀文化的烙印，传递出世界华人的精神风貌与文化自信。他们通过与“时代观察员”的互动，把价值观印刻在观众心中，引发共情，折射出对根的依恋之情。

她是一座桥梁。

她在努力搭建一座让世界看懂东方的桥。桥的这边是中国，桥的那边是世界，而华人是连接两点的关键支撑。花费 13 年采集乡音，传递点滴人生，汇聚浓厚华人情怀的张吉安；坚定扛起远扬华语戏剧之大旗的郭践红；将中国元素融入服饰并横扫时尚界的“怪才”徐月娟……他们向世界发声，让世界了解真实、客观的中国。《人民日报》这样评价“她”：“精彩的故事讲述再现了中华文化在海外跨越时空、超越国界，在文化的碰撞中描绘出动人图景。”国外媒体如新加坡的《联合早报》、马来西亚第一大中文报《星洲日报》等多家媒体争相报道，中国已成为魅力的代名词，“她”不断展现着人类命运共同体以及华人的感人故事和中国的文化自信。

她是一种精神。

每一个故事都有自己的“痛点”与“累点”。他们身体力行，践行心中的爱国精神，他们传承先辈们的优良传统，他们不断向世界传播东方文化魅力。同时我们也看到了他们的奋进历程：有海外漂泊多年的乡愁，有异国求学的心灵压抑，有对事业追求的不如意，这些用艰辛刻画的别样人生是一种精神引领，为观众树立了效仿的楷模、榜样，激发着民族自信心和自豪感，这才是一个文化节目应该有的模样。

这个“她”，是“世界听我说”，是每一个海外华人的讲述，更是来自我们每一个华人的心声。节目已经结束，但我感到，她的情感在发酵，她的影响仍在持续扩大；节目已经结束，但她的声音会随着全球华人的乡情越传越远，传递的是文化，更是对根的依恋。

作为一个媒体人，我始终坚信，媒体人最大的价值就是传递价值。感谢《世界听我说》，让我的自我价值得以实现。也希望以此节目鼓舞海内外有识之士，共同助力中华民族的伟大复兴。

王静芳

《世界听我说》栏目总导演

图书在版编目（CIP）数据

世界听我说 /《世界听我说》节目组编 .
— 北京：外文出版社，2019.6
ISBN 978-7-119-12069-0
Ⅰ . ①世… Ⅱ . ①世… Ⅲ . ①演讲 – 世界 – 现代 – 选集 Ⅳ . ① I16
中国版本图书馆 CIP 数据核字 (2019) 第 131880 号

出版策划：陆彩荣
出版指导：徐 步
出版统筹：于 瑛

责任编辑：杨春燕 杨 璐 刘倩雯
装帧设计：北京夙焉图文设计工作室
印刷监制：冯 浩

世界听我说
《世界听我说》节目组 编

出 版 人：徐 步
出版发行：外文出版社有限责任公司 邮政编码：100037
地 址：北京市西城区百万庄大街 24 号
网 址：http://www.flp.com.cn 电子邮箱：flp@cipg.org.cn
电 话：008610-68320579（总编室） 008610-68996094（编辑部）
008610-68995852（发行部） 008610-68996183（投稿电话）
制 版：北京夙焉图文设计工作室
印 刷：鸿博昊天科技有限公司
经 销：新华书店 / 外文书店
开 本：787mm × 1092mm 1/16 印 张：34.75
版 次：2019 年 8 月第 1 版第 1 次印刷
书 号：ISBN 978-7-119-12069-0
定 价：68.00 元